读客外国小说文库

熊猫君激发个人成长

时光小旅馆

[美] 杰米·福特 著　郭莉 译

JAMIE FORD

HOTEL ON THE CORNER OF BITTER AND SWEET

上海文艺出版社

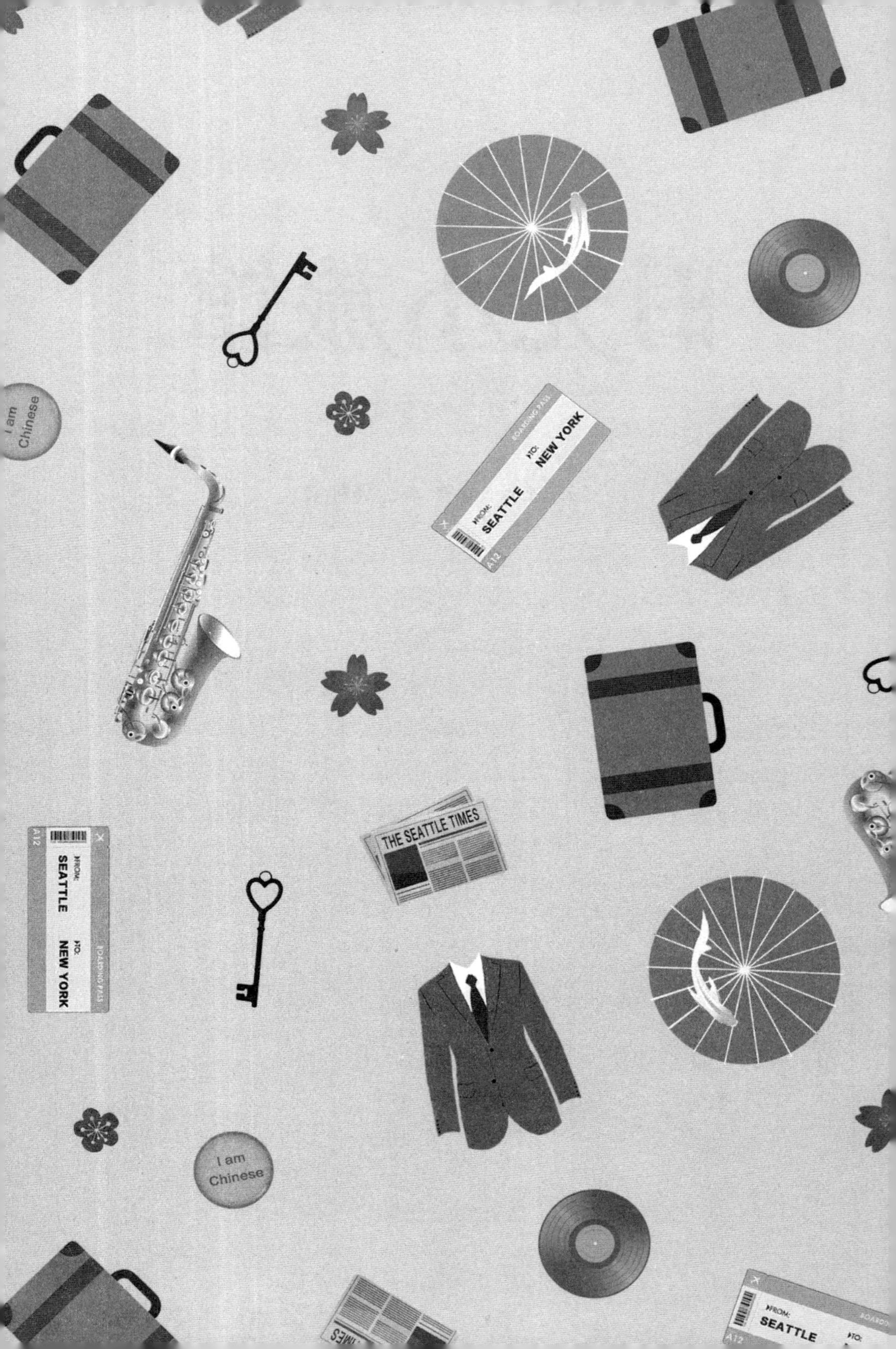
I am Chinese
BOARDING PASS
FROM:
SEATTLE
TO:
NEW YORK
A12
THE SEATTLE TIMES
I am Chinese
FROM:
SEATTLE
TO:
NEW YORK
A12

BOARDING PASS
FROM:
SEATTLE
TO:
NEW YORK
A12
THE SEATTLE TIMES
THE SEATTLE TIMES
BOARDING PASS
FROM:
SEATTLE
TO:
NEW YORK
A12
I am Chinese
THE SEATTLE TIMES
A12
FROM:
SEATTLE
TO:
NEW YORK
BOARDING PASS
I am Chinese

西雅图
（1940）
0 miles 1/4
0 km 1/4
湖景公墓方向
西雅图大学
罗兹百货公司
第二大道
第三大道
轮渡码头
耶思乐路
日本馆剧院
雷尼尔小学
南华盛顿大街
第二大道
日本城
神户公园
南部主干道
南部主干道
巴拿马旅馆
巴德爵士乐唱片店
第五大道
南杰克逊街
联合车站
黑麋鹿夜总会
伊利亚特湾
南国王街
邮局
南国王街
梅纳德大街
小亨利的家（1942）
南威乐路
宇和岛屋（1986）
中华公所
第一大道
第六大道
唐人街
迪尔伯恩街
第四大道
第七大道
第八大道
第九大道
第十大道
第十一大道
第十二大道
第十三大道
成年亨利的家（1986）
加拿大
华盛顿州
西雅图
和谐营
瓦拉·瓦拉镇
爱达荷州
俄勒冈州
米尼多卡营

献给我一生的爱侣：丽夏

我可怜的心如此感性
它不是木头做的
我爱得那么深，真糟。

——艾灵顿公爵，1941年

写给中国读者的话

我是中国人。大学一年级的一天，在填一份助学贷款申请表格时，我有了这样的感觉。当时，表上有一栏是要我指明我的种族，可勾选的格子有“亚裔”和“白种人”。我的父亲是中国人，我的母亲是白人，所以我各占一半。各占一半的格子在哪里？这时候我才意识到，此前大部分的时间里，我并没有充分感觉到自己是中国人——因为我差一点就选了“白种人”。

为什么我会有这样的感觉？因为我和我的父亲、祖父不一样，我不会说广东话——而且我的姓是“福特”（这个容易造成误解的姓，是1865年我的曾祖父郑民到美国来“淘金”时随便选的）。而且，我从没到过中国。当你拿起这本书，就是我距离中国最近的时候了。希望这一状况会很快得到改观。

然而从小到大，有一点是确定无疑的。在所有的班级合影中，我都是那个异族模样的小孩。我总是与别人有点不一样。记得上小学的时候，我的白人同学问过我这样的问题：“你们家过圣诞节吗？”当然过，但在中国新年的时候，我们也会去祖父母家吃年糕。你们不是这样的吗？我还以为大家都是这样的呢！

回想起来，我是在一个相当典型的美国华裔家庭里长大的。我们吃米饭的时候比吃土豆的时候多，银餐具的旁边总摆着筷子。虽然我们并不是真正的佛教徒，但客厅里摆放着东方神像——弥勒佛、莲花佛、接引佛，全都有。大量的中国图片、日历、中式灯具和樱桃木雕花家具，和谐地构成了我父母家中20世纪70年代的装饰风格。

在美华人谋生的方式，在美国人看来好像都是一个路数。我父亲也没能摆脱这个俗套。他经营的是一家中国饭馆，副业是教武术。如果你去过美国的“正宗”中国饭馆——在那里，从大厨到洗碗工都来自香港，只有收银员会说一口“洋泾浜英语”，还有小孩子四下跑来跑去，好像他们就住在那里一样——那就是我，那就是我的童年。

小时候，当大多数美国孩子都还吃不惯孢子甘蓝时，我已经吃着凤爪、海蜇、海参和我最爱的零食——鱿鱼干。周末的时候，我会和家人一起去西雅图的唐人街吃点心，而不是这辈子只在学校组织郊游时去上一回。

这样就够了吗？我还是拿不定主意。看着那份助学贷款表格，我慎重地考虑着要不要勾选“其他”一格。

身为作家，我在过去许多年中所创作的故事都不涉及东方人物——这些作品也从未得到过出版。我努力想写出流行的东西，而非个人化的东西。结果一败涂地。可我仍刻意回避写中国人的故事——部分原因是我认为不会有人愿意看，但主要还是因为我担心自己不够“中国”，讲不好这样的故事。我没找到自己的声音。我没弄清自己的身份。我不知道自己是谁。

可是后来，父亲过世了。一切都变了。我也变了。

父亲出生在一个不折不扣的中国家庭里，自幼家贫，他是家中独子。正因如此，我从小到大，身边并没有中国姑姑、叔伯和堂兄弟。在他撒手人寰的时候（祖父母此前已经辞世），我感到自己远离了我的中国传统——只剩下文化上的空虚感，和“福特”这个姓。

于是我开始探究我父亲儿时的故事。

故事之一，是关于他被迫戴上的那枚胸章，上面用英文写着“我是中国人”。珍珠港事件后不久，他就拿到了那枚胸章。他告诉我，白人小孩朝他扔石头，骂他“小日本”。他告诉我，他打了不知多少场架。那胸章，是一种自卫的方式。

他还谈起过，他上的是一所种族构成十分复杂的学校。学校里有白人小孩、菲律宾小孩、韩国小孩、日本小孩和黑人小孩。有一天他去上课的时候，发现一半的桌子都空了。日本小孩都被送去了集中营。他从此再也没有见过他们。

他的这个故事，成了这本书的灵感来源。在他成长的年代里，日裔美国孩子和华裔美国孩子一道上学，一道玩耍，而他们的那些旧世界的父母，充其量只是困惑地旁观，但糟糕点儿的则会横加干涉。他的成长，伴随着中日之间种种冲突的回声，而他所在的城市，大部分的白人却认为：“他们看上去长得都差不多。”

他的经历，再加上我自己在种族认同上的不安和困惑（感觉好像一只脚牢牢地扎根在两个不同的世界里，而且有时候还被要求做出选择），促使我写出了《时光小旅馆》。一个有着事实基础的虚构故事，一个置于个人冲突中的家庭故事，一个中国小男孩长成“美国人”的传说。

写作这部小说的过程，让我对我的父亲、对他的童年、对他的过错和奋斗、对他的欢乐，都有了更好的了解。我多么希望他仍在世——我想他一定会喜欢这本书[1]。

和父亲不同，我没有胸章用来提醒自己也提醒他人“我是中国人”。不过没关系，现在我不需要了，因为我已知道我是谁。

杰米·福特

2009年6月1日

1 他也一定会喜欢我的婚礼。我和他一样，娶了一个白人姑娘。但我们是在2008年8月8日下午8点8分结婚的。我想，我终究是一个中国人。——原注（本书注释如无特殊说明，均为译者注。）

目　录

巴拿马旅馆

（1986）

年老的亨利·李怔怔地站在那里，巴拿马旅馆那里的骚乱令他有些困惑。原本只是一群好奇的看客在围观电视新闻节目组，渐渐地，人越聚越多，逛街购物的人、游客，甚至几个朋克打扮的街头少年都加入了围观。大家都想知道出了什么大事。亨利站在人群中，手里的购物袋垂在身侧。他感到自己好像正在从旧梦中醒来——一场年少时的梦。

这一生中，他来过这个古老的西雅图地标两次。第一次是在他只有十二岁的时候，那是1942年——他喜欢将那些年头称作“战争年月”。在那时，这座古老而又孤独的旅馆已成为西雅图的唐人街和日本城的分界处。那是两个展现着旧日仇怨的地方。中日移民几乎从不相互交谈，可他们那些出生于美国的孩子却总在街头一起玩踢罐子的游戏。这座旅馆一直是一处绝好的地标，一处上佳的见面地点——正是在这里，他曾与一生挚爱相会。

第二次就是今天，1986年。什么，已经过去四十多年了？随着岁月无声地沉入回忆，他已经停止了对时间的计算。总之，这两次对巴拿马旅馆的造访就如书挡般矗立两端，而中间，已是他一世的光阴。结婚。生了一个不懂感恩的儿子。癌症。葬礼。他思念六个月前辞世的妻子埃塞尔。但是，他对她的思念并非人们所想象的那样强烈，也并非乍一听上去那么痛苦，那更像是静静地松了一口气。她的健康状况一直不好——应该说很差。生在她骨头里的癌，有着彻底击垮人的力量，不是击垮她一个人，而是击垮他和她两个人。他这样想。

过去七年里，他喂她吃饭，给她洗澡，带她去厕所，再带她回来。他没日没夜地服侍着她，每周七天，每天二十四小时。他的儿子马蒂认为早就应该把母亲送进疗养院，但亨利绝对不能接受。“除非我死了。”亨利反对道。这并不仅仅因为他是中国人（尽管这是他反对的原因之一）。儒家思想中的孝道，是亨利这一代人无法轻易丢下的文化遗存。他从小受到的教育已经根深蒂固：要亲力亲为地照顾自己所爱的人，绝不能把他们送进疗养院。亨利的儿子马蒂永远无法真正理解的是，没有了埃塞尔，亨利的生活会裂开一个大洞，冰凉的孤寂之风将从那里吹出来，刺得他痛入骨髓，让似水流年变成永不愈合的伤口中汩汩淌出的鲜血。

如今，她已一去不返。亨利认为应该用中国传统方式安葬她，有斋供，有寿衣，做几天几夜的法事。而马蒂却打算让她火化。他真是够现代。因为母亲的过世，他一直在见辅导老师，并加入了一个什么互助组织。和陌生人说话，听起来就好像是没人可说话一样。关于这一点，亨利在现实中有着切身的体验，那就是孤寂。几乎和他安葬埃塞尔的湖景公墓一样孤寂。她现在有着观赏华盛顿湖的绝佳视角，比邻的是西雅图的一些知名华人，比如李小龙。但最终，他们每个人所得的，不过是一块僻静的墓地，还有永恒的孤寂。你的邻居是谁已经无关紧要。反正他们永远也不会和你交谈。

夜幕降临的时候，亨利会和妻子说说话，问问她这一天过得如何。当然，她永远不会回应。“我可没有疯或怎么样，”亨利自言自语地说，“开明一点。你永远也不会知道有谁在听。”然后他就忙着修剪起他的蒲葵和万年青。从这些盆栽的棕黑色叶子你可以看得出，他已经好几个月疏于照料它们了。但现在他又有时间了，有时间去照顾一些东西，使之重新茁壮生长起来。

偶尔，他也会关心统计数字；倒不是关心夺走了他亲爱的埃塞尔的癌症死亡率，而是他自己。在人寿保险公司的精算表格上，他还有多少时间？他才五十六岁，在他自己看来，他还年轻。但他曾在《新闻周刊》上读到，他这个年纪的丧偶者，身体状况会不可避免地下滑。也许，生命的倒计时已经开始了？他并不能肯定，因为自从埃塞尔离去之后，时间似乎变得异常缓慢。

他此前已同波音公司签署了提前退休协议，所以现在有着大把时间，却找不到人和他共度。在凉爽的秋天傍晚，再没有人陪他一起走到万喜饼屋去买胡萝卜口味的月饼。

现在他来到这里，独自站在一群陌生人中间。一生的光阴退去，他又一次站到了巴拿马旅馆的门前，走上布满裂缝的白色大理石台阶——这台阶让这家旅馆看上去更像是一家装饰主义风格的小客栈。像亨利一样，这座建筑也好似夹在了两个世界之间。亨利仍感到紧张和兴奋，和他还是个小男孩时每次走过这里一样。他从市集上听到了一些传言，于是从南杰克逊街那边的音像店溜达到了这里。刚开始，他看到人越聚越多，还以为是发生了什么事故。但他没有听到或看到任何迹象，没有警笛的呼啸声，没有警车顶灯的闪烁，只有人群潮水般地涌向旅馆，艰难地挪动着脚步，一步步往前挤。

他走过去的时候，一个新闻节目组正好抵达这里，他便跟着他们走了进去。羞于面对摄像机镜头的看客们纷纷退开，人群就分作两半，让出了一条路。亨利紧跟在节目组后面，小心地挪动着脚步，以免踩到别人或是被人踩到。人群在他身后很快合拢在一起。在台阶顶端的大厅里，旅馆的新主人宣布："我们在地下室里找到了一些东西。"

找到了什么？是一具尸体，还是某种毒品工厂？不，如果旅馆成了犯罪现场的话，警察早就在这片区域周围拉上了警戒线。

在归属新主人之前，这家旅馆从1950年起就用木板封起来了。那些年里，唐人街成了来自香港、澳门的帮会团伙前往避难区的入口。白天，国王街南边的这个街区有着引人入胜的面孔。游人们在仰头欣赏古色古香的卵箭纹建筑时，往往忽略了人行道上的脏乱和破损。郊游的孩子们穿着色彩缤纷的外套，戴着各色的帽子，手拉手走在路上，被橱窗里色泽鲜艳、嗞嗞冒油的烤鸭诱得垂涎三尺。但是，到了夜里，便有毒贩以及为了一小袋白粉出卖色相的枯瘦中年娼妓在这里的大街小巷出没。想到儿时心目中的圣殿曾变作售毒地带，他感到阵阵哀痛。他握着埃塞尔的手，看着她缓慢、悠长地吐出最后一口气的时候，也曾这般哀痛过。

被视若珍宝的东西似乎已经远去，不再回来。

正当他摘下帽子用破帽檐扇风时，人群开始从后往前挤。闪光灯不停地闪烁。他踮起脚尖，探过前面高个子新闻记者的肩头向前望去。

是旅馆的新主人，一位苗条的、可能稍微比亨利年轻一点点的白人妇女。她走上前来，拿着……一把伞？她撑开了伞。当亨利看清那把伞时，他的心跳加快了。那是一把日本阳伞，竹子材质，伞面是鲜红色和白色——上面绘着橙色的锦鲤。旅店主人迎着记者们的镜头，转动起这纤弱易碎的工艺品，一片薄薄的尘雾升腾，随即在空中飘散。又有两人抬上来一个扁皮箱，上面贴着外国港口的标签："东方海军航线，自西雅图、横滨和东京始发。"箱子侧面有名字"Shimizu"[1]，是手写的大大的白色字母。箱子在好奇的人群面前打开了，里面有衣服、相册，还有一个旧电饭锅。

旅馆的新主人解释说，她在地下室里发现了属于三十七个日本家庭的物品。她猜测，这些日本人受到了迫害，并被带到了其他地方。而他们的物品却就此隐匿起来，不见天日——这简直就是战争年月留下的时光胶囊。

亨利静默地看着一小批板条箱和皮箱被拖上楼梯。人群纷纷惊叹于箱子里面那些曾受到珍视的东西：白色的圣餐裙，暗淡无光的银质烛台，野餐篮——四十多年来积满尘埃、无人触碰。留存的是那从未曾到来的更快乐的时光。

亨利越去想那些脏旧的小物件、那些被遗忘的珍宝，就越好奇在那里能不能找到他自己那颗破碎的心。也许它就藏在属于其他时代的那些无人认领的珍藏中，就锁在一座废弃旅馆的地下室里。遗失了，却永远不会被遗忘。

1　日语"清水"的发音。

马蒂·李

（1986）

亨利离开巴拿马旅馆那里的人群，朝位于灯塔山上的家走去。他家的位置并没有远到可以俯瞰雷尼尔大街的景色，只是从唐人街上去不远的普通街区。一座小小的由三个卧室组成的房子，还有一个地下室——这么多年过去了，地下室却仍然没有完工。他原本打算在儿子马蒂去上大学后把它弄好的，但埃塞尔的身体状况变坏了，他们积攒下来以备不时之需的钱全都花在了大笔的医疗账单上。这样的账单像滚滚洪流，持续了将近十年的时间。最后，他们及时赶上了政府的医疗补助，甚至有钱送埃塞尔去疗养院了，但亨利坚守着自己的结婚誓言：无论妻子是生病还是健康，都要照顾她。再说，谁愿意在弥留的日子里，还住在一个监狱般的、人人都排着队走向死亡的所谓的公立机构里？

亨利还没来得及回答自己的问题，马蒂敲了两下大门，径直走了进来。“还好吗，老爸？”他漫不经心地和父亲打了个招呼，然后就朝厨房走去，“我马上就出来，你不用起身，我就是喝点水。我从国会山一路溜达回来的，锻炼锻炼身体。你自己也该想着去健身了，我感觉妈走后你好像长胖了。”

亨利看了看自己的腰身，按下电视上的静音按钮。他一直在留心有关今天巴拿马旅馆重大发现的新闻，但什么也没听到。今天一定是个新闻过剩的日子。他的膝头上放着一叠老相册和一些学校毕业纪念册，西雅图浓重的湿气已把这些东西变得污渍斑斑，散发着霉味。亨利家那间久久不能完工的地下室里，水泥板也在这样的湿气中变得冰凉冰凉。

他和马蒂自从葬礼以来就很少交谈了。马蒂仍在西雅图大学忙着攻读化学专业，这挺不错，好像让他躲开了很多麻烦，但大学也把马蒂从亨利的生活中剥离了出去。埃塞尔还在世的时候，这倒也没什么，但现在，这让亨利生活中的那个大洞变得更大了——他就好像是站在一个大峡谷边上，大声喊叫，然后徒劳地等待着永不会有的回声。马蒂也会回家，但他好像只是来洗衣服、给车打蜡或是找老爹要钱花的——亨利总是眉头也不皱地给他。

如果说照顾埃塞尔是亨利打的第一场仗，那么为马蒂支付大学学费则是亨利打的第二场仗。虽然有一小笔助学金，马蒂仍需要依靠助学贷款来完成学业。亨利为了全职照顾埃塞尔，已经从波音公司的工作上提前退休了——名义上，他名下有一大笔钱，看起来是个富足的人。所以在放贷方看来，马蒂的家庭有着体面的银行账户，但放贷方并不知道他们家的医疗账单。在马蒂的母亲去世之时，他们剩下的钱也仅仅只够操办一场体面的葬礼了，马蒂却还认为这样的花费并没有必要。

亨利没打算告诉马蒂第二笔贷款的事——那是为了在助学贷款耗尽时还能供他上完学而申请的一笔贷款。何必让马蒂为此忧心呢?何必让他承受这些压力呢?学业已经够艰难了。即便他们俩之间并无多少言语交流，亨利仍像所有慈父一样，希望儿子万事无忧。

亨利一直在看那些相册，看他学生时代的褪色回忆，他是在寻找一个他从未找到过的人。他想，我一直努力着不要活在过去里，可谁知道呢，有时候，是过去活在了我身上。他把视线从相册上移开，看到马蒂端着一个高脚杯，里面盛满冰绿茶，慢悠悠地走进来。在沙发上坐了一会儿以后，他移到他母亲留下的那张破旧的人造革躺椅上，正对着亨利。亨利呢，倒是很高兴看到埃塞尔曾经的位置又有人占据……无论是谁都好。

“那是最后一点绿茶了吧？”亨利问。

“没错，”马蒂说，“这最后一杯留给你，老爸。”他把杯子放在亨利边上的绿玉色杯垫上。这让亨利意识到，自葬礼以来的这几个月里，他是何等衰老和悲观。不是马蒂的问题。是他自己的问题——他需要多出去走走了。今天是一个好的开始。

即便这样，他也只是含糊地说了一句“谢谢”。

“很抱歉我最近没怎么回家。期末考试折磨得我都要喘不过气了。你和妈千辛万苦挣钱送我进了一流大学，我不能让那些钱白交。”

古旧的暖气炉停止了轰隆隆的工作，屋子里冷了下来，亨利却因为内疚而脸红了。

“对了，我给你带了一点小东西，表达我的谢意。”马蒂递给他一个小小的鲜红色利是封，正面装饰有凸起的闪光金箔。

亨利双手接过这份礼物："红包——你是还我钱吗？"

他的儿子笑着挑挑眉毛："差不多。"

里面是什么并不重要，亨利已经因为儿子的这份心意而变得有些局促。他摸了摸金色的封条。上面印的是汉字"福"。打开来，里面是一张叠起来的纸，是马蒂的成绩单，他得了完美的4.0分。

"我是以'优等生'[1]身份毕业的，也就是说，我是带着最高荣誉毕业的。"

一片静默，只有静音的电视发出嗡嗡的电流声。

"怎么了，老爸？"

亨利伸出生满老茧的手，用手背擦擦眼角。"也许下一次，我就可以向你借钱了。"他说。

"如果你想要完成上大学的心愿，我很愿意为你付钱，老爸——我会让你拿到奖学金的。"

奖学金。这个词语对于亨利来说有特殊的意思，并不仅仅是因为他没有完成大学学业——尽管那也是原因之一。1949年，他从华盛顿大学退学，成为一名绘图员学徒。波音公司提供的这个项目是一个很好的机会，但是在内心深处，亨利知道他退学的真实原因——一个令人痛苦的原因，那就是，他难以适应。过去那些年里遗留下来的孤立感在作祟。这样的感觉，并不算是什么攀比心理，更像是被同伴排斥。

他低头看着他的六年级纪念册，想起了这个学校里他恨过和爱过的一切。奇怪的面孔在他的头脑中一遍又一遍地翻滚，就好像古

1 原文为拉丁语。

旧的纪录片一般。校园里敌人不友善的目光，和纪念册里照片上他们无邪的笑容形成了鲜明的对比。巨大的班级合影旁边一栏里是一份名单——那些“不在合影中”学生的名单。亨利在这一列中找到了自己的名字——他确实不在那一排排绽放笑容的孩子当中。但是那天他在那里。一整天都在。

我是中国人

（1942）

年少的亨利·李在十二岁时就停止和他的父母说话了。并不是因为什么愚蠢的孩子气，而是因为他们让他这样做。至少他们给了他这种感觉。他们要求他——不，是告诉他——不要再说他们的母语——中国话。这是1942年，父母极希望他学好英语。所以，当父亲在他的校服衬衫上别上一枚用英文写着“我是中国人”的小胸章时，他就有些不明白了。其中的矛盾好像很荒诞。他想，这讲不通。不过父亲的权威让他只能服从。

“唔明白。”他用标准的广东话说。

父亲打了他的脸一下——更不如说是轻轻的一拍——以提醒他注意。然后父亲用“洋泾浜英语”说道：“不许。只说你美国话。”

“我不明白。”亨利用英语说。

“啊？”父亲说。

“如果我不能说中国话，那我为什么要戴这枚胸章？”

“啊，你说？”父亲转头看从厨房里往外张望的母亲。她也是一脸困惑，只是耸了耸肩，又回去做饭了。厨房里飘出马蹄糕甜甜的香味。父亲又转向亨利，用手背朝他挥了挥，轰他出门上学。

既然不能用广东话问，父母又几乎听不懂英语，他只能放弃。他一把抓起午餐和书包，走下楼梯，走出门，走进西雅图唐人街咸腥的空气里。

整个城市在清晨中苏醒过来。男人们穿着脏污不堪的T恤，拖拽着装石斑鱼的板条箱和半埋在冰里装象拔蚌的桶。亨利从旁边走过，听见那些男人们用连他也听不懂的中国方言相互喊叫着。

他继续沿着杰克逊街往西走，经过一个卖花的推车，又经过一个卖彩票号码的算命先生。他并没有往东去那所华人学校，那所学校距他和父母居住的二层小公寓只有三个街区。他每天早上走的这条固定的路线，和别的孩子的路线正好相反，于是他就总是跟一群群和他差不多年纪的孩子们迎面碰上。

“白鬼！白鬼！”他们用广东话朝他大声喊。而有的则只是对他指指点点地嘲笑着。这个词是用来辱骂白种人的。只有几个孩子同情他，他们是他过去的同学和曾经的朋友，是他从一年级起就认识的，比如弗朗西斯·龙和哈罗德·邱。他们只是叫他“卡斯珀”——友好的小精灵的名字。至少不是赫尔曼和卡尼普[1]。

也许这就是原因了，亨利想，然后低头看看那可笑的写着“我是中国人”的胸章。谢了，爸，你这么干，还不如直接在我背上挂

---

1 类似《猫和老鼠》的另外一系列动画片中的角色，赫尔曼是鼠，卡尼普是猫。

个牌子，写上“踢我”！

亨利加快脚步，终于转过街角，朝北走去。在去学校的半路上，他总会在南国王街拱形的大铁门那里停一下，把他的午餐给谢尔登。这是一个差不多是亨利两倍年纪的萨克斯手，他每天都在这里的街角为游人们吹萨克斯，挣些零钱。尽管波音公司的生意十分景气，谢尔登这样的本地人却还是没有富起来。他是一个优雅的爵士乐手。他的穷困与他的音乐才华关系不大，却与他的肤色有很大的关系。亨利一见他就喜欢上了他。这倒并不是因为他们都是被排斥的一类人——假如他曾想到这一点，可能会有一部分是出自这个原因——但是，不，他喜欢他是因为他的音乐。亨利并不知道爵士乐是什么，他只知道那是他父母从没听过的东西，而这让他更喜欢爵士乐了。

“胸章不错，年轻人。”谢尔登说，他正在打开他的盒子，准备上午的表演，“真是个好主意，针对珍珠港事件的吧。”

亨利低头看看衬衫上的胸章，他已经把它给忘掉了。“是我爸的主意。”他嘟哝道。他的父亲憎恨日本人。不是因为他们击沉了美军军舰亚利桑那号，而是因为在过去四年中他们一直不停歇地轰炸重庆。亨利的父亲从没去过那里，但他知道蒋介石的这个战时陪都已经成了有史以来受轰炸最为惨重的城市。

谢尔登赞许地点着头，敲敲亨利的书包上挂着的铁饭盒：“今天的午餐是什么？”

亨利把午餐盒子递给他：“和往常一样。”一个鸡蛋橄榄三明治，胡萝卜条，还有一个苹果梨。他的母亲至少还是好心地给他装了一份美式午餐。

谢尔登笑起来，露出一颗巨大的包金牙："谢谢你，先生，祝你今天过得愉快。"

从到雷尼尔小学上学的第二天起，亨利就一直把午餐送给谢尔登。这样做更安全。亨利的父亲因为儿子被耶思乐路的这所全白人学校接收，一直非常兴奋。这对于亨利的父母来说是一个充满荣耀的时刻。他们不断地在街头、市集上向他们的朋友讲述此事，周六去秉公堂玩宾果游戏和打麻将时，他们也滔滔不绝地讲着。"他们收了他，还给他奖学金。"这是他听他的父母用英语完整说出的唯一一句话。

但亨利的感受和骄傲毫不相干。他的情绪很快就超越了害怕，变成了单纯地为生存而努力。上学第一天，查斯·普雷斯顿为了抢他的午餐，揍了他一顿，这就是他把午餐送给谢尔登的原因。不过作为交换，他也会稍稍得到一点回报，那就是在每天回家时从谢尔登的盒子里拿走一个五分钱的硬币。每个星期，亨利都会用他新挣的午餐钱为母亲买一束星火百合，那是她最喜爱的花——因为没有吃她用爱心准备的午餐，他感到有些内疚，所以要用花来补偿。

"你为什么买花？"她会用中国话问。

"今天所有东西都特价甩卖。"他会用英语编造一些借口来解释这一点，以及为什么他每次去市集跑腿，似乎总能多带一些零钱回家。他故意说得飞快，确信她绝对听不懂，母亲的表情则会从迷惑转为满意的接受，点点头，把零钱放进钱包里。她几乎听不懂英语，但亨利能看得出来，她很满意他讨价还价的本事。

要是学校的问题也能这么轻易地解决就好了。

对于亨利来说，奖学金这个词和学业没有半点关系，却和干活儿有关。幸运的是，他学会了飞快地干活儿。他必须这么做。尤其是午饭前的活儿——因为他总是提前十分钟下课。这十分钟的时间，只够他去到饭堂。在那里，他将系上一条长得盖住他膝盖的、浆得硬邦邦的围裙，为其他孩子分发午餐。

几个月来，他已经学会了闭起嘴巴，无视他人的刁难——特别是威尔·惠特沃思、卡尔·帕克斯和查斯·普雷斯顿这几个恶霸。

负责做午餐的比蒂太太也帮不上什么忙。她总戴着发网，爱絮叨，她的形象生动地诠释了亨利最喜欢的一个美国词汇：猛女。她用手做饭，准确地说，是用她那双脏兮兮的、布满皱纹的手去量一切的东西。她粗壮的小臂则说明她压根儿不需要什么电动搅拌器。但是，就像狗舍里的狗不愿意在睡觉的地方解决大小便一样，她从来不吃自己做的饭。她总是带午餐来吃。亨利一系上围裙，她就会扯掉发网，带着她的午餐桶和一包“好彩”烟消失得无影无踪。

这饭堂“奖学金”意味着亨利永远别想找到时间休息。当最后一个孩子吃完之后，他会去储藏室里吃一些糖水桃罐头，孤零零一人，周围是堆得小山般高的番茄酱和什锦水果罐头。

升旗手

（1942）

亨利真不知道，在学校饭堂里受到的无休无止的羞辱，跟他和父母居住的广东巷小公寓里尴尬的沉默比起来，哪一个更令他沮丧。不过，每当早晨来临，在完成日常惯例时，他仍会充分利用家里的语言障碍。

“早晨。”这是他的父母用广东话对他说早上好。

他微笑着用标准的英语回答：“我要在裤子里撑雨伞了。”父亲严肃地点点头表示赞赏，好像亨利引述了什么深奥的西方哲理。好极了，亨利想，这就是送你儿子去拿奖学金的代价。忍着笑，他吃起了早餐，是堆得尖尖的一碗糯米饭，里面加了猪肉和黑木耳。母亲在一边看着，虽然听不懂他的话，却也好像知道他想做什么。

那天早上，亨利转过街区，朝雷尼尔小学的主阶梯走去时，注意到了班上的两张熟悉面孔被指定为了升旗手。这项工作是所有六年级男生都羡慕的，甚至包括几个女生，不过女生是没有升旗资格的，亨利不知道这是为什么。

在第一道铃声前，这两个男生要从办公室里的三角形架子上把国旗取下，拿到学校前面的旗杆处。在那里，他们要小心地把国旗展开，确保国旗的任何部分都不会擦碰地面，因为国旗一旦受到这样的亵渎，就会马上被拿去烧掉。不过这只是听说而已，无论是亨利还是别的孩子都没有见过这样的事情真的发生。不过这样的威胁具有传奇色彩。亨利想象过西尔弗伍德校长——一个矮壮的、像哼哼的笨熊般的男人——在停车场焚烧国旗，震惊的教职员们在一旁围观，随后，他会把账单和犯了这个错误的笨手笨脚的小子一起送回家去，而他的父母一定会羞愧得举家搬到郊外，改名更姓，让任何人都找不到他们。

不幸的是，担任升旗手的查斯·普雷斯顿和丹尼·布朗，无论做出什么事，短期内似乎都不会搬走。他们都来自当地的望族。丹尼的父亲是一个律师还是法官什么的。查斯的家族拥有市中心的好几栋公寓大楼。丹尼不是亨利的朋友，查斯却是真正的讨厌鬼。亨利总是想，查斯长大后会成为他们家族的讨债头目，因为他总是欺压别人。他非常恶劣，其他的几个恶霸都害怕他。

“嗨，东条，你忘了向国旗敬礼了。”查斯喊道。

亨利继续向阶梯走去，装作没听见。父亲怎么会认为进这样的一所学校是一件了不起的事情，亨利永远无法理解。借助眼角的余光，他看到查斯把国旗打好结，慢悠悠地朝他走过来。亨利加快了脚步，想走进学校以自保，但查斯拦住了他。

“哦，没错，你们小日本是不会向美国国旗敬礼的，对吗？”

亨利真不知道是作为一个中国人被找麻烦更糟糕，还是作为一个日本人被谴责更糟糕。东条，日本首相，被称为“剃刀将军”的他以精明的法律头脑闻名。亨利只希望自己能够精明到在他的同学们针对“黄祸”[1]大发议论时留在家里，不去上学。他们的老师沃克太太很少跟他说话，也没有阻止过那些同学的不恰当言论。她一次也没有叫过他到黑板前演算数学题，也许是认为他听不懂英语——尽管他日渐进步的学业成绩一定会对她有所启发，至少，会有一点点。

“他不会和你打架的，他是个黄种懦夫。再说，第二道铃随时就要响了。”丹尼嘲讽着亨利，往学校里走去。

查斯一动不动。

亨利抬头看着堵住他去路的这个恶霸，一个字也没有说。他学会了沉默。他的大多数同学都无视他的存在，少数几个喜欢捉弄他取乐的，看他没有反应，往往自己也会感到乏味。这时他想起了父亲让他戴的胸章，于是指给查斯看。

“‘我是中国人’，”查斯大声读道，“这对我来说没有区别，小矮子，你同样不过圣诞节，不是吗？”

第二道铃声响了起来。

“嚯，嚯，嚯。”亨利回答。我已经沉默够了，他想。我们还真过圣诞，也过春节。但是，珍珠港纪念日不是节日。

“算你小子走运，我不能迟到，否则就不能再做升旗手了。”查斯说道，然后做了个要戳向亨利的假动作。亨利没有闪躲。看着

1　原文为“the Razor”，是形成于19世纪的一种极端民族主义理论。该理论宣扬黄种人对于白人是威胁，白人应当联合起来对付黄种人。——编者注

这个恶霸后退，走进大楼，亨利松了口气，这才沿着空荡荡的走廊走向沃克太太的教室。因为来得太晚，他受到了一顿训斥，并被罚留堂一小时。他接受了这个惩罚，一个字也没有为自己分辩，甚至连看也没有看沃克太太一眼。

惠　子

（1942）

那天下午，亨利来到学校厨房，见到了一张新面孔。不过这张面孔正冲着一摞被甜菜弄脏的托盘，所以他没能看得十分清楚。但很明显，那是个女孩子，可能和他是同一个年级的，跟他的高矮也差不多，她的脸藏在长长的刘海和脸侧垂下的黑色发缕后面。她在用滚烫的冒着热气的流水冲刷托盘，并把它们一个一个地放到餐具架上。当她慢慢转向亨利时，亨利看到了她瘦瘦的脸颊，还有完美的皮肤：光滑，而且没有学校里其他女孩子脸上都有的雀斑。最重要的是，他看到了她柔和的栗棕色眼睛。有一瞬间，亨利觉得他好像闻到了什么味道，像是茉莉花，甜蜜而神秘，但这味道消失在了厨房油腻腻的气味中。

“亨利，这是Keiko[1]，——她刚转到雷尼尔来，是从你们那边来

1　“惠子”的日语发音。

的。”负责午餐的比蒂太太似乎把这个新来的女孩看作了另一台厨房机器，扔给她一条围裙，就把她推到了服务台处的亨利身边。“见鬼，我打赌你们俩是亲戚，是不是？”这样的话他听过多少次？

比蒂太太一分钟都没有浪费，她拿出一个芝宝打火机，一手点起一支烟，拎着午餐走了出去。“搞定了叫我。”她说。

亨利和他这个年纪的大部分男孩一样，喜欢女孩却绝对不会承认——或者是表露出来，尤其当着其他男孩的面的时候。他们都喜欢扮酷，好像认为女孩是一种奇怪的生物。于是，他虽然竭力装出了一副冷淡模样，其实心底却很高兴在厨房里看到一张友好的面孔。“我叫亨利·李。我家在南国王街。”

那个特别的女孩轻声说：“我叫Keiko。”

亨利很奇怪为什么以前在家的附近从没见过她，也许她家是刚刚搬来的：“凯可，这是什么怪名字？”

有一小会儿的沉默，然后午餐铃响了。走道上的一扇扇门砰砰地被撞开。

她用手把长长的黑发分成两等分，用带子系了起来。“是惠子，冈部惠子。”她说，然后系上围裙，等待他的反应。

亨利目瞪口呆。她是日本人。在她扎起头发之后，他自己也看出来了。她看上去局促不安。她来这里做什么？

亨利的日本朋友总数为零。父亲不允许他结交日本朋友。父亲是一个中国民族主义者，据母亲说，他年轻时是一个狂热分子。早在十来岁时，他就曾接待过来西雅图筹集资金、以支持羽翼初丰的国民党军队对抗清王朝的著名革命家孙中山。起初是发行战时公债，后来，他帮助他们成立了一个事务办公室。想象一下，这里居然有为中国军队而成立的一个办公室，就在街的那头。在那里，亨利的父亲筹集到了成千上万美元，去帮助家园的人民抗击日本人。是他的家园，不是我的家园，亨利这样想。珍珠港事件很可怕，很出人意料，这确实没错，但是，和上海遭到的轰炸、南京遭到的屠杀比起来，却算不上什么——这是父亲的观点。可是对于亨利来说，要在地图上找到南京简直是一桩无法完成的任务。

但他还是一个日本朋友都没有，尽管在西雅图，他这个年纪的日本小孩有中国小孩的两倍那么多，而且就住在几条街开外的地方。亨利发现自己正盯着惠子看，而惠子紧张的眼神好像是看出了他的反应。

“我是美国人。”惠子开始自我保护。

他不知道说什么，于是把注意力集中到了正蜂拥而来的饥肠辘辘的孩子们那里：“我们该工作了。”

他们揭开蒸屉的盖子，被熏得几乎要往后退，相互用厌恶的眼神对视了一下。里面是棕色的、像是意大利面的食物。惠子看上去都想要吐了。亨利已经习惯了这种糟糕的恶臭，倒是一点也没退缩。他简单地向她演示了一下怎样用一把旧的冰激凌勺把它盛起来。这时，那些满脸雀斑、留着平头的大大小小的男孩子们纷纷嚷道：“看，那中国佬把他的女朋友带来了。”或者说：“再来点炒杂碎吧，拜托了！”

最恶劣的小孩会辱骂他们，其他的至少也会用轻蔑而怀疑的目光注视他们。亨利和往常一样既愤怒又难堪地沉默着，假装听不懂。他希望自己能相信自己听不懂——如果这样可以自卫的话。惠子学着他的样子。他们肩并肩站了三十分钟，偶尔，当他们把比蒂太太做的这被老鼠爬过的泔水般的食物，分特别多的一份给取笑他们最厉害的男孩，或是朝他们翻白眼、露出狰狞表情的红头发女孩的时候，他们会互相看一眼，露出得意的神色。

“看，他们连英语都不会说！”那红头发女孩尖叫道。

他和惠子相视微笑，忙碌到最后一个孩子离开，再把所有的托盘和盘子都刷洗干净，收拾起来。然后他们来到储藏室，打开一个糖水梨罐头，一道吃起了午餐。

亨利觉得那天的梨特别好吃。

回家路上

（1942）

惠子来到雷尼尔一个星期后，亨利有了新的日程。他们一起吃午餐，放学后在看门人的小屋边见面，开始完成第二部分工作。他们肩并着肩，擦黑板，倒废纸篓，在学校后面的一个老树墩上磕黑板擦。这挺不错的。惠子的出现让他的工作量减少了一半，而且他喜欢和惠子在一起工作——尽管她是日本人。而且，在他们完成这些工作，回到校园里的时候，其他孩子早就骑着自行车或是乘着公共汽车走远了。

情况本该是这样的。

但是今天，他们离开大楼时，亨利正推着门让惠子出来，却看到查斯站在阶梯底下。亨利想，他一定是没赶上公共汽车。或者也许，自从惠子到来后，他感觉到了某种幸福的味道。也许他看到了他们二人间的一个眼神，或是一个微笑。亨利想，如果他是来让我出丑的，那也没关系，只要他不伤害她就行。

亨利和惠子走下阶梯，经过查斯身边，亨利走在内侧，让自己夹在惠子和那个恶霸之间。在走下来的时候，亨利清楚地意识到，他的这个对头比他和惠子都要足足高三十厘米。

“你们打算往哪儿走？”

查斯本应该上更高的年级，但他留级了——而且是两次。亨利一直怀疑他是故意考砸的，这样他就可以继续统治他的六年级王国了。是啊，为什么要放弃这一切，去八年级做一个默默无闻的小人物呢？

“我说，你们打算往哪儿走——小日本情侣？”

惠子想说话，亨利却向她使了个眼色，用胳膊揽住她，带着她继续往前走。

查斯走到他们面前，拦住去路：“我知道你们听得懂我说的每一个字，我见过你们俩在放学后说话。”

“那又怎么样？”亨利说。

“怎么样？”查斯抓住他的衣领，猛地把他拽到胸前，近得亨利都能闻到他的午餐了——洋葱和奶粉冲的牛奶，浓浓的味道漫在他的呼吸中，“那我就让你永远不能说话，怎么样？你喜欢吗？”

“住手！”惠子喊道，“把他放开！”

“查利，放开那个小子。”比蒂太太叼着一支烟，走下阶梯。看她那副淡定的样子，亨利猜想，她一定是对查斯的劣迹已司空见惯了。

“我叫查斯。”

“好吧，查斯同学，如果你伤害了那小子，你就到厨房里顶替他的位置。明白我的意思吗？”她的语气听上去好像真的挺关心这件事。她的较真表情让查斯心里打起了退堂鼓。他放开亨利，把他推倒在地上——还从亨利的衬衫上扯下了那枚写着“我是中国人”的胸章，把他的衬衫扯出一个小洞。查斯把胸章别在自己的衣领上，朝亨利露出一个狰狞的笑脸，终于晃荡着走开了。也许，是去找别的孩子欺负去了。

惠子扶起亨利，把他的书递给他。亨利转身想感谢比蒂太太，却发现她已经走开了。连一个“再见”都没有。无论如何，谢谢。她究竟是想阻止查斯欺凌弱小，还是仅仅为了保护她的厨房帮手？亨利弄不明白。他拍拍屁股上的灰，不再去想这些。

和惠子一道在厨房工作的这一周以来，他本以为自己不会再感到沮丧尴尬了。真叫人惊讶。不过，在和查斯遭遇之后，惠子似乎并没对他产生什么不好的看法。她甚至还碰了碰他的手，想和他牵手走，但他没理睬。他并不是在女孩子面前害羞。但是，一个日本女孩，那是一面红色的旗，或者是一面白色的旗上有个大大的红太阳。父亲会气疯的，他想，而且在街上，会有人看见我们。

“你是一直在雷尼尔上学吗？”她问。

他注意到她的声音很美，干净、清透。她的英语比他所认识的大部分中国女孩都要好出一大截。

他摇摇头：“从九月才开始的。我父母希望我接受西方教育，上大学，而不是像我们周围别的小孩那样回广东上中国的学校。”

“为什么？”

他不知道该怎么说。

“因为你们这样的人。”话一出口，他就后悔自己受到挫折却拿别人撒气。但他说得不无道理，不是吗？借着眼角的余光，他看到她解开了头发上扎的带子。长长的黑发披散在脸的两边，前面的刘海几乎要挡住她栗色的眼睛了。

“对不起，不是你的错。是因为日本军队侵略了中国的东北三省。战争离广东虽然远，但他们还是不让我回去。邻居家的小孩都上华人学校，然后回中国去把书念完。我父亲本来也是这样为我打算的。直到去年秋天才改变了主意。”亨利不知道该再说什么了。

“那么，你不是在中国出生的？”

他又摇了摇头，指向第一坡道，那里有哥伦比亚医院矗立在唐人街的外围：“我是在那里出生的。”

她笑了起来：“我也是在那里出生的。我是日本人，但我首先是美国人。”

“是你父母教你这么说的吗？”他小心翼翼地问，害怕再次伤害她的感情。反正，他的父母教过他这么说。

“是的，是他们教我的。我祖父在1889年西雅图大火之后就来到了这里。我是第二代了。”

“所以他们送你去雷尼尔上学？”

他们走过了唐人街的黑色铁拱门，来到了日本城。亨利住在七个街区外，他只来过这里一次，当时，是他的父亲必须到日本人市集边上的北太平洋酒店和一个人见面吃午餐。可即便如此，当父亲得知这个地方是由当地的一个日本商人“弗兰克”建造的之后，他便拂袖离开。菜还没上，他们就走了。

“不是。”她停了下来，向四周看，“这才是他们送我去雷尼尔的原因。”

亨利所见之处，都是美国国旗——每个商店橱窗里，每扇门上。然而，有更多商店的玻璃被打碎了，还有几家商店用木板彻底封了起来。它们的前面，是一部占了三个车位的橙色市政工程起重车。站在吊斗里的一个留胡子的男人，正在取下“天皇街”的路牌，换上另外一块，上面写着“迪尔伯恩街”。

亨利想起父亲给他的胸章，于是伸手摸了摸胸章曾经所在的胸口位置，却只摸到了衬衣上的那个洞。他看了看惠子，突然发现这一天来，这一周来，惠子第一次露出了害怕的神色。

日本城

（1942）

星期六对于亨利来说是个特别的日子。这一天，别的孩子都把收音机转到公共广播公司收听《超人历险记》，亨利却飞快地做完杂事，跑到了杰克逊街和梅纳德大街的转角处。哦，是的，他也喜欢那个拥有“钢铁之躯”的男人——哪个十二岁的孩子不喜欢呢？但是在战争年月，历险却不再是历险了。这个氪星之子不再击碎来自外星的机器人，而是忙着揭露第五纵队成员和日本间谍圈。亨利对这些一点儿也不感兴趣。

他对超人本身很好奇。在1942年，为超人配音的演员还是一个谜。没人知道他是谁。没有一个人。每个孩子都渴望知道他的真实身份。所以，当亨利沿着街道往前跑的时候，他会盯着那些像克拉克·肯特一样穿西装、戴眼镜、举止文雅的人，好奇他们是不是正好就是为超人配音的人。他甚至会看中国人和日本人——谁知道是不是呢？

他想知道惠子是不是也会在星期六的上午收听超人的故事。他想过溜达到日本城去，就是闲逛一下。也许会遇到惠子。这有什么大不了的呢?

这时，他听到了谢尔登在远处演奏的声音，就循着音乐声走了过去。

星期六是一周里他可以听谢尔登演奏的唯一一天。大部分日子里，当亨利从学校回来时，谢尔登的盒子里已经有了两三美元的零钱，而这个时候，他往往就停止了演奏，开始收拾东西了。但星期六不同。星期六，各式各样的游人、水手，甚至一群群的本地人都会来到这里，在杰克逊街上闲逛，于是星期六就成了谢尔登口中的“发薪日”。

那天早上，亨利赶到的时候，有大约二十个人围在那里，随着他朋友演奏的爵士乐摇摆、微笑。亨利挤到前面，坐在人行道上享受着令人赞叹的好天气与音乐。谢尔登看到了他，冲他眨眨眼睛，但没有漏掉一个音符。

演奏结束，掌声响起又停止，人群散去，留下了将近三美元的零钱。谢尔登把一个小小的手写告示牌放到盒子里，上面写着“下一场表演在十五分钟后”，然后停下来开始休息。他深深地吸了一口气，宽阔的胸脯似乎在测试他的绸缎背心的极限。下面有颗扣子已经没有了。

“人真多。”亨利说。

“没错，是这样。不过小子，你看看那儿，这些日子新开了许多夜总会——竞争可够激烈的。”谢尔登用萨克斯指了指。杰克逊街道的两侧，分布着一排排的夜总会招牌和广告板。

亨利曾在这一带闲逛过，总共数出了三十四间夜总会——包括“黑与褐”“摇摆椅”“乌班吉”“克罗尼”“丛林圣殿”。那些还只是正规的夜总会——点亮霓虹灯，公然向世人招摇。另外还有无数其他的夜总会挤在地下室和私人客厅里。父亲总是抱怨他们弄出的嘈杂噪声。

星期六的晚上，亨利会朝窗外望去，看街上路过的人们构成的一道道风景线。白天，到处都是亚洲人面孔。到了晚上，人多了一倍，而且大部分是穿着华丽晚装的白人，他们将去度过一个有爵士乐和舞蹈的夜晚。有的星期六，亨利还能听到远处隐隐的音乐声，但母亲不喜欢他开着窗户睡觉，担心他因为得上感冒或肺炎而死掉。

“试演情况怎么样？”亨利问，他知道谢尔登曾去面试过一份晚上的固定工作。

谢尔登递给他一张卡片，上面写着“本地黑人493”。

“这是什么？”

“不敢相信吧？我加入了工会。白人乐手们为获得更多的工作组织了工会，我们黑人乐手也组织了我们自己的，现在我们的演出机会多得都演不过来了。”

亨利并不是太明白工会卡意味着什么，但谢尔登看上去很兴奋，那这一定是好消息。

“我还得到了在‘黑麋鹿夜总会’做演出替补的机会——就在今晚。原先常驻的那个萨克斯手不知因为什么被关进了监狱，所以他们给工会打了电话，工会就派了我。不敢相信吧？我，在‘黑麋鹿’演奏……”

“和奥斯卡·霍尔登一起！”亨利抢着说。他从没听过这个人演奏，但这个人的海报在城里到处都是，而且谢尔登常常用谈论英雄或传奇人物的口气说起他。

“和奥斯卡·霍尔登一起。”谢尔登点点头，用他的萨克斯吹奏出几个雀跃的音符，“只是今晚而已，不过，这是一次了不起的演出，和一个了不起的人。”

“我真高兴！”亨利咧嘴笑道，“这真是个大消息！”

“说到大消息，和你一道回家的那个小姑娘是谁啊，嗯？是不是该让我知道点什么？”

亨利感到自己的脸颊飞上红云：“她是……学校的一个朋友而已。”

“嗯哼？大概，是女朋友吧？”

亨利赶紧为自己辩解：“不，是个日本朋友。要是给我父母知道了，他们会宰了我的。”他指了指衬衫上的胸章，旧的那枚被查斯扯走了，父亲又让他戴上了一枚新的。

“我是中国人。我是黎巴嫩人。我是北京人。我是最最了不起的人。”谢尔登摇摇头，“对了，下次见到你的日本朋友时，你告诉她：oai deki te ureshii desu。”

“哦——哎——嘚克——德——乌——哩——西——嘚——四。”亨利笨拙地模仿着。

“说得不错——这是日语里的一句恭维话，意思是‘你好，美人——’”

“我说不出口。”亨利打断了他。

“大方点，她会喜欢的。每次有本地艺伎在这里的时候，我都这么说，她们总是听得美滋滋的。而且，听到她的母语，她会高兴的。这样做很有效果。神秘的力量。”

亨利大声练习了几次，又悄悄地在脑子里练习了几次：oai deki te ureshii desu。

“现在你为什么不去日本城试试呢——对了，我今天要早点结束这里的演出。”谢尔登说，“再演一场，我就得去为我和奥斯卡今晚万众瞩目的拉风表演做准备了。”

亨利真希望能去欣赏谢尔登和那位著名的爵士乐钢琴师的表演。他希望自己能看到一个真正的爵士乐夜总会是什么样子的。谢尔登告诉过他，在大部分的夜总会里，人们都会跳舞，但是，奥斯卡演奏时，人们都会坐下来静静地聆听。他太棒了。亨利想象过这样一间昏暗的屋子：每个人都穿着高档的西服和裙子，拿着高脚杯，倾听从聚光灯照射的舞台上流泻出的音乐，从冰凉的水道飘进来的冷雾萦绕在屋子里。

“你今晚一定会很棒！”亨利说。他转过身，没有向东回家，而是向南往日本城走去。

谢尔登笑起来，露出了金牙：“谢谢你，先生，祝你今天过得愉快。”说完，他就开始了他的下一场表演。

亨利练习着那句日本话，一边走，一边一遍又一遍地说着——直到街上的面孔从黑人变成白人，最后变成日本人。

亨利没想到日本城这么大——至少是唐人街的四倍。他在拥挤的街道上越往前走，越觉得要找到惠子是不可能的事情。没错，他曾在放学后陪着她往家走过，但那也不过是走到这里的边缘地带而已。他们会走到初音凯舞蹈学校那里，然后他就会对她说再见，再看着她往富士山旅馆方向走去。他会从那里折回杰克逊街，再沿着南国王街，往家走去。梅纳德大街沿路就像是另一个世界，有日本人的银行、理发馆、裁缝店，甚至有牙医馆和报馆。霓虹灯在白天依然闪烁。家家户户的门廊外都悬着纸灯笼。小孩子们在投掷着他们喜爱的日本棒球队画片。

亨利找到一张长凳坐下，浏览起别人留下的一份当天的《日本每日新闻》。出人意料的是，这份报纸上大部分的文字都是英文。一则消息说，对松堂书店正停业大甩卖。另一则消息说，中村珠宝换了新的老板。亨利朝四周望去，好像有很多商店都在大甩卖，还有一些店大白天的就关门了。这一切都讲得通，因为报纸上的大部分新闻都说，日本城正面临着艰难时刻。明显，这里的生意很差，甚至在珍珠港事件前已是如此——时间甚至可以一直追溯到1931年日本侵略中国东北。亨利之所以记得这一年，是因为父亲经常提到中国的战争。报纸上说，中华公所已经号召抵制整个日本社区。亨利不是很清楚这个中华公所究竟是个什么组织，也许就是像他家所在的秉公堂这样的唐人街组织吧——但是比秉公堂更大、更政治化，不是仅限于他的邻居们，而是包括整个唐人街区域，包括所有帮会。他的父亲就是其中一员。

亨利望向那些在街上闲逛、购物、玩耍的人。来来往往的人流让人一时忘记了什么时世艰难、什么抵制之类的，也忘记了那些用木板封起来、垂挂着美国国旗的店面。他走在街上，大部分本地人都对他视若无睹，只有一些日本小孩在经过时会对他指指点点说些什么，然后又被他们的父母用“嘘”声制止。街上能看到不少黑人，但没有白人。

亨利终于看到了惠子的脸，于是停住了脚步——其实那只是惠子的一张照片——在“相知照相馆”的橱窗里。一张棕色调的照片上，一个小小的女孩，穿着漂亮的节日服装，坐在一张过于宽大的皮革椅子里，拿着一把精致的竹制日本阳伞，上面画的是锦鲤。

“你好，”一个看上去十分年轻的男人来到门口，用日语向他打招呼，“你好，小朋友——”

亨利听不懂他说的日语，只好揭开外套，指指那枚写着“我是中国人”的胸章。

年轻的摄影师笑了：“哦，我不会说中国话，你好啊，是想拍照吗？还是想坐一会儿？还是来找人的？”

现在轮到亨利吃惊了，因为，这个年轻摄影师的英语说得实在太完美了。

“这个女孩，我和她在一起上学。”

“冈部家的？他们把女儿送到了华人学校去上学？”

亨利摇摇头，摆摆手：“冈部惠子，是她，我们都上雷尼尔小学——是耶思乐路那边的一所白人学校。”

汽车引擎的轰鸣声遮掩住了他们两个人的沉默。亨利看到照相师在端详惠子的照片。

“那你们俩一定是非常特别的学生。”

从什么时候开始，特别变成了一种烦恼？甚至是一个骂人的词？在雷尼尔，奖学金一点也没有什么特别之处。完全没有。他想起了他来这里是找人的。也许，她才是特别的。

“您知道她家住哪儿吗？”

“很抱歉，我不知道。不过，我老在日本馆剧院那边见到他们。那儿有个公园，你可以去那里找找看。”

“多谢。”亨利用日语说。除了刚才谢尔登所教的之外，这是他知道的唯一一个日语词汇。

“不客气。有空再来，我给你拍照！”摄影师喊道。

亨利已经沿着街道走远了。

亨利和惠子每天从学校回家，都要经过神户公园，他能从沿路的两排樱树认出这个傍山的公园。公园对面便是日本馆剧院，那里其实是一个歌舞伎剧院，总是贴着他从没看过甚至从没听说过的剧目的海报——比如《哭泣的久松》《心欢的一夜》——都是用汉字和英语写成的。和唐人街一样，公园周围的区域在星期六最为活跃。亨利先是追随着人群，后来又追随着音乐声走去。日本馆前面正上演着露天表演，人们穿着全套的传统服饰，用亮光闪闪的剑战斗（不过那些剑就连砍向空气的时候也会弯折下去）。他们身后，乐手们演奏着样子古怪的三弦吉他般的乐器，完全不像京剧武戏中他听惯的粤胡（也叫高胡）。

观赏着乐舞，亨利完全忘了他是来找惠子的，不过他还会偶尔嘟囔一句谢尔登教他的——哦哎嘚克德乌哩西嘚四——完全是出于紧张的惯性。

“亨利！”

尽管音乐嘈杂，他还是听出了是谁的声音。他四下里张望，好一会儿，才终于看到了坐在神户公园高处山坡上的她。她望着街上的表演，朝他挥着手。亨利朝山坡走去，感到手心湿漉漉的。哦哎嘚克德乌哩西嘚四。哦哎嘚克德乌哩西嘚四。

她放下一个小小的本子，仰起头，微笑着说：“亨利？你在这里做什么？”

“哦哎嘚克德……”这些字像麦克卡车一样从他的舌头上滚出来。他感到额上在淌汗。还有呢？怎么说来着？“乌哩西……嘚四。”

惠子脸上带着惊讶的微笑，呆住了，只有睁得大大的眼睛间或眨一下：“你说什么？”

呼吸，亨利。深呼吸。再来一次。

“Oai deki te ureshii desu！”他流利而自然地说道。做到了！

沉默。

“亨利，我不会日语。”

“什么……？”

“我，不，会，日语。”惠子大笑起来，“就算在日本人的学校，他们也不教日语了，从去年秋天就停了。我爸妈说日语，但他们希望我只学英语。我只会说一句日语：wakarimasen。”

亨利在她身边坐下来，望向街上的表演：“那是什么意思？”

惠子拍拍他的胳膊：“意思就是‘我不明白’。明白了吗？”

亨利在山坡上躺了下来，身下的青草凉凉的。他闻见了日本小玫瑰的香味，这些黄色的小花正星星点点地点缀着山坡。

“亨利，我不知道你说的那句话是什么意思，但听上去很动听。那到底是什么意思？”

“没什么，意思是‘几点了’。”

亨利窘迫地望了一眼惠子，看见她眼中的疑云。“你跑这么远来，就是为了问我几点了？”

亨利耸耸肩："我一个朋友刚教我的。我还以为你会吓一跳呢，我错了——那是什么本子？"

"是速写本。我确实吓了一跳，因为你居然会来这里。要是你父亲知道了，他一定会很生气的，是不是？"

亨利摇摇头。他父亲怎么也想不到他会在这里。以往周六的时候，亨利总是和中国学校的男孩子们去码头海岸区闲逛，在类似科尔曼码头的耶欧德古玩店这种地方出没——看那些真实的木乃伊和人头标本，互相挑战，看谁敢触摸它们。但自从他去雷尼尔之后，他们和他的关系就变了。他没有变，但是，他在他们的眼中变了。他不再是他们当中的一员。和惠子一样，他是特别的。

"没什么大不了。我不过就在家附近而已。"

"真的？那么，是哪个邻居教你说日语的？"

"谢尔登，南国王街上的萨克斯手。"亨利的目光落到速写本上，"我能看看你画的画儿吗？"

她把小小的黑色速写本递给他。里面有用铅笔画的花朵和植物，还有舞者的身影。最后的一幅上面潦草地画着人群、舞者——还有亨利的侧影，站在下面的人群中。"这是我！你看到我在下面有多久了？你一直在看着我，你怎么什么也没说？"

惠子假装听不懂。"Wakarimasen。对不起，我不会说英语。"惠子一边开玩笑，一边拿回了她的速写本，"星期一见，亨利。"

巴德爵士乐唱片店

（1986）

亨利合上膝头的纪念册，把它放到雕刻着花纹的樱桃木咖啡桌上。旁边是他和埃塞尔结婚三十周年纪念日照片的相架。在亨利眼中，她那张微笑的脸庞有些偏瘦，优雅的仪态下隐隐含着忧伤。

这张照片是她病情稍有好转的时候照的，但因为化疗，她的大部分头发都掉了。那些头发并不是像你在电影中看到的那样一下子全部掉光。掉头发的区域并不均匀，有的地方严重一些，有的地方又好一些。她曾叫亨利用剪刀把她的头发全部剪掉，亨利照办了，虽然他并不情愿。这是他们共同经历的许多重要人生时刻中的第一个。他的人生放了一个漫长的假，在这个假期里，他日复一日地护理着她，看着她一步步走向死亡。所有能够做的，他都做了。他对她那些无微不至的照顾，不过像是掌控着一架飞机，让它尽量轻柔地撞向山崖。撞毁在所难免，撞毁前的这一段路却十分重要。

他真想让自己的日子继续向前，却发现不知从何处开始。

于是，他去了一个在他还是个小男孩的时候就让他心有所感的地方——在那里他总是能找到一点点慰藉。他抓起帽子和外套，不久，就来到了巴德爵士乐唱片店满是灰尘的通道里。

在亨利迄今的记忆中，这家店一直位于南杰克逊街上，靠近旧的先锋广场。当然，这里的主人已经不再是最初的巴德·龙。新主人头发斑白，长着一张哭丧的脸，有点像缩小版的迪齐·吉莱斯皮，待人态度十分可亲。他照管着唱片柜台，在被人唤作巴德时，他会很乐意地应声。

“亨利，好久不见了。”

“我一直在城里。”亨利一边说，一边在一个78转老唱片的架子上翻找，希望能找到奥斯卡·霍尔登的作品——西雅图爵士乐唱片的“圣杯”。据传，他曾在20世纪30年代录过一张78转的经典，是黑胶唱片，不是蜡质的。可是传闻中发行的三百张，竟没有一张留存下来。也没有人知道其中任何一张的下落。而且，如今也几乎没有人知道奥斯卡·霍尔登是谁了。而雷·查尔斯和昆西·琼斯这样的西雅图杰出人士却继续发展，赢得了声誉和财富。不过，亨利还是梦想着有一天能够找到一张那样的黑胶唱片。如今，CD的销量已经超过了唱片，巴德唱片店装黑胶唱片的箱子里，每天都满当当地塞着新增加的旧唱片。

如果现在世上还存在着一张那样的唱片，它的主人一定会把它丢了，或拿来以旧换新。他不会知道，那张布满尘灰的老唱片对于像亨利这样的热切收藏者来说意味着什么。说到底，谁是奥斯卡？

巴德调低了音乐声：“你没到这儿来，如果你来了，我就会见到你了。”店里播放的是时髦的音乐，听着钢琴声里深深的忧郁，亨利猜想，也许是欧文顿·贝瑞。

亨利回想了一下自己这段日子的缺席。是的，他这一生，从孩童到成人，一直都是这里的常客。“我的唱盘坏了。”确实是这样，不是撒谎。不然，我该怎么开口，告诉他，我的妻子在六个月前过世了——可没必要把“巴德爵士乐唱片店”变成“巴德忧伤蓝调唱片店”。

“你听说巴拿马旅馆了吗？”老商人问道。

亨利点点头，仍在架子上一点一点翻看。这家唱片店位于地下室里，总有很多灰尘，搞得他的鼻子很痒。“他们把那些东西搬上来的时候，我就站在那里。”

“是吗？”巴德摸摸他黑色的光秃秃的头顶，“我知道你一直在这儿找什么。唉，我是放弃寻找奥斯卡了。但这确实令人充满好奇，不是吗？我是说，他们是从什么时候来着，大概1950年起就用木板封起了那一整栋楼？然后新主人买下了它，进去检视，于是发现了那些尘封这么多年的东西。报纸上说那里没有什么值钱的。没有金条或别的什么。但就是让人好奇……”

亨利在看到他们抬上来第一个扁皮箱后，就没有停止过好奇。从旅馆主人撑开那把日本阳伞起。

亨利抽出一张西雅图爵士乐鼓手韦布·科尔曼的黑胶唱片，放到柜台上：“我就要这个。”

巴德把那张老唱片放进一个用过的宇和岛屋商店购物袋里，递了回去。“这张送给你，亨利——关于你妻子，我很难过。”巴德的眼里仿佛装进了他这一生所见过的数不清的苦难，“埃塞尔是个好女人。我知道，你对得住她了。”

亨利勉强微笑一下，谢过他。有的人每天都会读讣闻，即便是在西雅图这个巨大的“翡翠城”里也是如此——但国际区只不过是一个小地方。人们知道每个人的每一件事。而且，和在其他小地方一样，有的人走了，就再也不会回来了。

点　心[1]

（1986）

又到周末，亨利来到了曾经的日本馆剧院，或者应该说，剧院残存的废墟——他的鞋子咯吱咯吱地踩在破碎的玻璃和粉碎的灯泡上。那曾经照亮过漆黑街道的彩色大遮棚，如今全是插座和灯具掉下后露出的窟窿——那些灯，当年曾散发出多么温暖的光，还是个小男孩的亨利，从里面看到过多少希冀，而如今，它们却覆上了几十年的斑斑锈迹，无人过问，无人理睬。是该修复还是摧毁？亨利不知道哪个更有道理。和巴拿马旅馆一样，日本馆几十年前就荒弃了。和巴拿马旅馆一样，近几年它也被买了下来，正在改建中。听说，这个曾经的日本城文化心脏将变成一个公交站。

这些年来，他从没走进去过。虽然那里曾有过一次小小的重开派对，但过了这四十年，他还是没让自己去。他停下来想感受一下

1　原文为粤语拼音“Dim Sun”。——编者注

这里的氛围，看到建筑工人从二楼窗户把一些有淡紫色软垫的旧椅子扔到下面的垃圾装卸车里。亨利想，一定是包厢里的。没有多少东西剩下了，也许这是我唯一的机会，从当年的售票窗口边走过，看看这老歌舞伎剧院原本的样子。不错的主意。但他和马蒂约了在海富酒楼一起吃午饭，快要迟到了。亨利是个讨厌迟到的人。

亨利觉得这家老旧落伍的餐馆是唐人街最好的馆子。事实上，从小时候开始，他就来这里吃饭了。虽然，他第一次来这里的时候，这里还只是一家日本面馆。后来，这里走马灯一般换了许多老板。但老板们很聪明——他们留着厨房的人，这样食物的味道就能始终如一了。亨利想，这是人生成功的金钥匙——坚持。

不过，马蒂对这里的点心并不热衷。“太传统了，”他会说，“太清淡了。”他更喜欢新一点的馆子，比如康乐酒家或是半岛海鲜酒家。亨利则不喜欢那些赶时髦、打破传统，半夜还为雅痞酒吧的人群提供点心的餐馆。他也不喜欢新近的欧亚菜式——对于亨利的味蕾来说，熏鲑鱼、芭蕉这样的东西是不应该出现在菜单上的。

父子二人在用鲜红色人造皮革面料隔出的小隔间里破破烂烂、凹凸不平的座椅上落座。亨利掀开茶壶盖子，闻了闻，好像在品什么陈年佳酿。这茶太旧了。只是棕色的、有茶色却无茶香的水而已。他把盖子仍掀开着的茶壶推到一边，招手让附近推着蒸笼车的年长的服务员过来。

亨利看了一遍摆在外面的虾饺、蛋挞和蒸包子的样品，点了几种，然后点头确认，连问也没有问一下马蒂想吃什么——马蒂爱吃的，他全都知道。

“我怎么觉得你又在为什么事情而烦恼？”马蒂问。

“茶？”

“不，你最近行为有些异常。老爸，是不是有什么该让我知道的？”

亨利掰开一双廉价的一次性筷子，相互摩擦，好磨掉筷子上的小碎屑：“我的儿子就要毕业了，油等生——”

“是‘优等生’。”马蒂纠正道。

“对，没错。我的儿子在毕业时获得了最高荣誉。”亨利夹了一个热腾腾的虾饺烧卖进嘴里，边嚼边说，“能有什么问题呢？”

“呃，首先是，妈妈过世了。工作上，你已经完全退休了。照顾妈妈，现在你也不用了。所以，我有些担心你。你这些日子是怎么打发时间的？”

亨利夹了一个肉包递给儿子。马蒂用筷子接过来，先撕掉包子底部的蜡纸，然后咬了一大口。“我去巴德唱片店了。我捡起了一些东西。我快走出来了。”亨利说。为了证明他的话，他亮了亮从唱片店拿回的袋子。看，这是证明我过得不错的有力证据。

亨利看着儿子解开一个粽子开始吃。从儿子话语里的担忧，他明白儿子并不相信他所说的。“我还要去巴拿马旅馆。我想我该问问他们能不能让我进去看看。他们在地下室里找到了许多东西。战争年月的东西。”

马蒂停止了咀嚼：“也许是去找某张遗失已久的爵士乐唱片？”

亨利回避了这个问题，不想对儿子撒谎。儿子知道他从很小的时候起就对爵士乐老唱片感兴趣，也知道父亲的孩童时代过得艰难，但也就知道这些而已。为什么？因为儿子从没问过，那些东西好像有些凛然不可侵犯，而且亨利也从没和他分享过。也许，儿子会认为他非常无趣。一个无微不至地照顾妻子的弥留岁月，却没有故事的男人。可靠先生。没有叛逆和冲动。“我是在找某个东西。”亨利说。

马蒂把筷子放在碟子边上，看着父亲：“是不是有什么该让我知道的？老爸，谁知道呢，说不定我能帮上忙。”

亨利咬了一小口葡式蛋挞，然后放下，推开盘子：“如果有什么值得和你分享的，我会告诉你的。”谁知道呢，也许我会吓到你。等着瞧吧，等着，瞧吧。

马蒂看上去仍是一副难以置信的表情。

“你在烦恼什么？你看上去倒是有些心事重重——与学业和成绩无关的。”亨利觉得儿子好像要说什么，但这次轮到马蒂闭口不谈了。在亨利家里，审时度势似乎无处不在。亨利自己认为，和他的父亲之间的讨论，似乎总有适宜的时机和不适宜的时机。也许儿子也有这样的感觉。

“他会用他自己的方法，在他自己觉得合适的时间来处理的。”在得知自己患有癌症之后不久，埃塞尔这样说过，“他是你的儿子，但他不是你的孩童时代的人，没必要和你一样。”

埃塞尔带着亨利来到绿湖，划着小船，在八月晴朗的天空下，告诉了他这个坏消息。“噢，我不会那么快离去的，”她说，“如果可以，在我走的时候，我希望我的离去能让你们俩变得亲密无间。”

她一直无微不至地呵护着儿子和亨利。直到化疗开始，一切都反了过来。而且就这样一直持续了下去。

父子二人沉默地等待着，无视旁边来去的点心推车。厨房里碟子的碰撞声偶尔会打断这难堪的时刻，用汉语和英语互相谩骂的男子又会加重空气中的尴尬气氛。有太多要说的、要问的，但无论是亨利还是马蒂，谁都不愿意再开启话题。他们只是在等着服务员，她很快会再拿些茶和切成片的橙子过来。

亨利轻轻地哼起一首老歌的调子——他已经不记得歌词了，但他永远不会忘记这曲子。越哼，他越想微笑。

而马蒂呢，他只是叹着气，不停地寻找着服务员。

湖景公墓

（1986）

付完账单出来，亨利看着儿子朝他挥手说“再见”，然后把一个巨大的外卖袋放到他那辆银色的本田雅阁前座上。那些好吃的是亨利坚持给他带的。他知道，儿子虽然吃得惯校园的饭菜，但那些饭菜可没法比得上一打新鲜的蒸包——而且，马蒂的宿舍里有微波炉，加热蒸包很方便。

亨利满意地看着儿子驾车上路，然后走到一个花架边站住了。随后，他来到最近的公交车站，乘上10路公交车，来到国会山的远端——从那里，可以步行到湖景公墓。

埃塞尔死的时候，亨利曾保证要每周都到她的墓地来一次。但已经六个月过去了，他只来过一次——那天是他们的结婚三十八周年纪念日。

他把一束新鲜的星火百合——这样的百合，也种在他们家的花园里——放到小小的花岗岩墓碑上。这小小的墓碑，是提醒人们埃塞尔曾在这个世界上走过一回的唯一纪念。他行了礼，从她的墓上扫去干枯的落叶，擦去苔藓，放上另一小束鲜花。

不顾西雅图的绵绵雨雾，他收起雨伞，打开钱包，拿出一个小小的白色信封。信封上写着汉字“李”，这是埃塞尔在三十八年的日子里的姓氏。里面是一枚硬糖和一个二十五美分的硬币。埃塞尔的葬礼那天，他离开邦尼-沃森殡仪馆的时候，那里正在发这样的小信封。放糖，是为了让每个人在离开时都能品尝到甜蜜，而不是苦涩。放二十五美分的硬币，是为了让人在回家的路上可以在商店再买一些糖——一种传统的福寿绵延的象征。

亨利记得那糖的味道，一枚小小的薄荷糖。但在回家的路上，他并不想在商店停下。讽刺的是，马蒂说他们应该尊重这传统，但亨利不愿意。

“带我回家。”当马蒂在南门杂货店减速的时候，亨利只说了这么一句。

亨利甚至不敢想象去花掉这二十五美分。那是埃塞尔留给他的唯一的东西。他的福禄必须得等等。他要留着它——把它留在身边，永远。

他想着福禄，把手伸进这个他每天都带着的小信封里，拿出了那个二十五美分硬币。它很平凡——一枚普普通通的硬币，任何人都可以用它来打个电话或是买杯廉价咖啡。但对于亨利来说，这是一个对更好的东西的承诺。

亨利想起了埃塞尔葬礼那天。他早早就到了，去与指派给他家的葬礼司仪克拉伦斯·马见面。他是个六十多岁的和蔼老头，总爱谈自己身体的不舒服。克拉伦斯是唐人街葬礼方面所有事宜的主保圣徒。每个社区都有各自的拥戴者。在邦尼-沃森殡仪馆富丽堂皇的墙上，挂着他们的相框——形成了一个不同人种葬礼司仪组成的联合国。

“亨利，你来得真早——有什么需要我帮忙的吗？”克拉伦斯从桌前抬起头，说道。亨利走过的时候，他正在往信封里分装糖果和二十五美分硬币。

“我只是想检查一下那些鲜花。”亨利说着，走进一个小礼堂，那里，埃塞尔的一大幅肖像被各种形状的插花簇拥着。

克莱伦斯跟着他走了进去，把胳膊放在他的肩上：“很漂亮，是不是？”

亨利点点头。

“我们特别注意了把你送的花放在她的照片旁——她是个可爱的女人，亨利。我相信她现在一定去了一个更加快乐的地方，不过那里可不一定有这儿这么漂亮。”克拉伦斯递给亨利一个小小的白色信封，“免得仪式结束后你忘了拿——拿着吧，以防万一。”

亨利感觉到了里面的二十五美分硬币。他把信封放到鼻子前面，在满屋子湿润、馥郁的植物香气里，他闻到了里面薄荷的味道。他唯一能说的只有：“谢谢你。”

现在，站在湖景公墓的雾雨中，亨利又一次把信封放到鼻子前面。他什么也闻不到。

“对不起，我没有像我承诺的那样常来这里。”他道了歉。他把硬币握进手中，信封放进口袋里。他聆听着风吹过林间的声音——虽然没指望得到回答，但仍抱着一线希望。

“我有事情要去做。而且，呃，我只是想先到这里来告诉你。

但是，你可能什么都知道了。”亨利的注意力转移到埃塞尔的墓碑旁边的墓碑上——那是他父母的。然后他又转向埃塞尔的安息之所：“你一直都很了解我。”

亨利抚了一下鬓角灰白的头发，毛毛细雨已经把他的头发弄湿了。

“我勉强熬过来了。但我担心马蒂。我总是担心他。我猜，我应该让你看着他点——至于我，我能照顾好自己。我没事的。”

亨利朝四下里张望了一下，看是否有人注意到他这场奇怪的、单向的谈话。但只有他自己——他甚至不知道埃塞尔有没有在听。在家里，在那个她曾生活过的地方和她说话，那是另外一回事。在这外面，在他父母旁边这冰凉的地上，她当然已经不在了。但是，亨利还是需要到这里来，说“再见”。

亨利吻了一下那枚二十五美分硬币，把它放在了埃塞尔的墓碑顶端。亨利想，这是我们幸福的希望。我只剩下这个可以给你了。这样，没有了我，你也能快乐。

他后退一步，双手放在身侧，恭恭敬敬地鞠了三个躬。

“我得走了。”亨利说。

临走前，他从埃塞尔的花束中抽了一枝百合，放到母亲的墓上，又从父亲的墓碑上扫去了一些叶子，然后才撑起伞，回头朝义工公园的方向走下山去。

他走了很长的一段路，一条通向空空荡荡的停车场的蜿蜒小径。湖景公墓是个美丽的地方，只是矗立的座座阴沉的墓碑，会让人想起那么多的失去和怀念。西雅图酋长的女儿和其他著名人士，如阿萨·默瑟和亨利·耶思乐，最后都在这里长眠。这里是对西雅图被遗忘的历史的一次徒步旅行。还包括东北角的二代日裔美军战争纪念碑。一个小小的纪念碑，比诺德斯特姆家族成员的墓碑还小，是献给日裔美籍退役军人的——在与德军的战斗中战死的那些本地人。这些日子里，它毫不引人注意。除了亨利。他慢慢地走到那里，并脱帽致敬。

说你的美国话

（1942）

亨利站在镜子前，检视自己的校服。他告诉过母亲要熨校服，可校服看起来还是皱巴巴的。他往头上戴了一顶旧的“西雅图印第安队”棒球帽，想了想，还是摘了下来，然后又把头发梳了梳。在星期一的早上感到焦虑，已经不是什么新鲜事了。事实上，从星期天下午起，焦虑情绪就会出现。虽然他已经习惯了雷尼尔小学的生活，但随着时间一分一秒地过去，他还是会感到胃在一点一点抽紧，而他离回那所白人小学的时间也越来越近：那些恶霸，那些诘难，还有午饭时在比蒂太太的饭堂里的工作。但是，这个星期一的早上，想起午饭时的工作，他竟然感到很兴奋。只要能见到惠子，那四十分钟的时间都似乎变得珍贵，值得珍惜。就好像黑暗中的一丝光明？没错！

“亨利，你今天早上喜滋滋的啊。”父亲一边喝着拌有咸菜的粥，一边用中国话说道。粥不是亨利喜欢的食物，但他还是会礼貌性地喝一点。

亨利从自己碗里夹出咸鸭蛋片，趁母亲还没从厨房出来，放到了她的碗里。这是他喜欢吃的，但他知道母亲最爱吃，而她分给她自己的从来都很少。他们家暗色的樱桃木餐桌上有一个旋转餐台，他赶在母亲回来之前把餐台旋转回了原来的位置，母亲的碗还在她自己面前。

父亲浏览着报纸。头条新闻是，英国撤出仰光。“现在喜欢上学了吗？”父亲翻了一页报纸，说道。

亨利知道，在家不能说广东话，只好点了下头。

“他们把楼梯修好了吗？你掉下去的那个？”亨利再次点点头，回应父亲的话，并一直喝着粥。在这种单向的对话中，亨利会聆听父亲说什么，但是从不回答。事实上，亨利在家根本很少说话，除非是用英语展示他日益进步的语言技能。但父亲只听得懂广东话和少量普通话，所以，他们之间的对话就成了往来于不同大洋间的潮汐海浪。

其实，事情的真相是，亨利去那所学校的第一天就挨了查斯·普雷斯顿的一顿暴打。但父母是那么希望他能在那里上学，任何不领情的表现都将招致可怕的结果。于是亨利说他的美国话，编造了借口。父母当然听不懂了，只是要求他下次小心一点。亨利尽了他的最大努力去敬重、尊崇他的父母。他每天都走路上学，和一大群叫他“白鬼”的中国孩子迎面而行。他在学校厨房工作，白鬼们叫他“黄种佬”。这都没关系。亨利想，我会做到我该做的。但是，这一路下来，我想我已经厌倦了凡事小心。

吃完早饭，他谢过母亲，收拾起书本去上学。每本书都有新书皮——是用爵士乐夜总会的折叠传单做成的。

那个星期三放学后，亨利和惠子做着他们的工作，倒每间教室里的垃圾，磕黑板擦，然后等着危险的消退。查斯和丹尼·布朗每天负责降旗，所以他们会走得晚一些。现在距下课铃响已经三十分钟过去了，他们已经无影无踪。亨利给了惠子警报解除的信号——亨利侦察停车场的时候，惠子就躲在女厕所里。

除了值班的警卫人员，他和惠子是走得最晚的。今天也一样。他们肩并肩地走着，走下阶梯，经过光秃秃的旗杆，书包在他们的身侧晃晃荡荡。

亨利注意到了惠子书包里的速写本，就是公园里的那一本。“是谁教你画画的？”他问。而且画得这么好，亨利想，有一丁点嫉妒，也暗自佩服她的天分。

惠子耸耸肩：“我想，是我妈吧——主要是她。她像我这么大的时候就是个画家了。她梦想着去纽约，在画廊里工作。但现在她的手上有伤，不能再多画了。所以她把她的艺术希望寄托给了我。她希望我大学念国会山的康沃尔学院——你知道的，那是一所艺术院校。”

亨利知道康沃尔，那是一所四年制大学，培养的是优秀的画家、音乐家和舞蹈家。一个了不起的地方，一个声名显赫的地方。他很佩服。他从不认识真正的艺术家，也许，除了谢尔登……“他们不会收你的。”

惠子停住了脚步，转向亨利：“为什么？因为我是女孩？”

有时候亨利的嘴是太快了。他不知道该怎么委婉地表达，所以干脆直接说出了他的想法：“因为你是日本人，所以他们不会收你的。”

“这就是我妈妈让我到这里来上学的原因。我要做第一个。”惠子继续往下走，把亨利抛下了几步。“对了，我问过妈妈oai dekite ureshii desu的意思了。”惠子说。

亨利往后退了一步，紧张地四下张望。他注意到了惠子的花裙子。一个看上去这么甜美的人，却知道如何调侃他。“是谢尔登的馊主意。”他说。

“那句话很好。”惠子顿了一下，好像在看一群掠过头顶的海鸥，然后又望向亨利，亨利从她眼中看到了顽皮的一闪。“谢谢你，还有谢尔登。”她微微一笑，继续往前走去。

他们来到谢尔登常驻的街角，那里没有音乐，没有人群，看不出那个萨克斯手去了哪里。他通常都在雷尼尔热电大楼的对面演奏。大楼的门口还堆着沙袋，那是今年早些时候为应对空袭警报留下的。游客们来来去去，好像他从没有存在过似的。亨利和惠子满腹狐疑地对视了一眼。

“他今天早上还在这里，”亨利说，“他说他在黑麋鹿夜总会的试演很顺利。也许他们让他去了？”也许他还和奥斯卡·霍尔登达成了长期演出的协议——听谢尔登说，他在周一和周三晚上有固定的表演。因为是免费的，所以很多的人涌进来，演奏音乐，或者仅仅是欣赏音乐。

亨利站在街角，抬头看着杰克逊街道两边那些标志着爵士乐夜总会的霓虹灯招牌。

“你父母允许你在外面玩到什么时候？”他望着地平线问道，竭力想从西雅图码头海岸区那浓重阴沉的雾霭中辨认出太阳的位置。

“我不知道，我常常带着我的速写本，所以我想，应该可以在外面待到天黑。”

亨利望向黑麋鹿夜总会，想知道谢尔登可能会在什么时候演出：“我也是。我妈妈洗完碗就休息了，我爸爸总是看报纸和听收音机里的新闻。”

亨利应该还有几个小时的时间。这年头，夜间在街道上行走是不安全的。为了遵守灯火管制令，许多司机把车头灯漆成了蓝色，或者用玻璃纸盖住，这就导致撞车以及行人过马路遭碾压的事故越来越多。西雅图的浓雾，虽然降低了路面车流的行驶速度，并给进出伊利亚特湾的船只增添了麻烦，却又是一条舒适的毯子，保护着建筑、房屋，让它们免受幽灵般出没的日本轰炸机和可疑的日本舰队的炮火袭击。危险似乎是无处不在的，比如坐在方向盘后的醉鬼水手、搞破坏的日本人，还有最糟糕的，被父母逮住。

“我想去。”惠子坚定地说。她看看亨利，然后又望向街道上那一排爵士乐夜总会。她抚开了遮挡眼睛的头发，看上去，对于亨利还没问出口的那个问题，她好像已经下定了决心。

“你都不知道我在想什么。”

“如果你要去看他的表演，那我跟你一起去。”

亨利琢磨着。反正他晃到日本城去打发时间，已经打破了规则，为什么不走到杰克逊街上去，看看风景，甚至听听歌？只要没人看到他们，只要他们在天黑前回家，一切都会平安无事。“我们不能一起去什么地方。我爸会宰了我的。不过，如果你愿意在晚饭后六点钟的时候到黑麋鹿夜总会门口等我，我会去那里的。”

“别迟到。”惠子说。

他和她一道往日本城走去，那条路是他们常走的。实际上，亨利完全不知道他们该怎么混进黑麋鹿夜总会去。首先，他们不是黑人。即便他把自己戴的那枚胸章换成写着“我是黑人”的胸章，也无济于事。其次，他们的年纪可能没达到入场标准。虽然他曾经见过一大家子，包括小孩子，一起进去，但也只是在特定的晚上才会这样，比如秉公堂的宾果游戏之夜。他只知道，他会想出办法的。如果实在不行，他们还可以在街上听。那里离惠子家有几个街区，稍微有点远，可也不是特别远。离亨利家近，却隔着一个世界——他父母的世界。

“你为什么这么喜欢爵士乐？”惠子说。

“我不知道。”亨利说。他确实不知道。“也许因为它是如此与众不同，可各地的人们都喜欢它。他们喜欢的是音乐，跟肤色无关。对了，我父亲很讨厌爵士乐。”

“他为什么讨厌它？”

“我想，是因为它太与众不同了。”

他们来到惠子家的公寓楼下后，亨利挥手道别，然后转身往家走去。他一边走，一边从路边停的一辆车的后视镜里看惠子。他看到她转过头来，微笑了一下。亨利意识到自己偷看被抓住了，于是扭过头，从日美出版大楼后面的空地上抄小道跑掉了。路上，他经过了“鸣人汤”，那是一家日式澡堂。亨利无法想象像一些日本家庭那样，和父母一起洗澡。他无法想象和父母一起做很多事情。他对惠子的家庭感到好奇——对于她偷偷溜进爵士乐夜总会，他们会怎么看？更别提和亨利见面了。他感到胃有点抽搐。想起惠子，他的心跳得很剧烈，但同时他又充满了勇气。

他听到远处隐隐传来爵士乐手们试音的声音。

牙买加姜油

（1942）

当惠子到达黑麋鹿夜总会门口的时候，亨利立刻意识到自己穿得太随便了。他还穿着这天早些时候穿的那身衣服，那枚写着“我是中国人”的胸章仍别在他的校服衬衫上。可是惠子却为了这个场合特意做了打扮。她穿着一条艳粉色的裙子，一双锃亮的棕色皮鞋。本来束在脑后，还用发卡和热发卷弄短的头发，现在打着卷垂在肩头。她外面穿的是她曾说过她妈妈给她织的白色毛衣。那本速写本利落地夹在胳膊下。

目瞪口呆的亨利说出了自己的第一个念头：“你看上去真美。”他是用英语说的。望着光彩照人的惠子，他太震惊了，她看上去是那么不一样，完全不像学校厨房里那个系着围裙的傻乎乎的女孩。

“不说日语了？不说oai deki te ureshii desu了？”她取笑道。

“我都不会说话了。”

惠子还他一个微笑：“我们就这么进去吗？”

“进不去。”亨利摇摇头，指向一个写着“晚六点后未成年人禁止入内”的告示，“他们在卖酒。我们年纪不够。但我有个主意。跟我来。”他指指一条小巷。他和惠子绕了一圈，找到了夜总会的后门。后门的门框是用厚厚的玻璃砖制成的，纱门微微开着，夜总会里的音乐声传了出来。

“我们偷偷溜进去吗？”惠子有点担心地问。

亨利摇摇头：“他们一定会看见我们，并把我们扔出来的。”他找到两个装牛奶瓶的空板条箱，两人都坐了下来，听着音乐，不去理会巷子里刺鼻的啤酒味和霉味。亨利想，真不敢相信我会在这里。太阳还没有落山，音乐轻快而活泼。

开场的十五分钟乐章结束后，纱门咯吱咯吱开了，走出一个到外面来抽烟的黑人老头。亨利和惠子吓得跳了起来，想要逃走——他们很肯定，在这里闲晃，一定会被轰走的。

“你们两个小家伙在这后面瞎晃什么？想吓死我这个老家伙啊？”他拍了拍胸口，坐在亨利刚才坐的地方。老头穿着皱巴巴的灰色吊带长裤，上面是皱巴巴的带扣角领的衬衫，袖子挽了起来。亨利觉得他简直就像一张没整理过的床。

“对不起，”惠子抚着裙子上的褶皱，“我们只是在听音乐——我们这就走——”

亨利打断了她：“今晚谢尔登在乐队里演奏吗？”

“谢尔登是谁？今晚这里有许多新面孔，孩子。”

“他是吹萨克斯的。”

老头在裤子上擦擦汗涔涔的手，点燃了烟。他清了清喉咙，一阵咳嗽，然后就开始一口一口地猛吸，好像那是一场比赛，而他是快输了的一队，正在竭力扳回一局。在他两口烟间喘气的空当，亨利听见他说道："他在里面，干得很漂亮——你是他的歌迷还是什么？"

"我只是他的一个朋友——我想进去听奥斯卡·霍尔登演奏。我是奥斯卡的歌迷。"

"我也是。"惠子补充道，她也被感染到了，紧紧地靠着亨利。

老头在磨损的鞋跟上掐灭了烟，把烟头扔进最近的一个垃圾桶。"你是奥斯卡的歌迷，嗯？"他指指亨利的胸章，"奥斯卡难道最近有了一个全是中国人的歌迷俱乐部？"

亨利用外套盖住胸章："这只是……我父亲的……"

"没关系，孩子，有的时候我也希望我是中国人。"老头发出抽烟的人才有的沙哑笑声，随即转变成咳嗽、喘息，朝地上吐了一口唾沫。"好吧，如果你们是吹萨克斯的谢尔登的朋友和弹钢琴的奥斯卡的歌迷，我想奥斯卡也许不会介意今晚让两个来自他的歌迷俱乐部的小家伙进场。不过，你们谁也不能把这事说出去，行不行？"

亨利看看惠子，不确定老头是在开玩笑还是说真的。惠子只是微笑着，她笑容中的渴望似乎比他要强烈。他们都摇了摇头。惠子保证道："我们不告诉任何人。"

"好极了。如果今晚想进这里，你们两个歌迷俱乐部的小孩得帮我一个忙。"

当老头从衬衫口袋里取出一些小纸条，递给他们一人一张时，亨利变得有一点灰心。他把自己手里的纸条和惠子手里的对比了一下。几乎是一模一样的。上面是一些潦草的字迹，还有一个签名——医生的签名。

“你们现在就带着纸条去威乐路上的药房——告诉他们，记在我们的账上，然后带回来，你们就可以进去了。”

“我不明白这是什么意思，”亨利说，“这是药……”

“这是牙买加姜油的处方——这里的秘密配方。这是规则，孩子。因为战争，所有东西都定量配给了——糖、汽油、轮胎、烈酒。而且，他们不让我们有色人种的夜总会拥有售酒许可证，所以，我们只好像他们几年前在禁酒令期间做的那样做。我们自己做，摇匀，孩子。”这个年老的黑人指了指门口挂着的马蒂尼酒杯的霓虹招牌，“你们都明白，是药用的——现在去吧。”

亨利看看惠子，并不确定该怎么做，该相信什么。这看起来似乎并不是多大的一个要求。为了他母亲，他去药店一定有上百次了。而且，亨利喜欢干姜的味道。这可能就跟那个差不多吧。

“我们很快回来。”惠子拽着亨利的外套，拉着他跑出巷子，来到杰克逊街上。威乐路就在一个街区外。

“这不会让我们变成私酒贩子吧？”看到药房窗户里一排排的瓶子时，亨利这样问道。对于这样的估计，他感到既紧张又兴奋。他听过收音机里的《这里是联邦调查局》，里面说的是联邦探员抓获了一个来自加拿大的走私团伙。你为好人喝彩，但第二天在外面玩警察小偷游戏的时候，你却总是想扮坏人。

“不会的。这一点也不违法——而且，我们只是跑腿而已。就像他说的，是他们在出售，但他们从白人那里买不到，才只好自己做的。”

亨利从心里赶走了关于做坏事的担忧，走进猫头鹰药店。这里要到晚上八点才关门。他告诉自己，私酒贩子是不会来药房的。你不会因为拿点药而进监狱，是不是？

不知那个骨瘦如柴的老药师，对于两个亚洲小孩每人买一瓶80%都是酒精的东西是不是感到奇怪。反正他一个字也没说。说实话，看他拿着一个巨大的手持放大镜，眯着眼睛看处方和标签的样子，可能他已经什么都看不太清楚了。而年轻的黑人伙计在将他们要的瓶子分别装袋的时候，只是冲他们挤挤眼睛，闪出一个心知肚明的微笑。“无须付费。”他说。

走出去的时候，亨利和惠子甚至没有停下来看一眼装便士糖[1]的罐子。当他们晃晃荡荡地拎着那装着十盎司液体的瓶子，大踏步穿过马路时，他们假装平静地对视了一眼，感觉自己好像长大了几分——大人们的“大地寻宝游戏”[2]中小小的胜利者。

“他们拿这东西做什么，喝吗？”亨利看着他的瓶子问道。

“我爸爸告诉过我以前人们怎样用它来做私烧锦酒。”

亨利想起了那些夜里在大街上跌跌撞撞走路和打架的水手。他们步履蹒跚得好像是腿长在别人身上一样。人们称之为“烈酒腿”——都是劣质锦酒害的。佩因陆军航空基地的水手和士兵们因为打架，被禁止进入住宅区的酒吧，所以他们就晃到了南杰克逊街的爵士乐巷子里，甚至偶尔会去唐人街寻找愿意卖酒给他们的酒吧。亨利不敢相信人们还喝这样的东西。但当他看到黑麋鹿夜总会

1　便士糖（penny candy）：20世纪60到80年代，欧美国家超市里的糖果通常以单个的形式售卖，价格在一到两便士，所以称之为“便士糖”。——编者注

2　大地寻宝游戏（scavenger hunt）：一种找寻事先藏好的物品的游戏。

外面聚集的人群时，他知道，他们和他到这里来，是为了同样的东西。他们来这里，是为了分享某种丰盛的、醉人的，甚至几乎被禁止的东西——他们是为音乐而来。今晚，在这座房子前，迟到的人们排起了长队等候入场，有些甚至被拒绝入内。对于一个非周末夜晚来说，这已是一场大聚会了。当然，是奥斯卡把他们吸引来的。

酒吧后面的巷子里，亨利听见乐手们正在为下一组乐章调音。他觉得他听见了谢尔登调试萨克斯的声音。

后门口那里，一个系着白围裙、打着黑领结的年轻一点的人正等着他们。他打开纱门，把他们飞快地拽进一间临时的厨房。厨房里，那些人把他们带来的牙买加姜油瓶子放进了一个装冰块的桶里，和其他一些形状古怪、性质神秘的瓶子放在一起。

来到外面的大厅，不远处是一个木地板已磨损的舞池，护送他们的那个人指了指厨房门边的一些椅子。那里，一个小工正在把一摞餐巾叠成完美的小小的白色三角形。“你们就坐在那里，别惹事，我去看看奥斯卡准备好了没有。”他对他们说。亨利和惠子畏惧地望向昏暗、烟雾缭绕的大厅，他们看到斑斑点点的桌布上，放着盛有勃艮第葡萄酒的高脚玻璃杯；烛光摇曳的小桌子周围，挤坐在一起的客人们身上，有珠宝在闪烁着光芒。

一个老头走向吧台，擦着额头上的汗，给自己倒了一高脚杯冰水。闲谈声低了下来。这正是在夜总会后面巷子里抽烟的那个老头。看他走向舞台，甩甩手腕，捏捏指节，坐到一台直立式钢琴那里，面对一支庞大的爵士乐合奏团，亨利的下巴简直都要掉了。他看到了谢尔登，他坐在一个硬纸盒后面，和管乐组的其他人在一起。

老头从肩上摘下吊带，好让上半身能够自由活动。他的手指划过键盘，整个乐队便和起了他的节奏。亨利注意到，人群屏住了呼吸。钢琴前的老头开始弹奏起过门，并说道：“这首曲子献给我的两个新朋友——它叫作《巷里的猫》。它稍微有点与众不同，但我想你们大家会喜欢的。”

亨利从前听收音机的时候，曾听过一两次伍迪·赫尔曼和贝西伯爵的演奏，可一场十二个人的现场演奏，却是他以往听的任何东西都无法与之相比的。他曾听到的那些从夜总会里飘出、在南杰克逊街上回荡的音乐，大都是小乐队演奏的，节奏单调，支离破碎。只是少数几个乐手的即兴演出。相较之下，这就是超速行进的货运列车。低音提琴和鼓点引领着曲调，突然间又魔法般戛然而止，只留下奥斯卡那独具特色的钢琴演奏，令观众们如痴如醉。

亨利扭过头，看到惠子已经打开了她的速写本，正在竭力描绘出眼前的场景。“这是摇摆爵士，”她说，“我爸妈听的就是这种。我妈妈说，在白人的夜总会里他们不会像这样演奏，这对于有些人来说太过疯狂了。”

惠子提到她父母的时候，亨利开始留心起人群的构成。几乎都是黑人，有的坐着、晃动着，有的站着，随着乐队的狂热步调而舞动。人群中有几对日本男女格外扎眼，他们喝着酒，沉浸在音乐中，好似朝向太阳的花朵一般。亨利搜寻着中国人面孔，没有找到。

惠子指向一张小桌，那里正坐着那三对日本男女，他们在饮酒谈笑。“那是富山先生。我在日本人的学校上学时，他教过我一个季度的英语作文课。那一定是他的妻子。我想另外的两个人一定也是老师。”

亨利看着那些日本男女，想到了自己的父母。母亲忙于家务事和秉公堂的社区服务，还在秉公堂用汽油赠券换取定量配给票——红色的票是肉票、猪油票和油票，蓝色的票是豆子、大米和罐头食品票。父亲听收音机的时候，只听关于苏联战事、太平洋战事还有中国战事的最新报道。他整天忙着领导筹款运动，以支持国民党军队在东北的抗日行动。他甚至准备好了在这里打仗，自愿当上了唐人街的街区保卫员。在提倡用防毒面具预防随时可能到来的日本入侵的少数几个平头百姓中，他算一个。

战争影响了每一个人。即便是现在，在这个黑麋鹿夜总会里。所有窗帘都因为灯火管制而拉上了，让亨利感觉气氛十分神秘。这里好像变成了一个远离乱世的世外桃源。也许这才是他们来到这里的原因。逃避——带着一杯用牙买加姜油制成的马蒂尼逃走，用奥斯卡·霍尔登演绎版的《我搞砸了，真糟》去寻找它。

亨利简直可以在这里待上一整晚。也许惠子也是。当他从厚重的窗帘后向外张望时，远处太阳已经落到了普吉特湾和奥林匹克山上。他朝窗外望，看到一些比他和惠子大的孩子在人行道上跑来跑去地喊：“熄灯！熄灯！”

屋里，奥斯卡又休息了。

“天快黑了，我们该走了。”亨利说。

惠子看着亨利，好像从一个美妙的梦中被他吵醒了一般。

他们朝谢尔登挥手。他终于看到了他们，也朝他们挥挥手，看上去十分惊喜。他来到了厨房门边和他们碰面。

“亨利！这一定是……”谢尔登瞪大眼睛望着他。亨利看到了他的表情，那表情里，佩服多于惊讶。

“这是惠子。她是我在学校的同学。她也是拿奖学金的。”

惠子和谢尔登握了握手：“很高兴认识你。这是亨利的主意，我们在后面闲晃，然后——”

“然后奥斯卡就让你们帮他干了点活，就是这样，对不对？他是这样的人，总是精心打理他的夜总会，精心打理他的乐队。你们觉得呢？”

“太了不起了。他应该出唱片的。”惠子情不自禁地说。

“嗨，嗨，我们在学会跑之前总要先学会走——你们知道，那是要付钱的。好了，我们得为晚上八点的演出热身了，你们俩最好现在就开溜吧。天快黑了，小姐，我不知道你是什么情况，但我知道，亨利可不能在外面待得太晚。这位小男子汉没有兄弟，所以我就是他的大哥，我得罩着他。说真的，我们长得很像，对不对？”谢尔登把脸凑近亨利，“这就是他要戴那胸章的原因——免得别人把我们俩搞混了。”

惠子先是微笑，随即放声大笑。她用手掌抚了抚谢尔登的面颊。看到亨利时，她的眼里闪烁着亮光。

“你要在这里演奏多久？”亨利问。

“演过这个周末，然后奥斯卡说过，我们再谈。”

“把他们都震住！”亨利一边说，一边和惠子一道走进那扇开开闭闭的厨房门里。

谢尔登微笑着举起萨克斯：“谢谢你，先生，祝你今天过得愉快。”

亨利和惠子在厨房里穿行着，从一个带轮子的巨大砧板和放盘子、玻璃杯、银质餐具的架子间走过。他俩微笑着，走向通往巷子的出口，厨房里的几个员工露出困惑的表情。

这个夜晚真不可思议。亨利好想跟父母讲这一切。也许可以的，明天吃早饭的时候，用英语讲。

通往巷子的后门关着，锁上了。已经差不多是灯火管制的时间。亨利好不容易打开沉重的木门闩，却看到了两个穿黑色西服的白人。他们挡住了昏暗天色里仅剩的一点光线。头一回，亨利听到了左轮手枪上膛的冷冰冰的金属声。他吓傻了，屏住呼吸，一动也不敢动。那两个人每人手里都端着一把手枪。亨利突然反应过来，一步跨到惠子面前，竭力想挡住她，于是，令人毛骨悚然的枪管就径直指向了他那十二岁的小小身躯。那两个人的西服外套上都挂着徽章。他们是联邦探员。黑麋鹿夜总会里的音乐在一片嘈杂声之后戛然而止。亨利只听见自己剧烈的心跳和四下里男人们的喊叫："FBI!"

亨利明白是怎么回事了。这里因为走私被突袭了。他们把牙买加姜油运到一些地下酒吧去，一定是被人以制造私烧锦酒的罪名告发了。但他还是很震惊，甚至是惊呆了。惠子看上去吓坏了。

两个联邦探员押着亨利和惠子穿过厨房，亨利能感觉到他们沉重的大手。他们没有理会食品间里忙着把威士忌和锦酒瓶子往下水沟里倒的工人。亨利想：他们没有理会他们，这是怎么回事？

来到舞池里，探员命令他俩坐在他们刚才正好坐过的椅子上。亨利坐在那儿，数了数，屋里至少还有六个探员，其中好几个有枪。他们用枪指着人群，朝一些人喊叫，还把一些人推到一边。

亨利和惠子都在用眼睛寻找谢尔登，可在探员制造的一片混乱中，他们找不到他。他们只看到了爵士管弦乐队的其他人：他们安静地待着，把他们的乐器小心地放在一边，保护着赖以谋生的这些宝贝。

有的客人手里抓着自己的外套和帽子——如果它们在近处的话；有的就顾不上他们的外套和帽子了，只顾朝出口涌去。

亨利和惠子看见奥斯卡·霍尔登站在舞台上，手里拿着麦克风，竭力让大家保持冷静。当一个联邦探员用枪指着他，吼他下来时，奥斯卡自己也失去了冷静。他不停地叫喊："他们只是在听音乐。为什么带他们走？"这个穿着汗湿的白色衬衫的老头高高举起裤子的背带，身后宁静的灯光把他的影子长长地投射在地板上，让他看上去就像是站在高山上呼喊的上帝一般。在他的影子里，趴着那些日本客人，男女都有——他们脸朝下匍匐在地板上，枪指着他们的头。

亨利朝惠子看去，惠子已经惊呆了——她盯着趴在地板上的一个日本男人。"富山先生？"亨利轻声问道。

惠子慢慢地点了点头。

奥斯卡一直在喊叫，直到谢尔登从人群里冲出来，把他从站在下面的联邦探员的枪口下拉走。他手里拿着他的萨克斯，竭尽全力安抚着这位领队，以及那个已经将枪上膛的探员。

夜总会里没有了音乐声，显得很空旷，只回响着联邦探员的咆哮，以及手铐不时发出的咔嗒声。空荡荡的桌子上，烛光摇曳闪烁，映照着半空的马蒂尼玻璃杯，不时点亮昏暗的舞池。

六个日本客人都被铐上了手铐，往门口带去。女人们在哭，男人们在用英语问："为什么抓我？"最后一个人被铐起来往外带的时候，亨利听到他喊了一声："我是美国人！"

“这两个家伙该怎么办？”他们旁边的探员朝一个穿着深棕色西服的大个子喊道。他看上去比其他人要年长。

“嚯……瞧瞧我们逮到了什么。”棕色西服的男人把手枪放进皮套里，摘下帽子，摸着光秃秃的额头，“老实说，他们做间谍还是年轻了点。”

亨利慢慢地揭开外套，让他看那枚胸章，“我是中国人”。

“哦，上帝，雷，你误逮了两个中国佬。他们可能是在厨房里工作的。这活不赖。还好你没对他们动粗，要不你可能就被他们打趴下了。”

“你们给我离那俩小孩远点！他们是替我干活的！”奥斯卡挣脱谢尔登，蹒跚着挤过剩下的人群，朝离亨利最近的探员冲过来，“我离开南部千里迢迢到这里来，不是为了看到我的人受到这样的对待！”

所有人都为他让开了道路，只有两个年轻的探员把枪放到皮套里，腾出手来想制服这个大个子，另一个探员则拿着手铐，竭力想把他铐上。奥斯卡甩开了他们，还用肩膀撞向一个探员，几乎把他撞翻到桌子的另一边——马蒂尼玻璃杯掉了一地，叮叮当当地砸得粉碎，满地都是碎片，在人们脚底下嘎吱嘎吱作响。

谢尔登竭力控制着事态，不让一切失控。他挤到了探员和奥斯卡中间。亨利并不确定他究竟是在保护奥斯卡不挨探员的揍，还是想让探员们不至于被这个愤怒的黑人伤到。当探员们一边出声警告，一边让他们离开的时候，谢尔登再一次拉开了他的领队。他们已经抓到了他们想抓的日本人。而对于端掉一个锦酒窝点，或是抓走它的经营者，他们似乎并不感兴趣。

“你们为什么要抓那些人？”在一片纷杂中，亨利听到惠子这样轻声问道。富山先生被带出去的那扇门砰的一声关上了，也截断了从外面照进来的光线。

身着棕色西服的男人把帽子戴了回去，好像已经完成了工作，就要离开：“孩子，他们是通敌者。海军部长说，夏威夷有日本间谍活动，都是本地人。不能让那样的事情在这里发生。布雷默顿港那里有太多的船了，就停泊在那里。”他用大拇指点了点普吉特湾的方向。

亨利瞪着惠子，希望她能读懂他的意思，希望她能读懂他的眼神。*请不要说。不要告诉那个人，富山先生是你的老师。*

“他们会有什么样的遭遇？”惠子问道，细弱的嗓音里饱含忧虑。

“如果他们被确认犯有通敌罪的话，会被处以死刑。但他们也可能仅仅会在安全的、条件不错的监牢里度过几年的时间。”

“但他不是间谍，他以前是——”

“天快黑了，我们得走了。”亨利打断了惠子和探员的谈话，拽了拽她的胳膊肘，“我们不能回家太晚，你忘了吗？”

她困惑地皱起眉头，气红了脸：“可是——”

“我们得走了。就现在。”亨利把她推到了最近的出口处，“请你……”

一个体格魁梧的探员站到一边，让他们从前门出去了。亨利回头看去，看到谢尔登正在舞台前面守护着奥斯卡，让他保持安静。谢尔登也回头望了望，朝他们挥挥手，催他们快回家去。

亨利和惠子走过一排黑色警车，来到街对面一座公寓楼的门廊处。他们观望着穿制服的军官驱散人群。一个来自《西雅图时报》的白人记者在做记录和拍照片。他相机上的闪光灯偶尔会照亮黑麋鹿夜总会的大门。他掏出一张手绢，包住滚烫的灯泡，把它换下，扔到地上，踩了一脚，把它踩进人行便道里。他朝最近的军官喊着自己的问题，但军官唯一的回答是："无可奉告。"

"我看不下去了。"惠子说着，大踏步地走开了。

"对不起，我不该带你来这里。"他们走上南部主干道的时候，亨利说，在这里，他们就要分头回家了，"我很难过，这么重要的一个夜晚被毁了。"

惠子站住了，看着亨利。她看看他的胸章，他父亲让他戴的那个："你是中国人，是吗，亨利？"

他点点头，不知道该怎么回答。

"挺好。做你的中国人吧。"她说着转过身，眼里是失望的神情，"但我是美国人。"

我是日本人

（1986）

亨利被远处警车尖啸的警笛声惊醒了。他正坐着公交车，从湖景公墓回马蒂口中的“国际区”——简称I.D.。漫长的车程中，他竟然睡着了，还做了梦。他捂着嘴巴打了个呵欠，朝窗外望去。在他看来，国王圆顶体育馆外的东北区域就只是唐人街而已。他从小到大都这么叫，现在也不想改了——虽然这里如今汇聚着越南卡拉OK厅、韩国音像店以及一两家午餐时总是挤满了白人顾客的寿司店。

马蒂对于亨利的儿时所知甚少。亨利只有在讲关于他自己的父母，主要是马蒂的祖母的时候，才会提到自己的儿时。他偶尔也会提到马蒂完全不认识的祖父。亨利和父亲之间缺乏有意义的沟通，这建立在他一生的孤立之上。亨利是家中唯一的孩子，没有兄弟姐妹可以说话、分享东西。马蒂也一样。亨利和他父亲之间曾经有过的困难重重的沟通方式，似乎又传给了马蒂。这些年来，是埃塞尔为他们之间的鸿沟架起桥梁，现在，亨利必须自己来跋涉过这道沟渠了。但他一直不是很确定要和他的儿子说些什么，什么时候说。对于一个在中国家庭里长大的人来说，礼仪和时宜高于一切。毕竟，战争期间，有三年的时间，亨利自己都没有怎么和父母说过话。

但现在，亨利从内心深处想要把一切都告诉儿子。当他回顾一生的时候，一切都显得是那么不公，但人们接受了它，并且竭力把日子过好，这多了不起。他想把惠子的事情告诉儿子——还有巴拿马旅馆。但埃塞尔才离开六个月。当然，她实际上已经离开七年零六个月，但马蒂也许不会明白的。现在告诉他，太早了点。而且，从哪里开始说起？亨利并没有什么把握。

想到那把竹制的涂色阳伞，亨利竭力调和着自己的感受——失去埃塞尔，在破旧旅馆的地下室里可能找到某些东西。他感到悲痛和追悔，这么些年来，他竟然没想到可能会有什么东西在那下面。他不知道该允许自己有什么样的期待，不知道自己心脏的承受力如何。但他不能再等了。已经好几天过去了，那条新闻出现在人们的视野里，又销声匿迹。是时候去揭开真相了。

亨利不知不觉提前了三站下车，来到巴拿马旅馆。他还是个小孩子的时候，这个地方分隔着两个世界；当他长大成人，这个地方分隔着两个时代。这个地方，许多年来他一直在逃避，可现在，他不能再躲了。

里面，亨利目光所及，全是戴着头盔的满身灰土的工人。被水泡坏的天花板正在拆除。地板正在做抛光。楼上过道的墙壁正在喷沙。他望向楼梯顶端的尘土和沙砾，压缩机的声响令他捂住了耳朵。

从1949年开始，除了偶尔撞破后窗玻璃进来的候鸟，或是在楼上房间里做窝的鸽群，这里就再也没有谁住过了。即便是亨利小时候，这里也是客人稀少，总是空着一半的房间。特别是在战争期间和战争后，从1942年左右起，到日本宣布投降之日。再后来，这里就荒弃了。

“佩蒂森太太在吗？”亨利朝离他最近的一个建筑工人大声喊道，电锯和喷砂器的声音实在太嘈杂了。工人抬起头，掀开耳朵保护罩。

“谁？”

“我找帕尔默·佩蒂森。”

工人指向一间老旧的衣帽间，那里好像被改造成了这幢建筑修复期间的临时办公室。屋外的公告板上钉着各种蓝图和建筑文件，看上去，这座旅馆正在恢复往日的荣耀。

亨利摘下帽子，探进头去：“你好，我找佩蒂森太太。”

“我就是佩蒂森太太——帕尔默·佩蒂森。我是这里的主人，你是找我吗？你是哪位？”

亨利紧张地介绍了自己，语速比平时要快。在这座让他感到惊吓又感到兴奋的老旅馆里，他的心跳得很剧烈。尽管根据父亲的规定，这里是禁忌之地，但这里充满了神秘和美丽。虽然年久失修又遭雨水侵蚀，旅馆里面依然令人惊艳。

“我对地下室里的那些私人物品感兴趣，那些存在那里的物品。”

“是吗？那确实是一个惊人的发现。我五年前就买下了这里，可我整整花了五年才为重建准备好了资金，取得了授权。在我们进行一些内部拆除前，我跑到地下室里去检查火炉——这才发现了那些。扁皮箱、行李箱，一排又一排，有的地方都堆到了天花板那里。你是要买那里的什么吗？”

“不，我……”

“你是某个博物馆的工作人员？”

“不……”

“那么，我能为你做些什么，李先生？”

亨利擦擦前额，有一点慌张。他并不习惯和说话飞快的商人打交道：“我不知道该怎么说——我只是在找一些东西。我并不确切地知道是什么，但当我看到它的时候我就知道了。”

佩蒂森太太合上了桌上的账目。亨利感觉，她好像是明白了什么。“那你一定是在找亲人的东西了？”

亨利很惊讶，四十多年过去了，有的时候人们还是会把他当作日本人。他想起了父亲让他每天戴在衣服上的那枚胸章——只要是上学的日子就必须戴，即便是夏天。想起了父母怎样把他管教成一个激进的中国人，把家庭幸福建立在人种区别上。想起了他憎恨在学校里被叫作“小日本”。但生活充满了讽刺。

“是的！我是日本人。”亨利点点头，“我当然是。不知我可不可以去那里看看？”只要能让我进地下室，我就做日本人吧。如果需要，我还可以做一个流着蓝色血液的半火星血统的加拿大移民。亨利这样想。

“在表上填一下你的家人的名字。”她说，递给亨利一个放着纸的夹板，“你可以下去自己看看。不过我要告诉你的是，不要拿走任何东西，至少现在不要。我们还希望通过那些人留下的东西，找到他们更多的亲人。”

亨利很惊讶。纸上目前只有三个名字。这个大发现已经上了本地报纸，却很少有人来这里，说，那些留下的东西里有他的。

“没有人来拿回他们自己的东西吗？”

“时间太久了。四十多年前的事情。人都是朝前走的。”亨利看到她在小心措辞。在她那商业化的生硬腔调背后，亨利听出了敬畏。“有的时候，人们就往前走了。很有可能，那些东西的大部分主人都过世了。”

“那他们的亲人呢？一定会有人听说的，他们难道不会打电话来……”

“我开始也是这样认为的，但我想，许多人并不想再回到过去了。有时候，这是最佳做法——活在当下。”

亨利明白。是的，他明白。他知道抛下一些东西的那种感觉。朝前走，活在未来，而不是重新活一遍过去。

但他亲爱的埃塞尔不在了，也带走了他对她的责任。

亨利谢过了佩蒂森太太，在纸上写下了一个名字，“冈部”。

地下室

（1986）

亨利走下一段油漆剥落的楼梯，推开一扇链条咯吱作响的厚木门。这扇门的背后，是这座古旧旅馆的地下室之下又一层的巨大空间。唯一的光源来自几个灯泡，像圣诞树上的小灯一样，用巨大的U形夹和亮橙色的长长的弹性绳固定在天花板上。

亨利踏进去，深吸几口气，胸口涌起一种幽闭恐惧症般的压迫感。这个地下储藏室里竟塞得如此满满当当。他简直无法估量这里到底存放着多少个人物品。只有一条仅容一人勉强走过的狭窄通道蜿蜒向前，两边都是堆得接近天花板的板条箱、行李箱和扁皮箱构成的森林。有黄，有蓝；有大，有小。每样东西上都蒙着一层灰。这些东西放在这里，已经几十年没人碰过了。

这间屋子给人的第一印象很像是一家二手货商店。有一辆豪华的旧自行车，亨利小时候曾十分渴望拥有这么一辆。有巨大的金属桶，里面装着一卷卷的报纸，以及像是美术印刷品的东西。一期古老的《体育》杂志旁边的一个盒子里，伸出一张西尔斯·罗巴克百货公司的订货单。一套雕刻精良的大理石国际象棋，堆放在一个木头饭碗里。

除了第一天曾拿出来过的那把阳伞，没什么东西看起来有丝毫眼熟，可他并不能确定那把竹制阳伞究竟是不是惠子的。他只是小时候——差不多四十年前？——在她的一张黑白照片中看到过那把伞。他竭力想告诉自己，那并不是什么可靠的证据，但他的心里其实并不是这么希望的。那是她的。她家里的东西在这里，对于她来说非常珍贵的一些东西在这里。他要找到它们，找到尚存的那些东西。

亨利拿下一个小小的行李箱，啪的一声，打开生锈的锁扣。他揭开盖子，感觉自己好像闯进了谁的家里。这个皮箱里有一套剃须用具，一瓶陈旧的金合欢古龙水，还有一条被老鼠做了窝的丝绸领带。箱子内侧的名字是“F. 荒川”。谁知道他是谁呢。

下一个箱子十分巨大，带有一个干净的树脂手柄。亨利打开它的时候，它实际上已经散架了。里面的一堆布料，因为几十年的潮湿已经霉烂。在进一步察看之前，亨利先看了看它是什么。上面有串珍珠，有包着丝绸的纽扣。他把它从箱子里提了出来，发现这轻纱似的白色布料实际上是一件婚纱。箱子里还有与之相配的一双白色带跟女鞋，一副蕾丝吊带袜。衣服底下塞着的一个小小帽盒里，是一束婚礼干花，雅致而易脆。箱子里没有照片和其他能证明身份的东西。

接着亨利拉下来一个塞满了婴儿用品的古旧的装韦纳奇山谷苹果的板条箱。牌匾上有青铜色的金属护套，基座上刻着名字“由纪”。板条箱的旁边塞着一双小小的红色的橡胶筒靴。箱子里面有一些东西并不只是对个人有价值——银质拨浪鼓，美国款式的银质茶具，还有一套包起来的镀金的西餐餐具。在叉子和勺子下面，有一本相册。亨利坐到一张皮凳上，把相册放在大腿上，扯开了布满灰尘的系带。他看到了一个他不认识的日本家庭的照片——有父母，有小孩，大部分是在西雅图南部和附近照的，还有他们在阿尔基海滩游泳的照片。照片上的每个人看上去都十分严肃。亨利翻着相册，发现有的地方是空白的。有时候，整页都是空的。大半的照片都不在了。它们被取了出去，只留下空白的正方形，这些曾经被盖住的地方没有因西雅图潮湿空气的浸染而变黄。

亨利犹豫了一下，然后把鼻子贴近相册页面，呼吸。他想，他应该是先想象过了这味道，然后才闻的。他的想象没有错——页面上全是烟熏的味道。

行政令

（1942）

第二天早上亨利醒来的时候，闻到了烧饼的香味。这是父亲最喜欢的早餐，特别是自从糖的配给票短缺以来，这更是变成了难得的好东西。父亲穿着他最好的西服，实际上，也是他唯一的一套西服，坐在桌子边。这套深灰色的衣服是他让一个刚从香港搬过来的裁缝为他量身定制的。

亨利坐在那里，听父亲读日报，他读了每一条关于本地日本人被捕的新闻。他们所有人都会被送进联邦监狱。亨利不明白。他们抓走了学校老师和商人，医生和鱼贩。这些抓捕好像是随意的，罪名十分含糊。听上去，父亲十分满意——大战役中的小胜利。

亨利吹着刚出炉的红糖芝麻烧饼，竭力让它变凉。他望向正全神贯注看一篇文章的父亲，琢磨着惠子和黑麋鹿夜总会里的抓捕事件，感到十分困惑。父亲把那篇文章递给亨利看——亨利能够看明白的是，这篇文章是用中文写的，是一封来自秉公堂的信，最底下，他们的印章很清楚。

“这对于我们来说是大消息，亨利。”父亲用广东话说。

亨利终于咬了一口烧饼，点点头，边听边嚼。

“你知道什么是行政令吗？”

亨利模模糊糊地知道一点，但是，他不能用父亲禁止他说的广东话回答，于是就摇了摇头表示不知道。反正你会告诉我的，对不对？

“它是一种非常重要的声明。就像孙中山宣布1912年1月1日为中华民国建立之日一样。”

亨利在许多场合都听父亲说起过中华民国，虽然父亲在很年轻的时候就离开了中国，从此再没有踏上过中国的土地。那已经是很多年前的事情了，那时，他还只有亨利这么大，是被送回广东完成在中国的学业的。

父亲还会用虔敬、崇拜的语气说起已过世的孙中山博士，他是一位革命家，是他建立了一个人民政府。亨利想象着这个名字——孙博士，听起来像是超人将要与之战斗的某个人。

父亲把他自己的大半辈子都献给了民族主义事业，致力于推进那位已辞世的中华民国总统所提出的“三民主义”理念。于是自然地，当亨利慢慢明白父亲热衷于与本地那些日裔美国人起小小冲突的原因时，他同样也感觉到了困惑和矛盾。父亲信仰人民的政府，但对于“人民”包括什么样的人，他非常谨慎。

“罗斯福总统刚刚签署了9102号行政令——战时再安置局诞生了。这是对9066号行政令的补充——它给予的是美国划定新的军事区域的权力。”

亨利想，可能是一个新的基地或是堡垒，他看了看钟，以免迟到。

“亨利，整个西海岸都被划定为军事区域了。”亨利听着，并不明白这意味着什么。“华盛顿的一半、俄勒冈的一半、加利福尼亚的大部分，现在都处于军事管制下。”

“为什么？”亨利用英语问道。

父亲一定是听懂了这个词，或者他仅仅是感觉亨利必须得知道这些。“上面说，‘我在此授权和指示战争部长和军事指挥官’，”父亲停了一下，竭力用广东话正确地念出来，“‘根据他或者相应的军事指挥官的决定，划定军事区域；在军事区域里，任何或者所有人都可以被移出；任何人进入、留下或是离开的权利，都由战争部长根据他的判断来做出限制’。”

亨利咽下最后一口芝麻烧饼；这行政令可能是针对德国人的。战争无处不在。他就是这么长大的。总统备忘录并没有什么不同寻常之处。

“他们可能驱逐任何人。他们可能驱逐我们，或是德国移民，”父亲看看亨利，放下了那封信，“或是日本人。”

最后一句话吓到了亨利——他担心起惠子，还有她的家人。他朝窗外望去，没留心母亲拿着一把厨房剪刀走了进来。她把亨利前几天给他买的星火百合的茎部剪去了一些，然后又把它放回小餐桌上的瓶子里。

“他们不能把他们全都带走的。否则瓦逊岛的草莓农场怎么办？班布里奇的锯木厂怎么办？还有渔民们怎么办？”她说。亨利听着他们俩之间的广东话对话，感觉那好像是从一个遥远的广播电台传出来的。

“什么？有大把中国工人，大把有色人种工人。他们人手短缺，连波音公司现在也雇中国人了。托德造船厂雇中国人所付的薪水和给白人的一样。”父亲微笑着说。

亨利抓起他的书包，朝门口走去，想着如果惠子的父亲被逮捕了，她怎么办。他甚至不知道她父亲是做什么的，但现在那真的已经不重要了。

“亨利，你忘了拿你的午餐。”母亲说。

他用英语告诉母亲，他不饿。她望着父亲，一脸迷惑。她不明白。他们都不明白。

亨利走过南杰克逊街的街角。那里没有谢尔登送他，显得十分安静、空旷。亨利很高兴他的朋友在街上找到了一份工作，但有谢尔登在身边就好像有保险单一样。跟随亨利回家的恶霸们，可没有一个能在谢尔登的眼皮底下再跟着他。

那天上课时，沃克太太告诉大家，他们的同学威尔·惠特沃思这周不来了。他的父亲在美国船舶公司马希布黑德号上服役，已经殉职。日本的俯冲轰炸机在望加锡海峡的婆罗洲岛附近袭击了他所在的护卫舰队。亨利不知道那是哪里，但听起来像是个某个遥远温暖的热带地方——当同班同学责难的目光针扎一般投向他的时候，他真希望自己能去那里。

亨利和威尔只打过一次交道，就在今年早些时候。威尔仿佛把自己想象成了一个战斗英雄，在家里的前线上尽责地抗击“黄祸”——虽然只是在放学后的操场上。当时威尔打青了亨利的眼睛，但听到这个消息，亨利仍真心地为威尔感到难过。他怎么能不难过？父亲也许并不那么尽如人意，但即便是一个糟糕的父亲，也好过没有父亲——反正亨利自己是这么感觉的。

当午餐时间仁慈地到来时，亨利终获解放。他沿着走廊，先是跑，然后是走，然后又跑，最后终于来到厨房。

惠子不在。

站在那里的是丹尼·布朗——查斯的朋友之一，他围着一条白色的围裙，手里拿着一把长柄勺。他像一只被捕鼠器抓住的老鼠一样，朝着亨利冷笑："你看什么？"

比蒂太太在厨房里咚咚地走来走去——轻拍着她自己，竭力想找到她的火柴："亨利，这是丹尼。他顶替惠子。他在学校商店里偷东西被抓住了，所以西尔弗伍德校长希望让他来我这里干点活。"亨利呆呆地望着她，竭力克制着自己。惠子走了。他的厨房现在被他的仇人占据了。比蒂放弃了寻找火柴，在炉子的常明火上点着了烟，然后咕哝着什么"别惹是生非"就走出去吃她的午饭去了。

开始，亨利不得不听着丹尼咕哝着讲他是怎么被抓住的，怎么失去了升旗手的资格，被逼来到厨房工作——被迫做一个日本女孩做的工作。但是，当午餐铃声响起，饥饿的孩子们涌进来时，丹尼的态度就变了，因为他们都笑着和他搭讪，都想让他为自己服务。他们取回自己的盘子，路过亨利身边时，都会怀疑地斜睨他一眼。

亨利想，在他们看来，我们在打仗，而我是敌方。

他没有等比蒂太太回来。他放下大勺，解下围裙，走了出去。他甚至没有回教室。他没有拿书，没有拿作业，而是走过走廊，走出了校门。

远处——日本城的方向，他看到灰色的午后天空里，有小团的烟雾在飘散。

火

（1942）

亨利朝那烟雾奔去，特意绕开了唐人街。他不仅是怕被父母看到上课时间在外面晃荡，更怕撞见旷课检查员，因为，他几乎无法绕过他曾经读过的那所学校。旷课检查员会在街上和公园里，甚至是小小的面条厂和罐头厂里巡视，寻找那些常被父母送去做全职小工而不上学的移民孩子。那些家庭可能需要那些外快，但像亨利的父亲这样的本地居民却认为受过教育的孩子犯罪率要低得多。也许他们是对的。除了偶尔有敌对帮会的暴力事件，或是现役士兵晃荡到这里，把自己灌醉得足以惹是生非，然后踉踉跄跄离开之外，整个国际区算是相当和平了。而且，要是警察看见一个亚裔小孩上课时间在街上晃悠，通常也会把他揪住的。他会被送回家，这个可怜孩子在家里受到的父母的惩罚可能会让他后悔怎么没被警察送进监狱。

所以，亨利小心地沿着耶思乐路慢慢前行，来到日本城，往如今已空无一人的神户公园走去。走在日本城的街道上，他几乎没看到什么人。这里好像是星期天早上的西雅图商业区，几乎所有的店铺都关着门，偶有一两家开门的，也门可罗雀。

我在这里做什么？他问着自己，从空无一人的街道望向寒冷的天空，不知从什么地方升起的黑烟正像蛇一般朝天空蜿蜒，在空中形成羽毛状的烟云。我再也找不到她了。他仍坚持着从一栋楼走到另一栋楼，躲闪着偶尔和他擦肩而过的男人女人们脸上奇怪的表情。

在日本城的中心，他又看到了相知照相馆。那个年轻的店主站在店外的一个牛奶板条箱上，透过架在木头三脚架上的一台巨大的相机在看着什么。镜头对着的是一条和梅纳德大街一个方向的小巷，亨利看到火源就在那边。那里并不像亨利所担心的是日本人的屋子或商店。巷子里只是一些巨大的燃烧桶和点着了的垃圾箱，火焰和烟雾升腾起来，萦绕着两侧的公寓楼。

“你为什么要拍烧垃圾的照片？”亨利问，他并不确定拍照这个人还认不认得他。

那人转头看看亨利，眨了眨眼睛，好像认出了他。一定是因为亨利戴的那个胸章。他又把头转回相机那里，他的手在颤抖：“他们不是在烧垃圾。”

亨利站在小巷和街道相交的T字路口，身边是站在牛奶板条箱上用相机和闪光灯拍照的店主。他朝巷子里望去，看到的是人们正从公寓楼里进进出出，向燃烧桶里扔东西。一个女人从三楼的一个窗户里朝底下的一个男人喊叫，抛下一件挽成一团的紫红色和服——它像飘零的雪花一样落在小巷里肮脏的、污迹斑斑的路面上。底下的男人把它抱起来，看了一眼，犹豫了一下，便将它扔进了火里。丝绸的质地一点就着，片片燃烧的碎片在热气的蒸腾下飘飞起来，好似翅膀着火的蝴蝶，随着气流翻滚，摇摇曳曳地熄灭，最后化作黑色的灰烬，掉落到地上。

一个老太太抱着满满一大捧纸制品，轻轻擦过亨利身边，扔进火中。那些纸张轰的一声燃烧起来。亨利感到了扑至面颊的热浪，忙朝后退去。即便是站在远处，他也能看出那些是卷轴——是艺术品，手写的或手绘的。巨大的日文汉字在火焰中渐渐消失。

“他们这是在干什么？”亨利问道，他不太能理解自己的眼睛所看到的这一切。

“昨晚他们逮捕了更多的人，日本人，整个城里的，整个普吉特湾。整个国家，也说不定。”店主说，“人们在清理掉一切可能让他们与这场战争发生关系的东西，日本寄来的信、衣服都必须清理掉。这些东西太危险了，甚至包括老照片。人们烧掉了父母的、家族的照片。”

亨利看到一个老头满脸疲惫地把一面叠得整整齐齐的日本国旗放进最近的燃烧桶里，并向燃烧起来的国旗敬了个礼。

店主按下相机快门，留住了这一刻。

“昨晚我烧掉了我全部的老照片。”他转头对亨利说，他手里握着的三脚架在颤抖。他用一块手帕擦了擦嘴：“我烧掉了我自己的结婚照。”

亨利的眼睛被烟雾和灰烬熏得灼痛。他听到远处某个地方有个女人在用日语喊着什么。那听起来更像是哭泣。

“我们就在这日本城举行了一场传统婚礼。我们在华盛顿公园植物园的玉兰和岩蔷薇前拍了照片。我们穿的是和服——是我们家族已经穿了三代的神道教服装。”眼前的景象似乎让店主感到十分惆怅。能保留下关于生活的鲜活记忆的一切都被毁掉了，让人怎能不惆怅。

“我把一切都烧掉了。”

亨利实在看得够了。他转过身，朝家跑去，烟的味道在他的鼻子里萦绕。

旧新闻

（1986）

亨利在巴拿马旅馆满是尘灰的地下室里翻找了三个小时，不停地打喷嚏和咳嗽。在这段时间里，他找到了无数的相册，有婴儿的照片，有家庭庆祝圣诞和新年的褪色的黑白快照，一盒又一盒的上好餐具、器皿，还有足以装满一家小型百货公司的服装。里面的东西看上去是如此随意，让人很容易忘记，以前曾有人足够珍视它们，才把它们藏了起来，希望有朝一日能够取回——也许，在战争结束之后。

但那些名字却在暗暗地提示着什么——比如稻田、渡边、胜吕，还有堀。大部分的盒子和箱子上都挂着名签。其他的则直接在箱子的侧面或顶部涂写着名字。它们静静地让人记起那些很久以前从这里离去的生命。

亨利伸直疼痛的后背，翻出一把铝制的折叠椅来。他想，在过去的那些举行烧烤和后院野餐的美好日子中，一定有过这把椅子的身影。当他展开它的时候，它发出咯吱咯吱的响声，他的膝盖也一样。他坐下的时候，椅子啪地响了一声。弓着背在这些盒子和箱子中搜寻了这么长时间，他的身子已十分疲倦。

小憩期间，他从附近的一个包裹中拿出了一份报纸。那是一期《北米时事》（《北美时报》），是一份至今仍在发行的本地报纸。它的日期是1942年3月12日。

亨利浏览了一下那些用古旧样式工整地竖行印刷的英文新闻。头条新闻是关于本地的配给以及欧洲和太平洋的战争的。他费力地就着地下室昏暗的灯光读着那些细小的铅字，注意到了头版的一篇社论。标题是《最终结果》。“我们很遗憾，如无进一步的通知，这将是我们的最终结果。但我们希望表达我们对于美国及其同盟，以及对于自由的最深的忠诚和支持……”这是收容前，他们被全部带走前，在日本城印刷的最后一期报纸，亨利想。还有其他的文章，一篇是关于到更靠近内陆的地方——比如蒙大拿州或北达科他州——重新安顿的可能性的。还有一篇警方报告，内容是一个男人假冒联邦密探，在两个日本女人的公寓里勾搭了她们。

“你找到什么了吗？”佩蒂森太太下来了，手里拿着一个手电筒，这把亨利吓了一跳，因为他已经习惯了地下室里的一片沉寂。

他放下报纸，站了起来，稍稍清理了一下自己，在裤子上擦擦手，结果留下了两个手掌形状的灰印。“那个，我没找到我想找的东西。这里……东西实在是太多了。”

“别担心，今天我们要关门了，但下周非常欢迎你再来。我们要打扫卫生，所以要清理灰尘，明天我们还要封砖墙，但一切弄好以后，你可以随时过来，继续找你要的东西。”

亨利谢过了她。对于没有找到任何属于惠子和她的家庭的东西，他感到阵阵失望。但他并没放弃希望。多年来——应该说是几十年来——他一直路过这个旅馆，可他从没有想过，这里还会有什么有价值的东西。他曾以为，战争年代的所有东西一定在很久以前就被人们认领走了。他已经接受了这样的现实，并且努力往前走。努力去过自己的生活。但那些堆得如山一般高的，他将要去搜寻的盒子，让他感到了惠子的存在。她的什么东西还在这里，在里面。他竭力回忆着她的声音，陷入了沉思。它在这里。我知道。

他也想到了埃塞尔。她会怎么想？她会赞成他在这地下室里窥视、探究过去吗？他越想，越觉得他一直都知道答案。埃塞尔永远会赞成亨利去做能让他高兴的事情，即便是现在。尤其是现在。

“我下周这个时候再来，可以吗？”亨利问。

佩蒂森太太点点头，领着他朝楼上走去。

亨利眯起眼睛，调整自己去适应上面的亮光以及巴拿马旅馆大厅的玻璃窗外那寒冷、灰白的西雅图天空。他感觉所有的一切——城市、天空——都比以前更加明亮和生动。和楼下的时光胶囊比起来，上面的一切如此现代。离开旅馆时，亨利朝西望去，太阳正在下落，地平线上弥漫着一片深赭色。这让他想起，光阴虽如白驹过隙，但寒冷、阴沉的日子终结时，仍会有美丽的结局。

马蒂的女友

（1986）

第二天，亨利在唐人街过了一下午。他去了理发馆，又去了面包房——只要能路过巴拿马旅馆，什么借口都好。他从打开的窗户往里窥视，可每次除了建筑工人和无处不在的灰尘外，什么都没看见。最后，他终于朝家走去，却看到马蒂正在门阶上等他。他有钥匙，看上去他是把自己锁在门外了。他两手交叉在胸前，在水泥台阶上漫无目的地瞎转，脚轻轻地踢着台阶。看上去，他紧张又充满期待。

亨利前天中午吃午饭的时候就感觉到了有什么在困扰着马蒂，但他因为想着可能会在巴拿马旅馆的地下室里找到惠子的什么东西，所以没顾上问他。现在他来了。他来是打算跟我摊牌的。他是要告诉我，我照顾他母亲的方法错了，亨利想。

埃塞尔的最后一年过得十分艰难。在她的头脑还足够清醒时，她总能撮合他们，让他和马蒂似乎能够非常融洽地相处。可在她的健康状况恶化后，“疗养院”这个词冒了出来，真正的矛盾出现了。

“老爸，你不能让妈留在这里——这个地方闻起来全是老人的味道。”马蒂争论道。

亨利揉了揉眼睛，对这样的争辩感到疲惫：“我们就是老人。”

“你去过新建的‘和平疗养院’吗？那里就像是一个度假村！你不希望妈妈最后的日子在一个好地方度过吗？”马蒂说的时候，眼睛望向天花板，埃塞尔多年抽烟的习惯已经让天花板变成了肮脏的黄色，“这里就是一个垃圾场！如果我妈可以在一个条件先进的地方待着，那我不希望她被塞在这里！”

“这里是她的家。”亨利从他的安乐椅里站起来，反击道，“她希望待在这里。她不想死在不熟悉的地方——不管那地方有多好。”

“是你想让她待在这里。你不能离开她自己生活——你就想控制一切！”马蒂已经眼含泪水了，“他们会照顾她吃药的，老爸，他们有护士……”

亨利十分愤怒，但他不想再卷入一场无意义的喊叫比赛中，把事情搞得更糟，而且，埃塞尔还在另一间屋子里睡着觉。

疗养院的服务已经拿来了可以让她最后几个月的日子过得更舒适的一切东西——一张医院的床，足量的吗啡、阿托品和安定文锭以让她放松并远离疼痛。他们每天都打电话来，只要需要，家庭保健员就会随时出现，但频率从没达到亨利的期待。

“亨利……”当埃塞尔微弱的声音传来，亨利和马蒂都呆住了。他们俩都至少一个星期没有听到她说话了。

亨利走进他们的卧室——他们的卧室——他仍这么叫它，虽然在过去的六个月里，他一直睡在沙发上，偶尔他也会睡在埃塞尔床边的躺椅上，但那只是在她不安或者害怕的时候。

“我在。嘘……我在。”他说着坐到床边，握着妻子瘦弱的手，靠近她，试图吸引住她的注意力。

“亨利……”

他看着埃塞尔，她正睁大眼睛望向卧室窗外。“没事了，我在这里。”他一边说，一边整理她的睡衣，把被子拉上来盖住她的胳膊。

“带我回家，亨利。”埃塞尔紧握着他的手，恳求道，“我讨厌这个地方，带我回家……”

亨利抬头看看站在门口的儿子，没有说话。

那天以后，争论没有了。但他们的对话也从此消失了。

“老爸，我想和你谈谈。”

马蒂的声音让亨利从忧思中惊醒。他走上台阶，走到一半时站住，和儿子对视：“我们先进去，然后坐下来，然后谈一谈你脑子里在想的东西，不行吗？”他问。

“我想就在这外面谈。”

亨利注意到儿子在盯着他的衣服看——因为去看旅馆里的施工，衣服上蒙了灰尘。“你还好吧？你撞到什么了？一个平飞球然后滑到了三垒？”

“你有你的故事，我也有我的。”亨利在儿子身边坐下，望向树后灯塔山在街道上投下的长长的黑黑的影子，覆盖了整条街道的宽度。路灯闪了闪，嗡嗡地亮了起来。

“老爸，自从妈过世后，我们就聊得很少了，你知道吧？”

亨利隐忍地点点头，做好了接受猛烈批评的准备。

“我一直忙于学业，我竭力做一个你想要的儿子。”

亨利带着悔恨的心情聆听着。也许我花太多的时间照顾埃塞尔了——也许我忽视了他，他想。如果确实是这样，那我真的不是故意的。“你不必感到抱歉。我非常以你为荣。”

“我知道你是这样的，老爸。我知道——我知道你是这样的。为什么我一直避免和你谈这个，一是因为在妈身上发生了如此多的事情；二是，嗯，因为我不知道你会有怎样的反应。”

亨利皱起了眉头，现在他开始担忧了。他的脑子里开始设想，在这样的情况下，儿子究竟要和他说什么：他在吸毒；他被学校开除了；他撞车了，加入了帮会，犯了罪，要进监狱；他是同性恋……

“爸，我订婚了。”

“和一个姑娘？”

亨利无比紧张地问出这个问题。马蒂笑起来：“当然是和一个姑娘。”

“那你为什么不敢告诉我这个消息？”亨利检视着儿子的脸、眼睛和他的举动，想找到什么线索。“她怀孕了。”亨利的口气更像是一个陈述而不是一个提问。就好像你说“我们投降”或是“我们加时赛输了”的口气。

“爸！不，不是那样的。”

“那我们为什么要在这外面谈……”

“因为她在里面，老爸。我想让你见见她。”

亨利点起一支烟。没错，他在隐藏受伤的感觉，因为关于这个神秘的姑娘，儿子一直瞒着他。但儿子忙，他敢肯定马蒂这么做是有原因的。

“是这样的，嗯，我知道你周围的这些人有多么厉害。我的意思是，他们不仅是中国人，他们是超级中国人，不知道你明不明白我的意思。他们在美国的大熔炉里，却好像冰块一样，你明白我的意思吧——他们有自己看待事物的方式。”马蒂耸耸肩，斟酌着用词，“你看，你娶了妈，整个婚礼是传统婚礼。而且你把我送到中国人办的学校，和你老爸所做的一样——而且你总跟我说，让我找个像妈那样的中国好姑娘，安定下来。”

他停了下来，一阵沉默。亨利看着儿子，等着他继续。一切都很安静，只有被微风拂动的枞树在台阶上投下斑驳的影子。

“我和你爷爷不一样。”亨利说。他感到很震惊，因为和他的父亲被归为了一类。他爱他的父亲，深深地爱，哪个儿子不爱父亲呢？他很希望父亲一切都好。但是，在经历了一切，看到了那么多、听到了那么多之后，亨利他就一点不曾改变吗？他就那么像他的父亲吗？他听到他们俩身后的门开了，发出咔嗒的声音。一个年轻女人探出了头，然后微笑着走了出来。她有着金色的头发、清澈的蓝眼睛——亨利把这样的眼睛叫作爱尔兰眼睛。

“你一定是马蒂的父亲！我真不敢相信你们一直在外面。马蒂，你是不是该说点什么？”亨利微笑地看着她，她惊讶地望着他的儿子，而他的儿子则看上去很紧张，好像被抓到做了什么错事。

亨利朝他未来的儿媳伸出手去。

她像阳光一般明媚地笑了：“我叫萨曼莎，我一直渴望见到你。”她绕过了他的手，伸出胳膊，环抱住他。亨利拍拍她，努力地吸气，然后屈服，也抱住了她。越过她的肩头，亨利微笑着，朝马蒂竖起了大拇指。

梅　树

（1986）

后院里，亨利戴着园丁手套，修剪一株老梅树的枯枝。树上缀满了绿色的小果子，可以用来泡酒。

这树和他儿子的年纪一样大。

马蒂和他的未婚妻坐在后门台阶上，一边看他，一边喝加了姜汁的冰绿茶。亨利曾尝试用大吉岭茶或香红茶来做冰茶，但不管他加多少糖或是蜂蜜，喝起来都太苦了。

“马蒂告诉我，这次见面应该是一场惊喜，希望我没有彻底毁掉它——他告诉了我关于你的一切，我太渴望见到你了。”

“哦，并没有什么可说的吧，真的。”亨利礼貌地说。

“嗯，首先，他说那是你最喜欢的树。”萨曼莎说，她在竭力消除父子间尴尬的沉默，“你是在马蒂出生的时候种下它的。”

亨利继续修剪着，剪掉了一条带着小小白色花蕾的嫩枝。“这是一株梅[1]树，”他说，慢慢地发出“ooh-may”这个读音，“就算是在最糟糕的天气里——最寒冷的冬天里，它也可以开花。”

“来了来了……”马蒂悄悄对萨曼莎说，声音刚好让他父亲能听到。“革命万岁……”他开玩笑道。

“嘿，那是什么意思？”亨利停下手里的活，问道。

“别见怪，老爸，只不过是……”

萨曼莎插话说：“马蒂说，那棵树对于你有着特殊的意义。他是说，它象征着什么。”

“是的，”亨利说，碰了碰一朵小小的五瓣梅花，“中国人过年常常用梅花来做装饰。它也是南京古城的象征。”

马蒂半站起来，开玩笑地敬了个礼。

“你干什么呢？”萨曼莎问道。

“告诉她，老爸。”

亨利仍旧修剪着，无视儿子开的玩笑：“这花也是我父亲的最爱。”他用力剪着，终于剪下了一条巨大的枯枝，“它是在逆境中坚持的象征——革命者的象征。”

“你父亲是一位革命者？”萨曼莎问道。

“哈！”亨利发现自己因为这个想法而大笑起来，“不，不——他是一个民族主义者。梅树对于他来说有特殊的意义，明白吗？”

萨曼莎微笑着点头，喝了口茶：“马蒂说那棵树是你父亲的树上的一条枝丫——在他过世后，你把它种在了这里。”

1　原文为ume，发音和后文的“ooh-may”相同。——编者注亨利看看儿子，然后摇摇头，开始修剪另一条枝丫：“是他母亲这么跟他说的。”

提到埃塞尔，亨利感觉很不好。在应该快乐的一天，提到那样的伤心事。

“我很难过，”萨曼莎说，“我真希望能够见到她。”

亨利淡淡地笑，点了点头。马蒂搂住未婚妻，吻了吻她的鬓角。

萨曼莎换了个话题：“马蒂说你是一位了不起的工程师，他们甚至让你提前退休了。”

亨利虽然在弄树枝，但从眼角的余光里能看到萨曼莎。她好像是在核对一张想象中的列表。“你是个伟大的厨师。你喜欢园艺。你是他认识的人里面钓鱼钓得最好的。你带他去华盛顿湖钓红鲑的每一次，他都讲给我听了。”

“真是……”亨利看着儿子说道，他在奇怪儿子为什么从来没有和自己说过这些事情。然后，他想到了代沟，或者不如说隔阂——他和他父亲之间的，然后，他知道了答案。

萨曼莎啜了一口冰茶，用手指搅动冰块：“他说你热爱爵士乐。”

亨利看着她，兴趣被激发了出来。我们现在开始谈话了。

“而且并非任何爵士乐，是西海岸爵士和摇摆乐的源头，比如弗洛伊德·斯坦迪福和巴蒂·卡特莱特——而且你是戴夫·霍尔登的狂热歌迷，不仅如此，你更是他的父亲奥斯卡·霍尔登的真正的狂热歌迷。”

亨利剪下一条小枝，扔进一个白色筐子里。“我喜欢她，”他对马蒂说，声音大得足以让她听见，“你有眼光。”

“你能认可，我很高兴，老爸。知道吗，你令我惊讶。”

亨利尽可能不出声地和儿子交流。他朝儿子笑了笑，那是理解的、认可的笑。他很确定，马蒂能够从他们无声的交流中了解到所有的信息。经过过去几十年时间里那些点头、皱眉以及隐忍的笑容，他们俩对于情绪暗号已经了如指掌。当萨曼莎炫耀她对于西雅图战前音乐史的渊博了解时，他们俩相互微笑着。亨利越听，越想下周再回巴拿马旅馆去，越想去细细翻找那间地下室，所有的那些板条箱，所有的那些皮箱，那些盒子、箱子。他还想，如果有帮手的话，事情一定会变得轻松一点。

还不仅如此，亨利讨厌被拿来和他自己的父亲做比较。在马蒂眼中，梅子是不会掉落得离树太远的；如果可能，它只会紧紧依附在枝丫上。亨利想，那是我用我自己的例子教他的。他意识到如果让马蒂去地下室帮他，能够减轻的，可能不只是体力上的负担。

亨利摘下园丁手套，把它们放在门廊上。“梅树是我父亲最喜欢的树，但我所种的这一株——并不是来自他的树，而是来自神户公园的一棵树……”

“可是，那不是过去日本城的地方吗？”马蒂问道。

亨利点点头。

马蒂出生那晚，亨利在一株梅树——那座公园里生长的众多梅树之一——的一条小枝上，割开一道口子，把一根牙签放到口子里，然后用一根小布条缠起来。几周后，他再回去，带走了那条小枝——新的根已经长出来了。他把它种在后院里。此后，一直照料着它。

亨利曾想过移植一株樱树。但那些花太漂亮了——而记忆却太痛苦了。但是现在，埃塞尔不在了。亨利的父亲更是早已辞世。就连日本城都不在了。留下的只有漫长的、仿佛永无止境的岁月，还有，后院里他曾照料过的那株梅树。儿子出生那晚，他从一个日本公园里移植一株中国的树，竟已经是那么多年前的事。

在埃塞尔生病的那些年里，这棵树一直在疯长。亨利没什么时间去料理那些粗大的枝条，它们已经长得撑满了他们小小的后院。自埃塞尔辞世后，亨利就又开始料理这棵树了，它现在已经开始结果子了。

“下周六你们俩有什么事情没有？”亨利问道。

他看到他们俩相互望了一眼，耸耸肩。儿子脸上仍然有困惑的神情。“没安排。”萨曼莎说。

“我们在巴拿马旅馆的茶室见面吧。”

家里的战火

（1942）

亨利冲进家门。比平常从学校回家的时间早了十五分钟。他不在乎，他的父母似乎也不在乎。他得和谁谈谈。他得告诉父母发生了什么。他们会知道该怎么办，对吗？他们难道会不知道吗？亨利得做点什么。但是做什么？他能做什么？他只有十二岁而已。

“妈，我得告诉你一些事情！”他喊道，大口大口地喘着气。

“亨利，我们正盼着你早点回来！有客人来了，要准备茶。”他听到母亲在厨房里用广东话说。

她走了出来，朝他“嘘”了一下，用结结巴巴的英语催他到他们狭小的客厅去：“来，你来。”

亨利发现自己陷入了可怕的幻想中。惠子跑了；她在这里，很安全。也许她全家都逃走了，当联邦调查局的人破门而入时，只看到一座空空的房子——窗户开着，窗帘被风吹起。他从没见过他们，但他能清晰地想象出他们沿着小巷跑去，留下联邦探员们不知所措，困惑不已。

他绕到就座区，突然感到他的胃猛地下沉，好像掉到了地板上，滚到沙发下，丢在了不知什么地方。

“你一定是亨利。我们在等你。”亨利的父亲对面坐着一个身穿棕褐色西装的年长白人。他的身边坐的是查斯。

“坐，坐。”亨利的父亲说着中国式的英语。

“亨利，我是查尔斯·普雷斯顿。我是一名建筑开发商。我想，你认识小查尔斯——我们都叫他查斯。你愿意怎么叫他都可以。”亨利也有不少备用名，而且还是两种语言的。他朝查斯挥挥手。查斯甜甜地笑着，亨利居然第一次注意到了他的酒窝。

不过，他还是不明白到底是怎么回事——而且是在他自己家里。“你们……”你们来这里干什么？他想这样问，但剩下的话被他吞了回去，因为他意识到那天早上父亲为什么穿上了西装——他只有在重要的会晤时才会穿这套衣服。

“你的父亲和我正在努力讨论一桩生意，他认为你会是一个绝佳的翻译。他说你正在雷尼尔小学学英语。”

“你好，亨利。”查斯挤挤眼睛，转向他的父亲，“亨利是班上最聪明的孩子之一。他什么都能翻译。我打赌，他还能翻译日语。”说最后那几个词的时候，查斯嘴里好像含着冰块似的，同时又朝亨利堆出一脸笑容。亨利能感觉得出，查斯和他一样不愿意待在这里，但他很满意可以一脸无辜地坐在普雷斯顿先生的旁边，和亨利玩猫捉老鼠的游戏。

“亨利，普雷斯顿先生拥有这附近的好几座公寓大楼。他现在有兴趣在日本城的梅纳德大街上开发一些房产，”亨利的父亲用广东话向他解释道，“因为我是中华公所的董事会成员之一，他需要我的支持，需要这个国际区里的华人社群的支持。他需要我们的支持，以争取市议会的许可。”他的语调、他的眼神，还有他矫揉造作的举止，让亨利意识到这是一件大事情，非常严肃，同时又非常狂热。并没有太多事情能够让父亲感到兴奋。他会带着极大的热情谈起的，除了中国对日战役中寥寥可数的几次胜利外，也只有亨利在雷尼尔的奖学金了。不过，今天不一样。

亨利坐在他们之间的脚凳上，感到自己渺小而微不足道。在他看来，他被两块高耸的、成人形状的花岗岩包围起来了。

“需要我做什么？”他用英语问，然后又用广东话问了一遍。

“你只要尽你所能把我们两个人说的话都翻译一遍就行了。”普雷斯顿先生说。亨利的父亲点着头，竭力想听懂查斯父亲放慢速度所说的英语。

亨利抬手抹去眼角的沙粒和煤灰，心里仍在担心惠子和她的家人。他想着黑麋鹿夜总会里，脸朝下趴在肮脏地板上的那三对身着晚礼服的日本男女。他们被拉了出去，不知关在了什么地方。他望向普林斯顿先生，这个男人要买土地，他要买的是，那些为了不被称作叛贼和奸细，而正在烧掉他们最宝贵财产的人们所居住的土地。

亨利第一次意识到自己身处何方：在他和父亲，还有他所知道的其他一切之间，有一条无形的线，他自己站在了线的另一侧。他想不起自己是怎样走到这边来的，他也找不到轻松返回的路了。

他看看普雷斯顿先生和查斯，然后看看父亲，点点头。来吧，我来翻译。我会尽力，他想。

“亨利，请告诉你父亲，我想要买下日美出版公司后面的那片空地。如果我们能强令那家日本报纸停业，他是否赞成我把大厦所在地皮也一起买下来？”

亨利专注地听完，然后转向父亲，用广东话说：“他想买日本报社的大楼和它后面的那片地。”

父亲显然很了解这个区域，他答道：“那片产业是下前家族名下的，但这个家族的头头在几个星期前已经被捕了。只要向银行开个价，他们就会把它卖出来的。”父亲说得很慢，他是希望亨利在翻译时不会漏掉任何信息。

亨利简直不敢相信自己的耳朵。他四下环顾，用目光寻找母亲，但是，找不到她——她也许在楼下洗衣服，也许在为客人们沏茶。他犹豫了一下，然后望着普雷斯顿先生，极其严肃地说：“我父亲不赞成。那里过去是日本人的一个公墓，在那里盖房子要倒霉的。所以那里一直是空地。”亨利想象着一架俯冲式轰炸机，载满弹药，钻头一般朝目标冲去。

普雷斯顿先生笑道：“他不是在开玩笑吧？问问他，是不是在开玩笑。”

亨利简直不能相信，几个月以来，他第一次真正和他父亲说话了——而且是向父亲说谎。但亨利想，*这是必要的谎言*。他望向查斯，查斯似乎出于无聊，正瞪着天花板。

亨利的父亲仔细地听着亨利用广东话说出的每一个字：“普雷斯顿先生说，他想把那栋大楼改造成一个爵士乐夜总会。那种音乐现在非常流行，可以挣很多钱。”亨利想象中的那架轰炸机开始了轰炸，一个个炸弹掉落下来……尖啸着……

父亲的样子与其说是困惑，不如说是不快。一发即中，炸弹直击要害。父亲争辩道，国际区确实需要建设许多东西，但在他关于社区发展的日程中，更多的夜总会和更多的酩酊大醉的水手并没有多么高的优先级，即便是在日本城那里取代日本人的夜总会也不行。

这场对话明显从这里开始转上了下坡路。

普雷斯顿先生越来越愤怒，不断指责亨利的父亲过分沉溺于日本迷信。亨利的父亲则指责普雷斯顿先生过于渴望在计划中的夜总会里出售烈酒。

在亨利胡乱搅和的翻译下，两个大人在警惕的对视中结束了这场双语讨论，一致认为双方的分歧不可消除。

但他们还在争辩，现在已经完全绕过了亨利，几乎完全不明白对方在说什么。查斯瞪着亨利，眼睛一眨不眨。他揭开外套，让亨利看那枚他从亨利那里偷来的胸章。两个父亲都没有注意到，但亨利看到了。查斯朝亨利闪过一个龇牙咧嘴的笑，然后合上外套，露出纯洁无辜的笑容。这时他的父亲说："就这个话题，我们谈完了。我明白了，到这里来完全是个错误。你们这些人永远也做不成真正的生意。"

亨利的母亲端着一壶新沏的她最好的菊花茶走进来，正好看到查斯和普雷斯顿先生站了起来，气冲冲地离开，像是两个在一场掷硬币游戏中输掉了最后十块钱的赌徒。

亨利端起一杯茶，有礼貌地谢过母亲——用英语。她自然没有听懂，但好像从语调中领会了他的意思。

喝完茶，亨利回到自己的房间。天色还早，但他已感到十分疲倦。他躺了下来，闭上眼睛，想着普雷斯顿先生——查斯的成人版，他贪婪地瓜分日本城，而自己的父亲，则如此热切地想要帮助他们开展这些重要的生意。亨利本来曾隐隐觉得自己会为毁掉他们的计划而感到高兴，但如今，他所有的感觉只是筋疲力尽后的轻松，以及愧疚。他从来没有如此公然地违抗过父亲。但他不得不这么做。他看到了日本城那里燃起的火焰，看到了人们烧掉他们珍视的物品——那些残余的灰烬里，记录的是他们的过去，还有他们的现在。他还看到了那些用木板封起来、窗户里挂着美国国旗的店铺。他不太懂生意，但他知道这意味着时世艰难，而且情况越来越糟。他得找到惠子，他要见她。夜幕降临，他的眼前浮现起惠子的样子，那是在一张家庭合影上，惠子的形象渐渐被火吞没，卷曲，燃烧，最后化为灰烬。

喂，喂

（1942）

亨利终于再次睁开眼睛，可他只看到一片黑暗。几点了？这是哪天？我睡了多久？他揉着眼睛，挤着眼睛，脑子里飞快地想着这些问题，竭力想要清醒过来。一束银色的月光从厚重的遮光窗帘的边上透进来，照在他卧室的窗台上。

是有什么东西吵醒了他。是什么？声音吗？这时，他再次听见了，是厨房传来的电话铃声。

他伸了个懒腰，再次适应了一下这个时间和地点，然后把脚探到冰凉的木地板上，坐了起来。他的眼睛已经习惯了黑暗，看到房间里放着一个托盘。母亲体贴地为他留了晚餐。她甚至还把插着她的星火百合的花瓶放在托盘上，作为简单的装饰。

又响了一声——确定无疑是他们家的电话铃在响。亨利还是不太习惯那巨大、刺耳的声音。在西雅图，拥有电话的家庭还不到一半，在唐人街就更少了。美国宣布对轴心国作战时，父亲执意装上了一部电话。他是街区保卫员，保持联络畅通是他的职责所在。不过和谁联络，亨利就不知道了。

电话铃又响了一声，哐当哐当，就像到了点的闹钟。

亨利开始打呵欠，但中途停住了，他想起了查斯。他现在知道我住在这里了。他可能现在正在外面等着我。等着我毫无察觉地走出去，扔垃圾，或是拿洗好的衣服。然后他就会猛扑上来，报复我，再不怕老师或是操场监督员的阻拦。

他揭起厚重的散发着霉味的窗帘偷偷往外望，两层楼下的街道看上去寒冷而空旷，因为刚下过雨，地面是湿的。

厨房里，他听到母亲对着电话用广东话说："喂，喂？"

亨利打开门，沿着通往浴室的过道走去。母亲对着电话，在嘀咕着什么不会说英语之类的话。看到亨利，她朝他挥挥手，指指电话。电话是找他的。大概是。

"喂？"他用英语说道。亨利习惯了接打错的电话，他们通常都说英语。或是负责亚洲人社区的人口普查员打来的电话。还有奇怪的女人，她们问亨利多大年纪，是否是一家之主。

"亨利，我需要你的帮助。"是惠子。她听上去很平静，但又很直接。

他迟疑了，没想到是惠子温柔的声音。他赶紧放低声音说话，然后才想起父母听不懂英语。"你还好吗？你没来学校。你的家人还好吗？"

"你能不能到公园来见我，我们上次见面的那个公园？"

她说话含糊不清，故意地含糊不清。亨利可以自由说话，但明显她不能。他想到了经常监听的接线员，这才明白过来。"什么时候？现在？今晚？”

“你能不能一个小时内来见我？”

一个小时？亨利的脑子飞快地转着。天已经黑了。我怎么和父母说？最后他同意了：“一个小时，我会尽力的。”我会想出办法。

“谢谢你，再见。”她停了一会儿。当亨利以为她还要说点什么的时候，她挂断了。

一个尖厉的、快活的声音切了进来：“对方已经收线，你还想让我帮你接打什么电话吗？”

亨利迅速挂断，好像偷东西被人抓住了一般。

他转过身时，看到母亲站在那里。她脸上的表情，亨利分辨不出是惊奇还是担心。“怎么？或许，你有一个女朋友？”她问道。

亨利耸耸肩，用英语说道：“我不知道？”说实在的，他确实不知道。不知道母亲是否觉得打电话给儿子的小姑娘没说中国话，是一件奇怪的事情，反正，她什么也没说。也许她会认为，所有的家长都在强迫孩子说他们的美国话。谁知道呢？也许他们都这样。

亨利琢磨着怎样才能去神户公园，在放学后，在灯火管制后。他很庆幸他早睡了一会儿。显然，这将是一个非常漫长的夜晚。

亨利在房间里等了几乎一个小时。惠子打电话来的时候，已经将近晚上九点了。他的父母晚上九点半左右就上床睡觉，这并不是因为他们特别劳累，而是因为早早上床关乎节俭。对于亨利的父亲来说，为了战争而努力省电是一件神圣之事。

亨利听了一小会儿，没听到父母的动静，于是打开窗户，爬到了防火梯上。这梯子并没有直接通到地面，而是悬在半空，但距一个回收废旧轮胎的有盖垃圾桶已经很近了。亨利脱下鞋子，朝垃圾桶跳过去，穿着长袜的双脚落到厚重的铁盖子上，发出沉闷的撞击声。要再爬上来可能要费点劲，但也不是做不到的，他想，然后穿上了鞋子。

亨利沿着潮湿的人行道朝前走去，呼出的空气变成萦绕的薄雾，融入从水面飘来的雾气中。他竭力躲在暗影中，心中充满了恐惧，胃也因此变得不舒服起来。他从来没有过这么晚还独自待在外面的经历。不过，来到大街上后，来来往往到处都是拥挤的人群，让他几乎忘记了自己是孤身一人。

南国王街上，到处都充斥着违反灯火管制令的霓虹灯招牌。他跳过的每一个水坑里都映射着红红绿绿的酒吧或夜总会招牌。偶尔有汽车驶过，昏暗的蓝色车头灯扫过街道，照亮了那些享受夜生活的男男女女，有中国人，也有白种人——尽管现在还实行着战时的定量配给制。

横穿过第七大道，进入日本城，就好像迈入了月亮的黑暗一侧。没有光。没有汽车过往。一切都封锁了起来。就连马尼拉餐馆的窗户上也封着木板，以保护自己不遭破坏，虽然餐馆主人是菲律宾人，不是日本人。梅纳德大街上空空荡荡。从亚那吉杂货店到日本馆剧院，除了惠子，亨利没有见到一个人。

在歌舞伎剧院对面的神户公园，他发现她和上次一样，坐在山头上，于是朝她挥了挥手。她的周围是一片樱树林，树上已经开始有花蕾了。亨利走上作为公园露台的这座陡峭小山，喘着气，坐到她身边的一块石头上。月光下，她看上去脸色苍白，西雅图的冷空气让她稍稍有些颤抖。

“我父母让我留在家里不要去上学，他们担心会发生什么事情，那样我们一家就要分开了。”她说。亨利凝视着她拨开垂散到脸上的长发。他感到惊讶，因为她是如此平和，如此平静。“警察和联邦探员拿走了我们的收音机、照相机，从我们那幢楼里带走了一些人，但随后就离开了。后来他们再也没有露面。”

“我很难过。”他只想到了这一句——他还能说什么？

“十二月的时候，他们曾来这里抓走许多人，那是珍珠港事件之后不久。但现在，已经平静好几个月了。我猜，可能是太平静了。爸爸说，海军担心的不再是入侵，他们更担心的是搞破坏，你知道的——就好像炸掉大桥、炸发电站这一类的事情。所以他们又开始了清理，抓走了更多的日本人。”

亨利想着“*搞破坏*”这个词。他破坏了普雷斯顿先生购买日本城部分地盘的计划，而且并不为此感到后悔。可这些人难道不会抓走美国人吗？日本裔的、在美国出生的人？毕竟，惠子的父亲是在这里出生的。

“现在甚至有宵禁了。”

“宵禁？”

惠子缓缓地点头，她望向空荡荡的街道，沉思着它的影响：“从晚上八点到第二天早上六点，没有日本人可以离开自己的家。我们到了晚上就成了囚犯。”

亨利摇着头，努力去相信她所说的，但他知道，她说的是真的。从黑麋鹿夜总会见到的抓捕，到父亲脸上胜利的微笑，他知道，这样的事情真的在发生。他为惠子和她的家人感到难过，因为日本城的每个人都受到了不公正的对待。可他又自私地因为能和她待在一起而感到愉快——他为自己的幸福而感到歉疚。

“我今天逃课去找你了。”他说，“我担心……”

她看着他，脸上的一小点笑意渐渐变成了咧嘴的笑。他心里涌起一阵紧张，变得结结巴巴。

“我担心你的学业，”他说，“我们可不能落到后面，这很重要，特别是，我们的老师压根不怎么关心我们……”

这时他们俩沉默了一小会儿，然后两人都听到了中班换班的喇叭声——嘟嘟地从远处的波音公司传来。成千上万的工人将要回家，而其他成千上万的工人将要在晚上十点开始他们一天的工作，制造战争中使用的飞机。

“亨利，你这么关心我的学业，你真好心。”

他能看出她眼中的失望。昨天晚上，他们俩在经历黑麋鹿夜总会那场抓捕后分别时，她也是这样的表情。“我不是只担心你的学业，”他承认道，“并不仅仅如此。我担心的是——”

“没事的，亨利。我不想让你牵扯上什么麻烦。不管是在学校，还是在家里，与你的父亲。”

“我不是担心我的麻烦……”

她看着他，深吸一口气。“好的，我需要你帮忙，亨利。一个大忙。”惠子站了起来，亨利跟着她朝山下走了一点。在一条长凳的后面，露出一辆红色的拉迪奥·弗莱尔儿童拖车。车斗里装的是一沓沓的相册和一盒图片。“这些是我家的东西。母亲让我把它们带到后面的巷子里烧掉。她自己做不出这种事情。她的父亲在日本海军里。她想让我烧掉她从日本带来的所有老照片。”惠子望着亨利，眼里弥漫着悲伤，“我不能这么做，亨利。我希望你能帮我把它们藏起来。就藏一点点时间。你能帮我吗？”

亨利想起了那天下午他在日本城看到的可怕情景，想起了相知照相馆的那个照相师——显而易见地在发抖，而又那么坚定。

“我可以把它们藏在我的房间里。还要藏别的吗？”

“这些是非常重要的东西。是我妈妈的纪念品——家族的回忆。从我婴儿时期开始的东西，我想我们自己可以保管，我们附近的许多人家都在努力寻找其他的地方来寄放东西。更大一些的东西。如果必要的话，我们会把其他的东西放在那样的地方。”

“我会妥善保管这些的，我许诺。”

惠子抱了一下亨利。亨利发现自己搂着惠子的背。他的手触到了她的头发。她比亨利所想象的更加温暖。

“在他们发现我失踪之前，我得赶回去，”惠子说，“我想，我们明天可以在学校见面？”

亨利点点头，抓起小红车的手柄，沿着日本城漆黑、空旷的街道，朝家的方向走去。他身后拉着的，是人生的回忆。在家里的某个地方，他将藏起这些回忆，保守这个秘密。

下　山

（1942）

亨利知道回到他的广东巷公寓后可以把这些相册藏在哪里——衣橱底部的抽屉与地板之间的狭小空隙。只要好好铺放，那里的空间刚好可以藏下惠子家的所有这些珍贵照片。

他会沿着消防梯爬上去，然后再拿一个枕头套下来。可能需要两趟才能把所有的东西运上去，但那完全不成问题。他想，因为父亲打鼾，所以母亲一直是一个睡得很沉的人，只要我不弄出巨大的响声，应该可以不出任何问题，成功搞定这件事。

亨利竭尽所能地躲在暗影里，在漆黑的巷道里绕来绕去，蹑手蹑脚朝唐人街走回去。一个小男孩夜里独自一人在外通常不会引起什么注意，但由于灯火管制令和新的针对日本人的宵禁，他很有可能被在街道上巡逻的警察拦住。

亨利拉着小红车和上面的货物，开始沿着黑暗的梅纳德大街前行——这条路就是刚才他来时的路。日本城的街道上空无一人，虽然感觉有些空旷，却很安全。小车的后轮偶尔发出吱吱嘎嘎的声响，划破了夜晚的宁静。只剩几个街区了，然后他就可以朝北走去，走下山，进入唐人街的中心地带，走向家的方向。

亨利路过罗多沙出版公司和橱窗里有着西方人身材、美国人面孔模特的矢田女装店时，心里还在担心着惠子。然后他又路过了尤里卡牙科，它的门口挂着巨大的牙齿模型，苍白的颜色，在月光下简直是透明的。如果忽略掉每个窗户里悬挂的美国国旗和标语——或是每间被封起来的店面上用石膏涂写的标语——他简直要认为这个社区是唐人街了，只是大一些，更发达一些。

亨利离开安静的日本城，疲倦地向北走上南国王街，这是往家去的方向，突然他看见了什么人——一个男孩。嗡嗡作响的飞蛾萦绕的街灯，把光投射到那个男孩背上，借着月光，他不太能够辨认出那是谁的身影。亨利走得更近了一点，他能看到那个男孩正在擦着亚那吉杂货店窗户上所贴的美国国旗海报。大门的门把手周围的玻璃上盖着一块胶合板，巨大的窗户上却没有木板。也许是新装的，亨利想。用国旗盖起来，也是一种保护。

亨利看过去，那男孩好像在画什么，手里的刷子在那张海报的表面上滑动。他晚上还待在外面，亨利想，还在为声明自己的国籍而努力，竭力保护家庭的财产。亨利感到一阵轻松，为这个时间点上外面还有他这个年纪的孩子而感到安慰。

那个男孩听见了拖车的吱嘎声，呆住了。他停下手中的活计，走到明亮的地方，这下，亨利看清了他，他也看清了亨利。

那是丹尼·布朗。

他手里拿的是一把油漆刷，红色的油漆滴在人行道上，身后是一串眼泪形状的污渍。

“你在这儿干什么？”他说。亨利从丹尼的眼中看到了一丝恐惧。他吓坏了，因为他被抓住了。然后，亨利看见他脸上受惊吓的、睁大眼睛的表情转为了愤怒，他的眼睛因为预感而眯了起来。亨利完全孤身一人，身边没有其他的人。丹尼似乎知道这一点，所以慢慢走上前来——亨利则呆呆地看着他，握紧惠子的小红车的手柄。

“你在做什么？”亨利问。其实他知道答案，但是想听丹尼自己说出来。他是在徒劳地去理解。他知道人物、地点、事件。但他年轻的脑子，实在不能明白为什么。是因为害怕吗？还是因为仇恨？或者只是出于年少的穷极无聊，让丹尼来到这里，来到日本城，来到这个人人都躲起来、锁上房门、藏起贵重物品、害怕被逮捕的地方，站在街角，往橱窗玻璃张贴的美国国旗上涂写：“小日本滚回老家去！”

“我告诉过你，他根本就是个小日本！”

亨利认得这声音。转过身，他看见了查斯。查斯一手拿着铁棍，一手拿着一张揉作一团的美国国旗海报。这是升旗手的另外一种职责了，亨利想。查斯背后的木门上，原来贴海报的地方有着长长的划痕。查斯身后，站着学校里的另一个恶霸，卡尔·帕克斯。三人朝亨利围拢过来。

亨利朝四周张望，没看见一个路人，鬼影子也没一个。甚至连附近的公寓楼上都没有一个窗户透出亮光。

查斯微笑着：“亨利，带你的小车出来散步？车里放着什么呢？你是在运日本报纸吗？还是帮日本间谍运东西？”

亨利低头看看惠子的东西——相册，结婚纪念相册，他承诺要保护的东西。他连他们当中的一个都几乎抵挡不过，更不用说三个了。他不假思索地把小红车的手柄砰的一声推回车里，从后面推起车，拔腿就跑。他几乎把整个身子都压进了车里，用脚蹬地，推着车跑到山坡的最高处，然后一路沿着陡峭的斜坡——沿着南国王街——朝山下冲去。

“抓住他！别让那小日本的情人跑掉了！”查斯大喊道。

“我们会追上你的，亨利！”他听到丹尼的叫喊声，他的脚步声在路面上响着。亨利没有回头看。

小车顺着陡峭的斜坡越来越快地向下飞驰，亨利想，再这样下去，他一定会脸朝下摔在人行道上的。于是他蹦跳起来，好像在一个移动的运动场上玩蛙跳一样。两条腿分得开开的，膝盖朝外，屁股坐在小车的尾部，正好坐在惠子的相册上——两脚呈八字形张开，鞋上的橡胶擦着地面向前。

亨利抓住手柄，尽可能地掌控方向。小拖车载着货物，摇摇晃晃地驶下南国王街，压着并不平坦的路面，发出隆隆的声响。亨利能听到后面追他的男孩们的喊叫声越来越近。有一小会儿，他竟感觉到有人从他的后背伸手上来，抓他的衣领。他斜向前，倚向拖车手柄，移开了重心。当他回头看去时，追他的人被甩在了后面，因为他冲下山的速度简直已经比冬天的雪橇还快。原先吱嘎作响的轮子现在只是闪着光，发出嗡嗡声，飞快旋转的车轴听起来则像一只陀螺一般。

“让开！小心！走开！”亨利大声吼着，那些从酒吧里走出来，在街上漫步的客人们纷纷跳到一边，给他让路。他差点撞到了一个穿着工作服的男人，但嘈杂声实在太大，而这个场景又实在太疯狂，所以大部分的人都能有充裕的时间跳闪开去。一个女人冲进了停在一旁的一辆车敞开的车窗里。亨利朝后倾斜下去，刚好从她穿着长筒袜的扭动的脚下滑过。

他听到哗啦一声，然后响起了哭声。回头看去，查斯和卡尔正在紧急“刹车”，因为丹尼脸朝下摔在了路上。他们还在山上，已经被亨利甩了老远，这下终于放弃了追赶。

亨利及时回过头来，从一个停车收费器旁擦了过去。因为朝后猛拉了一下手柄，他失去了对小车的最后的控制，弹跳着冲向正在南国王街和第七大道的交叉路口处缓缓滑行的汽车后轮。那是一辆警车。他砰的一声撞上了汽车的轮胎和后挡泥板——那是汽车白色底盘上嵌着的一条黑色的金属板。

他的鞋子在人行道上留下了黑色的滑行痕迹，因为他曾用力蹬地，想要停下来——晃动和反弹让他感觉自己的膝盖变成了两块出故障的弹簧。亨利朝前飞去，掀翻了手柄，侧身摔在地上，然后从轮胎的白胎壁上弹了回来。小车翻倒在地，里面散装的照片和扯坏的页面呈扇形撒在路边和汽车底下。

亨利苦恼地躺在那里，听见警车踩了刹车，停了下来。路面又冷又硬。他身上擦伤的地方开始疼了。他的腿在抽痛，他感觉他的脚又烫又肿。

街上的人们重新找到了他们的乐趣，有的人在吼叫，还有的人在欢呼，亨利想，那一定是醉酒后的狂欢。校园恶霸们没了踪影。亨利翻起身，用手和膝盖趴在地上，开始慢慢捡那些照片，用胳膊抱着，倒回拖车里。

他朝前望去，看到了车门上的星形徽章。一个身穿制服的巡逻警察走了出来。“我的天！你是在拖着那小东西自寻死路吗——还是在晚上。你的那东西要是马力再大一丁点儿，我可能已经从你身上碾过去了。”在亨利看来，对于这个像鱼雷般袭击了他的巡逻车的“小孩形状”的射弹，他似乎是担心大过于恼怒。

可我要是不这么快，就死定了，亨利一边小心翼翼地把最后一批图片和相册收拾到拖车里，一边想。他看看那辆汽车。在这昏暗的夜色中，他大致能判断出汽车并没有受到损伤。在他翻到拖车前端时，他已经用自己的身体挡住了大部分的撞击力度。他的身上有擦伤，头上会留疤，但没什么大碍。

“对不起，我只是想回家……”

警察捡起一张滑到他的巡逻车下的照片，用手电筒照了照，然后给亨利看——一张折角的日本军官照片，站在一面白底红太阳的旗帜下，身边有一把剑。“那么家在哪里？你知道我可以因为你违反宵禁而把你送进监狱吗？”

亨利拍着自己的衬衣，找到了那枚胸章，拿给警官看：“我是中国人——学校的一个朋友叫我……”他不知道该怎么说，不如说真话。“一个朋友叫我保管它们。一个日裔美籍家庭。”

亨利暗自祈祷，间谍和叛徒确实形形色色，但绝不会是半夜里推着一车照片的六年级学生。

警察翻了翻拖车里乱七八糟的照片，又翻看了一下那些相册。没有童子军秘密拍摄的飞机图照片。没有造船厂的详细照片。只是结婚纪念照、度假照，只是，大都穿着传统的日本服装。

亨利眯起眼睛，警察的手电筒光先是照了他的胸章，然后又直直照向他，让他几乎什么都看不见。他看不到警察，只看到一个黑影子，还有一个银色的徽章。“你住哪里？”

亨利指向唐人街的方向。“南国王街。”比起被送进监狱，他更害怕的是当警察带着他和一车日本人照片回家后，他父亲的反应。相较之下，监狱简直是小菜一碟。

警察看上去与其说是被触怒，不如说是烦恼。这是一个忙碌的夜晚，显然，比起抓一个冒冒失失地开拉迪奥·弗莱尔拖车的十二岁中国男孩，他还有更好的事情要做。“回家吧，小子，带上你的东西。别让我再逮到你在天黑后跑出来。明白吗？”

亨利一阵猛点头，拖着脚步，拉着车走开了，他的心还在剧烈地跳动。还有一个街区就到家了。他没有回头看。

十五分钟后，亨利在自己的房间里，把衣橱底部的抽屉放回了原位。冈部家的照片已经安全地藏了起来，他已经尽了最大努力把那些照片放回相册里，以后他可以再对它们进行安置。惠子的拖车放在了亨利家公寓楼后面巷子里的楼梯下。

他爬上床，踢开被子，揉着脑袋，他能感觉到正鼓起一个大包。因为奔跑和攀爬，他又热，全身又汗湿，于是让卧室窗户开着，享受着从水面上飘来的冷空气。他能闻出即将到来的雨，能听到码头海岸区那边的渡船上传来的喇叭声和铃声，那标志着他们今晚的最后一个航程。他还能听到远处哪里在演奏摇摆爵士乐，甚至可能是黑麋鹿夜总会。

茶

（1986）

亨利从报纸上抬起头，看到马蒂和他的未婚妻萨曼莎在窗外挥手，于是微笑起来。他们走进巴拿马旅馆地下室的这个小小的茶室，门口挂着的佛铃响了起来。

“你从什么时候开始流连日本茶室的？”马蒂为萨曼莎拉开一把黑色的藤椅，问道。

亨利满不在乎地折起报纸：“我是这里的常客。”

“从什么时候开始的？”马蒂问，不是一点半点的惊讶。

“从上个星期开始。”

“那你一定是翻开了全新的‘一叶’。这对我来说真是新闻。”马蒂转向萨曼莎，“老爸从不会来这儿。说实话，他憎恨到这片社区来，特别是从这里到神户公园——就在那个新剧院外面，叫作日本官——”

“是日本馆剧院。”亨利纠正他。

“没错，就是那个地方。我以前常常说老爸是个‘惧日症患者’——这个词的意思是，害怕所有关于日本的事物的人。”马蒂边说，边故作害怕地挥动着手。

“为什么？”萨曼莎问道，听上去，她好像认为马蒂是在开玩笑或是嘲弄父亲。

女服务员端来一壶新沏的茶，马蒂为父亲和萨曼莎都斟了一杯。亨利也为马蒂斟了一杯。这是亨利所坚持的一个传统——永远不为自己斟茶；只要为其他人斟茶，他也会为你效劳。

“老爸的老爸，我的祖父，是一个狂热的传统主义者。他就像中国的法拉坎[1]，但他在这里很有名。他为击退日本人筹钱。你知道吗，在整个太平洋战争中，他一直在援助中国北方的战争。在那时候，这可是大事，是吧，老爸？”

“那，是，保守的提法。”亨利双手捧着小小的茶杯，啜了口茶说道。

“老爸在成长期间，从未得到过前去日本城的许可。那里是禁区。如果他带着芥末味回到家中，就会被踢出家门，或者发生其他诸如此类的疯狂事情。”

萨曼莎看上去被激起了兴趣：“那就是你永远不来这里，不来日本城的原因吗——因为你的父亲？”

亨利点点头：“那时候跟现在不一样。1882年左右，国会通过了《排华法案》——不再允许华人移民美国。那是个就业竞争残酷的时代。像我父亲这样的华人劳工已经习惯了努力工作，而只挣少得

---

1 法拉坎（Farrakhan）：美国伊斯兰民族组织的领导人。

可怜的一点钱——这样的情况是如此普遍，以至于当地渔场新增罐装机时，人们干脆把那些机器叫作‘钢铁中国佬’。但当地的产业仍需要廉价劳动力，于是他们绕过了那个排外的法案——允许日裔劳工到美国来。不仅是工人，还有‘照片新娘’[1]。日本城就这样繁荣起来，而唐人街则一直不景气。我父亲憎恨这一切——而这时，日本开始侵略中国——”

“可后来呢？”她问道，“在你长大以后——在他去世以后呢？你是不是感觉好像所有的赌注都已经输掉，可以我行我素、肆无忌惮了？知道吗，我就是那样的。要是有谁禁止我做什么事的话，那只会让我变得更狂热，哪怕我压根不知道该从哪里着手。”

亨利看看儿子——马蒂他正在等着一个连他都没有问过的问题的答案。

“在我还是个小男孩的时候，国际区的大部分地方都曾是日本城。所以，我父亲禁止我涉足的，是很大的一片地方。那让我感到一种——”亨利斟酌着用词，“一种神秘。经过这么些年，那里发生了天翻地覆的变化。当时，把房产出售给非白种人是不合法的，但某些特定区域除外。国际区里甚至还有意大利移民、犹太人、黑人的社区——事实就是如此。所以，在日本人被带走后，所有这些非日本人搬了进去。那就好比，你想要进某一个酒吧去喝酒，可当你终于年满二十一岁的时候，酒吧却已改成了花店。已经物是人非。”

“所以你就不想去了？”马蒂问道，“在被禁止了那么多年

1　照片新娘（picture bride）：20世纪初，在美国西海岸和夏威夷，大量日韩裔劳工通过照片从各自国家挑选新娘。

之后？当你终于有机会去的时候，你还是不想去逛逛，哪怕就看一看？”

亨利给萨曼莎添了些茶，皱起眉头：“哦，我可没那么说。”

“可你说那里变了——”

“确实变了。但我还是想去。”

“那么你为什么没去？为什么拖到现在？”萨曼莎问道。

亨利终于推开他的茶杯，用手指敲打着玻璃桌面。他长长吁出一口气，似乎打算展示自己不为人知的一面，就像是一个黑暗的舞台上，大幕缓缓拉开，灯光渐渐亮起。“我从不来日本城的原因……是因为这样做太痛苦。”亨利感到自己的眼睛泛起泪光，但那并不完全是泪。

有一刻的沉默。一个顾客离开茶室，门口的铃又响起来，打破了三人之间意蕴颇深的停顿。

“我没明白。首先，如果你父亲禁止你去，如果你从没去过那里，那么，去那里怎么会让你感到痛苦？”在马蒂开口之前，萨曼莎抢先问道。

亨利看着二人，那么年轻，那么俊美般配的一对。可他们有太多不知道的东西了。

“是的，我父亲禁止我去。”他叹道，热切地望向墙上装在相框里的日本城照片，“他激烈地抵制任何关于日本的东西。早在珍珠港事件之前，中国国土上进行的战争就已持续十年了。作为他的儿子，频繁出入城市另一侧的日本城，这是非常坏的行为。对他来说是耻辱……可是，哦，我怎么能还是去了呢。无视他。我远远地走到了日本城的中心。我来到了这里，我们坐的这里，这里都属于日本城。我去了，看到了许多东西。很大程度上，我一生中最好和最坏的时光，都是在这条街上度过的。”

亨利能看出儿子眼中的困惑，或者更不如说是震动。这么多年过去，马蒂已经长大成人，他早已假定亨利和祖父是一样的人：一样狂热，热衷传统，热衷故土；对于邻人，特别是日本人，充满了敌意；紧紧抓着从战争年月留下来的感受。儿子连想都没想过，亨利对于传统的极度热情、他的那些乏味的旧式的习惯，有可能是出于另外的原因。

“这就是你邀请我们到这里喝茶的原因？”马蒂问，他话音中的焦躁好像缓和了，“为了告诉我们关于日本城的事情？”

亨利点点头表示肯定，然后又说：“不。”纠正了他自己，“事实上，我很高兴萨曼莎的发问，因为这让其他的部分变得容易解释一些了。”

“其他的什么部分？”马蒂问。亨利认出了儿子眼中的神情。这让他想起了他与自己的父亲在多年前那些艰难的、欲说还休的对话。

“我可以让你们帮我——在地下室里。”亨利站起来，拿出钱包。他放了一张十美元的钞票到桌上为茶买单，然后走上连接茶室和旅馆大堂的、还在修缮中的楼梯。“你们要跟来吗？”

“去哪儿？”马蒂问道。萨曼莎抓起他的胳膊，拉着他一道跟了上去。他的困惑和她的兴奋与期待相映成趣。

“等我们到了那里，我就会解释。”亨利带着克制的微笑说道。

他们一道穿过装饰派艺术风格的磨砂玻璃门，来到巴拿马旅馆鲜艳的大堂里。这里闻起来满是尘灰而且潮湿，但感觉很新。亨利摸了摸刚刚喷过砂并且密封起来的砖，经过扫了又擦，擦了又扫，那上面几十年来脱落的漆皮和尘灰都去掉了。现在和亨利还是个小男孩的时候，从华丽的窗户往里偷看的时候一样了。旅馆又恢复了原貌，一切似乎都没有改变。也许，他也并没有什么改变。

亨利、马蒂和萨曼莎顺路走进巴拿马旅馆的临时办公室，和佩蒂森太太打了个招呼。她在打电话——和某个建筑商或是承包商在协商。她的桌上到处都是图纸，讨论的是修缮的细节，好像说的是不想改变，说的是想让旅馆恢复原来的样子。显然，这样的建筑一般要么拆除，要么改造成昂贵的公寓。

从过去和佩蒂森太太的几次对话中，亨利已经知道她不想这么做。她想恢复巴拿马旅馆过去的荣耀，尽可能保留原来的结构，大理石的大众浴池，简单的房间，和她复原那个茶室是同样的思路。

亨利签了字，低声说："我们要去地下室。这次我带来了帮手……"他指指他的儿子和准儿媳。

她点点头，继续和电话里说着话，朝他们挥挥手。

在走下古旧的楼梯的时候，马蒂再次变得焦躁起来："呀，我们到底要去哪里啊，老爸？"

亨利一直跟他说："等一下就知道了，等一下就知道了。"

穿过那扇沉重的、链条生锈的门，亨利带着他们来到了地下室的储藏间。他轻弹了一下灯的开关，那些临时悬挂的绳子上的灯泡噼噼啪啪亮了起来。

"这是什么地方？"萨曼莎用手划过那些满是尘土的箱子堆和旧盒子堆，问道。

"我想，这是一个博物馆。不过，它自己还不知道这一点。现在，它是一个来自你们出生之前的时光胶囊，”亨利说，“战争期间，日本社区的人被疏散了，也许，是出于他们的安全考虑。他们只有几天的时间准备，然后就被强制送去了内陆的拘禁营。当时的一个参议员——我想他来自爱达荷州——他称它们为‘集中营’。它们没那么糟，但这改变了许多人的生活。人们不得不留下一切，因为他们每个人只能带两个箱子和一个小小的水手袋。”亨利用手比画着大小，“所以，他们把重要的物品存放在了一些地方，比如这个旅馆，还有教堂的地下室，或者放在朋友那里。他们留在家里的东西，在他们回来之前，早就不见了——被洗劫一空。但大部分人都没有再回来。”

“那么你看到了这一切，是吗——那时候你还是个孩子？”马蒂问道。

“我亲身经历了这一切，”亨利说，“我的父亲赞成疏散。对很多人所称的‘疏散日’，他感到兴奋。我完全不能理解，但我卷入了这一切的中心。我看到了整个事件。”

“所以，这就是你再也没有回来日本城的原因——因为有太多不好的记忆？”马蒂问。

“差不多吧，”亨利说，“从某种意义上说，是没有回来的理由了。一切都走了。”

“可我还是不明白。这些东西为什么仍留在这里？”萨曼莎问。

“这家旅馆和日本城的其他部分一样被封起来了。旅馆主人自己也被带走了。人们失去了一切。日本银行关了。大部分的人都没有回来。我想，旅馆主人应该换过好几次，但这些年来——这几十年来，它一直都封着。佩蒂森太太买下了它，发现所有的东西还在这里，无人认领。她正努力寻找它们的主人。我猜，这里有属于三十到四十个家庭的东西。她等着有人来联络，有人来认领，但几乎没有人来。”

“难道就没有人还活着吗？”

“四十年是一段很漫长的时间，”亨利解释道，“人们都朝前走了。或者，恐怕去世了。”

他们默默地看着一堆堆的行李。萨曼莎摸了摸一个破裂的扁皮箱上厚厚的灰尘。

“老爸，这很吸引人，可是你为什么带我们看这些？”马蒂望着堆到天花板的盒子，看上去还是有一点困惑，“这是你带我们来这里的真正原因吗？”

在亨利看来，马蒂好像撞进了自小到大一直居住的房子里的一间看不见的屋子，从而发现了过去从不曾认识过的父亲的一面。“噢，我让你们到这里来，是想让你们帮我找点东西。”

亨利看着马蒂，从儿子的眼里看到了从天花板上投射下来的昏暗灯光。

“让我来猜猜，一张被遗忘的奥斯卡·霍尔登的老唱片？那可能已经并不存在了。你认为，从所有这些来自，多少——四十五年前的东西里面，你会找到一张？”

“也许。”

“我不知道奥斯卡·霍尔登还出过专辑。”萨曼莎说。

“那一直是老爸的圣杯——传说，在20世纪40年代，他们发行了很少量的一批，但今天已经没有幸存下来的了。”马蒂解释说，“有人甚至不相信确实有过那么一张唱片，因为在奥斯卡死的时候，他已经老得连自己都记不得曾经录过那张唱片了。只有他的乐队成员们，当然还有这里的老爸——”

“我买了一张。我知道它存在。”亨利打断了他，“但我父母的那台老式的维克多牌留声机放不了。”

“那它如今在哪里，你买的那张？”萨曼莎问，她揭开一个旧帽盒的盖子，霉臭味道让她皱起了鼻子。

“哦，我送出去了。很久以前的事情了。我从来没听过它。”

“那可真糟糕。”她说。

亨利耸耸肩。

“那么，你认为这里会有一张？在所有这些盒子里？会有一张在这么多年后幸存下来？”

“我来这里，就是要寻找这个问题的答案。”亨利说。

“如果有的话，那么它是属于谁的？”马蒂边琢磨边插话道，“是你认识的某个人吗，老爸？是在城市的错误一侧，你的老爸不想让你往来的某个人吗？”

“也许，”亨利说，“找到了，我就告诉你。”

马蒂看着父亲，看着堆得山一般高的盒子、板条箱、皮箱、旅行箱。萨曼莎微笑着紧握了一下马蒂的手。“那么，我想我们最好还是赶快开始吧。”她说。

唱　片

（1942）

当亨利告诉惠子昨晚他沿着南国王街的疯狂冲刺后，惠子大笑起来。她在午餐排队的人中搜寻，看到丹尼·布朗，又咯咯笑起来。他的脸上带着挫败的怒容，像一条激愤的、被鞭打的小狗。他的面颊和鼻子上，摔倒时蹭到的地方都结着痂。

丹尼消失在饥饿的孩子群中。他们拥挤着走过来，做着他们惯常的畸形鬼脸。亨利和惠子往他们的盘子里盛入比蒂太太所谓的“青椒蘑菇奶油罐头肉”的灰白色玩意儿。起泡的酱汁里有些微浅绿色的痕迹，几乎有金属光泽，像鱼眼睛一般平滑。

一整周的时间里，他们都在清空蒸笼托盘，把剩饭倒进垃圾桶里。比蒂太太不主张节约剩饭。通常，她会叫亨利和惠子把食物残羹放到分开的桶里，好让本地养猪的农民每晚来回收，拿去当泔水。然而，如今，剩饭都倒进了常规的垃圾桶里。即便是猪也有生活标准了。

到星期一的时候，午餐回到了往常的路线。储藏室里，亨利和惠子坐在翻转过来的两个板条箱上，划开一个糖水桃罐头，谈惠子的英语老师被捕那天晚上黑麋鹿夜总会发生的事，谈宵禁对每个人的影响。报纸上没怎么说这些。他们对于那些逮捕的提及，淹没在了本周的大头条中——麦克阿瑟将军奇迹般地逃出了菲律宾，宣称："我从巴丹半岛出来了，我还会再回去的。"被埋没在这条新闻之下的，是一小条关于逮捕可疑的敌人密探的消息。也许那就是亨利的父亲一直在说的。过去一直好像很遥远的冲突，突然感觉变近了。

特别是外面还有查斯、卡尔·帕克斯和丹尼·布朗这样的恶霸在操场上进行着战争。虽然根本没有人愿意做日本兵或是德国兵，他们还是能找到某个小孩来扮演敌人，无情地追扰他。不知道他们是否厌倦过这种游戏，反正亨利从没见过。但在这里，在这个脏兮兮的储藏室里，这里有庇护，有伙伴。

惠子朝亨利微笑。"我有一个惊喜要给你。"她说。

他期待地望着她，给她最后一块糖水桃。她用叉子刺起，两大口吃了下去。他们分着喝掉了剩下的甜甜的、糖浆般的汁水。

"是一个惊喜，不过要放学之后才能让你看到。"

今天不是他的生日，圣诞节已经过去好几个月了。总之，惊喜就是惊喜。"是因为我帮你存放了你的那些照片吗？如果是这样，没有必要，我很乐意——"

惠子打断了他："不，是因为你带我去黑麋鹿夜总会。"

"而且差点让我们俩被扔进监狱。"亨利不安地咕哝道。

他凝视着惠子，她噘起嘴唇，思考他的话，然后满面笑容地打消了他的顾虑："那是值得的。"

半开着的门上响起敲门声，打断了他们正一起分享的一小会儿沉默。这是科学证据，证明有的时候，时间过得太快。

“嘘呼，嘘。”那是比蒂太太让他们动身的方式。是时候回教室了。午饭后，她通常会粗声大气地回到厨房，用一根新牙签剔着牙，有时还拿着一本《生活》杂志——卷得像一根警棍或是一条干鱼。她用它来打苍蝇，然后让肝脑涂地的苍蝇尸体摆在那里，污迹斑斑地装点着厨房的金属台面。

亨利为惠子拉开门。惠子把头发放下来，朝教室走去。亨利跟在后面，回头看去，比蒂太太正拿着她的杂志坐下来。那是上周的一期，封面写的是“时尚泳装”。

放学后，他们磕黑板擦，擦桌子，拖厕所。亨利一直问惠子到底是什么惊喜。她害羞地推延：“等一会儿。回家的路上你就知道了。”

惠子带着亨利往北走去，走向西雅图商业区的中心，而不是往南，去日本城。每次亨利问他们去哪儿的时候，她都只指向第二大道上的罗兹百货公司。亨利和父母去过那里几次——都是在他们需要某个重要的东西，或是在唐人街买不到的东西的特殊情况下去的。

罗兹是本地人最喜欢去的地方。走在那座巨大的六层建筑里，就好像来到西尔斯商品目录中做活生生的参观一般，而且更有吸引力，更具真实的豪华感。特别是在午餐和晚餐时间演奏的巨大的管风琴，是为饥饿的购物者们提供的特殊的音乐会——至少在几个月前，它被拆散后运到美世公司的市民溜冰场之前，确实是这样。

亨利跟着惠子来到二层角落的音响部门。橱柜里放着收音机和留声机。有一条过道，长长的雪松木架子上放着圆盘唱片——亨利感觉它们比虫胶唱片更轻、更脆和易碎。显然，虫胶漆的供应被限制了——这是战时的另一个动员——所以黑胶现在成了最新的音乐载体，比如格伦·米勒的《珍珠链》以及阿蒂·萧的《星尘》。亨利热爱音乐，但他的父母只有一台老式的维克多牌留声机。我怀疑这些新一点的唱片它一张都放不了，亨利想。

惠子在一排唱片前停了下来。“闭上你的眼睛。”她说，拉着亨利的手，放到他的脸上。

亨利先是朝周围看了看，然后照做了。他感到有点不好意思，但还是蒙住了自己的眼睛，站在唱片过道的中间。他听到惠子在架子上翻动，于是忍不住从手指缝中偷看，从后面看着她翻那一排排的唱片。当她握着什么东西转过身来的时候，他又赶紧闭上眼。

“睁眼！”

他的眼前是白色封套装着的一张闪亮的黑胶唱片。贴着简单、平展的标签“奥斯卡·霍尔登与午夜蓝调，猫行巷弄中”。

亨利说不出话来。他张着嘴，却没有声音。

“你能相信吗？”她得意扬扬，“这是我们的歌，他为我们演奏的歌！”

亨利握着唱片，还是不敢相信。他从没结识过出唱片的艺术家——从没亲自见过一位。他见过的唯一一位名人是伦纳德·科茨沃思，他是塔科马海峡吊桥拱起、弯曲然后断裂撞进水中前，桥上的最后一个人。科茨沃思出现在了新闻短片上，正从扭曲的桥的中间往下走。亨利在海洋节游行中见过他从身边骑车经过，认为他只不过是个长相普通的傻瓜。他不是奥斯卡·霍尔登这样的表演者。

当然，奥斯卡在南杰克逊街已经很有名了，但这是真正的声望，你可以买到并握在手里的声望。他斜过这张完美的唱片，看着那些沟槽，努力想再次听到那音乐，小号的活泼声响，还有谢尔登的萨克斯。“我简直不敢相信。”亨利敬畏地说。

“这是事实。我攒够了钱来买它。为了你。”

“为了我们，”亨利纠正道，“另外，我都不能播放它。我家连一台留声机也没有。”

“那就来我家吧。我父母正好想见你。”

她父母想见他，这让他感到受宠若惊。就像一名业余拳击手在职业拳赛上露脸一样。兴奋，惯例性地怀疑和焦虑，还有害怕。他的父母可能与惠子毫无干系。她的父母就那么不同吗？他们可能会怎么看他？

亨利和惠子拿着唱片来到收银台。一个戴着店员帽、一头长金发拢在脑后的中年女人正忙着在收银机那里数零钱，将其归类放入一个大一些的匣子里。

惠子伸出手去，把唱片放在柜台上，然后打开一个小钱包，拿出两美元——那是一张新唱片的价格。

金发店员仍在数钱。

亨利和惠子耐心地等着店员数她钱箱里的钱。她详细地为账目做了标记，在一张纸上写下来。

两人等待的时候，另一个女人从他们后面走上来，拿着一个小小的摆臂式挂钟。亨利困惑地看着那个店员越过亨利和惠子的头顶，接过挂钟，录入机器。然后收下钱，递回找零，还有放在一个大大的绿色罗兹购物袋里的挂钟。

“这个收银台开吗？”惠子问。

店员只是朝四周张望有没有别的顾客。

“对不起，女士。我想买这张唱片，麻烦你。”

亨利变得比那个翘起屁股、紧闭嘴巴的店员的样子更生气。她斜下身子，轻声对他们说：“那么你们为什么不回到你们自己的社区附近买它呢？”

亨利过去也受过冷遇，但他从没有经历过这样的事情。他听说过南部有这样的事情，像是阿肯色州或是亚拉巴马州那样的地方，但不是西雅图，不是太平洋西北岸。

店员站在那里，手戳在髋部：“我们不卖东西给你们这样的人——另外，我的丈夫正在国外作战……”

“我买，”亨利说，把他的“我是中国人”胸章放到柜台上惠子那两美元旁，“我说，我买，麻烦你。”

惠子眼看就要哭出来，或是要气冲冲离开了。她握着拳头撑在柜台上，两个指关节发白，像充满挫败感的小球。

亨利瞪着有些困惑、继而生气的店员。她妥协了，抓走那两美元，把他的胸章弹到一边。她把唱片递给他，没有袋子和收据。亨利坚持两者都要，因为担心她喊来商店保安，说他们偷了唱片。她在一张黄色的收据上草草写下一个价格，盖上个“已付款”的章——推给亨利。亨利拿起来，还是向她道了谢。

他把胸章和那张纸条一起放进衣袋里。“好了，走吧。”他对惠子说。

回家路上，惠子目光空洞地瞪着前方。她的惊喜所带来的欢愉好像氦气球一样爆炸了——声音大而尖厉，除了一条软塌塌的绳子之外，什么也没剩下。亨利拿着唱片，竭尽全力想让她平静下来：

“谢谢你，这是一个绝妙的惊喜。这是我收到过的最好的礼物。”

“我没有体会到给予或是感激。只有愤怒。”惠子说，“我在这里出生，我甚至不会说日语。可是，无论我去哪里，所有的人……他们恨我。”

亨利挤出一个微笑，在她面前挥动唱片，递给她。他看到，唱片让她忘掉了一点不快。“谢谢你。”她说。

他们边走，她边看唱片。“我以为我习惯了学校里的嘲弄。无论如何，我爸爸说，他们只是不懂事的孩子，他们会欺负弱小的男孩和小姑娘，而不管他们是从哪个社区来的。我们作为日本人或者中国人，只是让这样的质问变得更容易些——我们是易攻击的目标。但离家这么远，在成年人的社区……”

“你以为成年人的行为会不一样。”亨利补充完了她的话，他从自己的经历中已经了解到，有时候，成年人只会更恶劣。恶劣得多。

至少我们还有这张唱片，亨利想。它会让你想起一个地方，在那里，人们似乎不在意你的样子，你在哪里出生，或是你的家人来自哪里。音乐响起的时候，无论你姓阿伯内西还是安茹、孔或是小林，似乎都不会有任何区别。无论如何，他们有音乐来证明这一点。

在回家的路上，亨利和惠子就谁来保管这张唱片起了争执。

“这是我给你的礼物。即便你现在不能播放它，也应该由你来保管。总有一天你可以播放它的。”她坚持道。

亨利认为应该由惠子保管，因为她有留声机，可以播放这张新的黑胶唱盘。

“另外，”他争论说，“我母亲总在家里，我不确定她是不是赞成——因为我父亲不喜欢现代音乐。”

最后，惠子妥协了，接受了唱片。因为她的父母喜欢爵士乐，也因为她意识到如果他们还不回家，就太晚了。

他们尽可能快地沿着景色秀丽的码头海岸区往前走，脚下偶尔踩到人行道上散落的蛤蜊壳。在空中盘旋的海鸟把整个的贝壳扔到路面上摔裂开来，这样，它们就可以俯冲下来，享用壳里那湿软的、香喷喷的肉了。亨利觉得那些四下溅开的贝类生物很让人恶心。他小心翼翼地绕过肮脏的地方，以至于有些分心了，没有注意到轮渡码头附近的那队士兵。

他和惠子走到码头北侧的时候被拦住了去路，和他们一样的还有一些汽车和在人行道上乱转的一些人。大部分人好奇大于气愤，有几个看上去还挺高兴。亨利不知道这场骚乱是怎么回事。

“一定是游行，我想。希望是这样。”亨利说。“我热爱游行。海洋节的游行比主干道上举行的中国新年游行还要棒。”

“今天几号？”惠子问，她把唱片递给亨利，取出放在书包里的速写本，坐到路沿上，开始用铅笔画眼前的场景。那里有一队身着军装的士兵，肩上挂着带刺刀的来复枪。他们看上去干净利落、客气、有礼貌。还很能干，亨利想。后面是停泊在码头的科霍罗肯号轮渡，随着普吉特湾冰凉的墨绿色潮头的涨落，几乎不为人察觉地移动着。

亨利琢磨着：“3月30号——据我所知不是什么节日。”

“他们为什么在这里？那是班布里奇岛的轮渡，对吗？”惠子迷惑地用铅笔敲着自己的面颊。

亨利同意她的看法。他低头去看惠子画的画，心里对她更佩服了。她很优秀。不只是优秀，她真的很有天分。

然后他们听到了汽笛声。

“一定是开始了。”亨利说。朝四周望去，他看到街道两旁站了更多的人，都一动不动，好像在等一盏坏掉的红灯变成绿灯。

又是一声汽笛声，轮渡上开始走下长长的队伍。亨利听到鞋子踏在金属舷梯上发出的有节奏的叮叮当当声。他们排着整齐的队伍穿过街道，朝南走去——去哪儿呢，亨利猜不到。他只能看出他们是在朝着唐人街或是日本城的方向走去。

队伍无穷无尽。队伍里有抱着小孩子的母亲。老人们步履蹒跚，跌跌撞撞跟着队伍，往同样的方向走去。十几岁的孩子们跑到前面，看到四下里的士兵，才又转为行走。他们所有人都携带着行李，穿着雨衣，戴着帽子。直到这时，亨利才意识到惠子早已知道的东西。从他们偶尔的对话中，他意识到了这些人都是日本人。班布里奇岛一定被宣布为军事区域了，亨利想。他们在疏散所有的人。成百上千。每组人后面都跟着一个士兵，好像母鸡一样清点着人数。

亨利往四下里看去，发现大部分围观的人都和他一样惊讶，差不多一样。也有少数的几个人看上去很气愤，似乎他们晚到了一步，被一辆长长的、没有尽头的火车挡住了去路。还有些人看上去很愉快，有的还在鼓掌。他看看惠子，她的画只画了一半。她的手握着铅笔，放在纸上，笔芯断了，她的胳膊就像雕塑般一动不动。

“好了，走吧。现在，我们该回家了。”他说，然后从她的手中拿下速写本和铅笔，放到一边，帮助她站了起来。他用胳膊搂着她的肩膀，转过身，不让她再去看那场景，并竭力温柔地劝她回家：“我们不要再待在这里了。”

他们穿过街道，从那些等待着日本人队伍走过的汽车前面经过。我们不能在这里。我们得回家。亨利意识到，他们是这街上仅有的两个手里没拿行李的亚洲人，他可不想被来来往往的士兵给清理掉。

“他们要去哪里？”惠子悄声问道，“他们要把他们带到哪里去？”

亨利摇摇头：“我不知道。”但他其实知道。他们去的是火车站方向。那些士兵们要带他们离开。他不知道他们要去哪里，但他们会被一起送走。也许是因为班布里奇岛距离布雷默顿港的海军造船厂太近了。也许是因为那里是一个岛屿，住在那里的人更容易被集中起来。西雅图则不同，这么无序，人这么多，以至于不可能完成那样的任务。这样的事情不会在这里发生，亨利想。这里他们的人太多了。我们的人太多了。

亨利和惠子一路挤过人群，回到第七大道，日本城和唐人街的中间地带。消息先于他们到达了这里。街上到处都是各种肤色的人。人们纷纷交谈着，望向火车站方向。在这里，看不到士兵的影子。没有问题。

亨利看到了谢尔登，他正站在一群围观者中，萨克斯盒子挂在身侧。“你在这里做什么？”亨利拽拽他的衣袖说。

谢尔登低下头，愣了一下，然后咧嘴笑起来，露出金牙：“我正在中场休息——奥斯卡的夜总会在那次突袭后暂时关闭了，所以在他们重开之前——我希望那会很快——在他们重开之前，我回街上来讨生活。而这对我的生意可不会有什么帮助。”

亨利伸出手去，把那只装着唱片的罗兹百货公司袋子递给他看。谢尔登笑了，冲他眨眼：“我也有一张。”

谢尔登把胳膊放在亨利的肩头上，和他一起看着眼前的场景。他们俩都不想谈音乐。“他们疏散了整个岛屿。据说是出于他们的安全。你相信那样的胡说八道吗？”谢尔登说。

惠子拨开挡住眼睛的头发，拉住亨利的胳膊。“他们要把他们带到哪里去？”她问。

亨利很为惠子担心。他不想知道答案。他斜过头去，用额角靠着她的额角，用外套裹住了她。

“我不知道，小姐，”谢尔登说，“我不知道。加利福尼亚，我估计。听说他们在靠近内华达州的地方建起了某种战俘营。他们下了什么命令，说他们会集中起所有的日本人、德国人和意大利人——可你在那人群里看到德国人了吗？你看到他们集中起乔·迪马乔[1]了吗？”

亨利朝四周看去。人群里的少数几个日本人都在朝家走去，有的甚至在跑。“你最好还是回去吧，你的父母可能正在为你担心。”他把唱片递给她。

谢尔登同意他的话，他看着亨利：“你也最好回家去，小伙子。你的家人也会一样担心你的。有没有那胸章都一样。”

惠子抱住亨利，久久没有放开。亨利抬起头来，看到了她眼中的恐惧。不是为她自己——而是为她全家。他也感受到了。他们无言地道了再见，然后分开来，朝着不同方向各自往家跑去。

1　乔·迪马乔（Joe DiMaggio）：当时美国著名的意大利裔棒球手。

父　母

（1942）

一周内，班布里奇岛的疏散已经变成了旧闻——一个月内，它几乎已经被人们遗忘了，至少从表面上看，是这样的——每个人都一如既往地全力忙着自己的事情。当亨利和惠子为周六的午餐做计划的时候，就连他都体会到了焦虑中的平静。她打来了电话，这吓了他一跳。是亨利的父亲接的。惠子刚一开口说英语，他就把电话递给了亨利。父亲没问是谁来的电话，只是问来电话的是不是女孩子——答案压根就不用说。

我猜他是想听我亲口说出来，亨利想。“是的，是女孩子。”他只能这么说。虽然说的是父亲听不懂的英语，但他还是点着头并解释道：“她是我的朋友。”父亲看上去有点困惑，但最终似乎屈服于儿子已经十多岁了的事实。要是在中国，*在那片故土*，十三四岁就可以成亲了。有的时候，包办的婚姻在刚出生时就已经定下了，不过只有特别穷或者特别富的人才会这么做。

父亲要是知道了她来电话的目的——让亨利和她的家人见面——一定会更担心。不，亨利意识到，担心这个词太不够分量，父亲会勃然大怒。

而亨利呢，本来还没有那么担心，可他突然意识到这次午餐可能从本质上说是一次约会——这个念头让他的胃里翻腾起来，手心也出了汗。他给自己打气，这不是什么了不起的大事，只是和冈部一家吃顿午饭而已。

在学校里，一切都正常得好像有点不太正常——如此克制与和平，让他和惠子不知该怎么想。其他的孩子，甚至包括老师，都好像不知道班布里奇岛的大批日本人离去似的。在相对的平静中，日子一天天过去。好像那件事从来没有发生过。消失在了关于战事的新闻里——美国和菲律宾的军队在巴丹半岛失利，一艘日本潜艇在加利福尼亚某处炸了一家炼油厂。

亨利的父亲更加坚定不移地要求亨利佩戴那枚胸章。“外面——戴在外面，让每个人都能看到！”亨利朝门口走去的时候，父亲用广东话要求道。

亨利拉开外套的拉链，敞开衣服，这样胸章就完全看得到了。他垂着肩膀，等待着父亲的确认。他以前从没见到父亲这么郑重其事过。而且，父母也各自戴上了同样的一个胸章。这是某种共同的努力吧，亨利推断道。他理解父母对他的牵挂，但他们是绝无可能被误认为日本人的——因为他们几乎从不离开唐人街。如果连他们都被误认为日本人的话，那在西雅图，就会有太多的人需要被集中起来了。成千上万。

亨利和惠子的计划是在巴拿马旅馆的门口见面。巴拿马旅馆是三十年前由小笹三郎设计的——对于这个建筑师，亨利的父亲曾提起过一两次。他是日本人，但在亨利的父亲看来，他是有一些声望的。父亲几乎对于日本社区内的一切都持否定态度，这次是极少的例外。

巴拿马旅馆是日本城，甚至是这整个地区最引人注目的建筑。它像岗哨般矗立在两个截然不同的社区之间，为刚下船的人提供一个舒适的住处，让他们在这里住上几个星期，或是几个月，直到他们找到工作，存下一点钱，成为美国人。亨利好奇，有多少移民曾在巴拿马旅馆里，歇息下他们疲惫的头颅，梦想着从来自广东或是冲绳的汽船中踏出的那天起，会有崭新的生活迎接他们，计算着再过多少日子，才可以把家人接过来。然而日子一晃，往往就变成了年头。

如今，旅馆较之往日的辉煌，只剩下了陈旧的躯壳。那些不能把家人从老家接来的移民、渔民和罐装工人们，把这里当作了永久的单身旅馆。

亨利一直想要去它的地下室。去看看那两个大理石的浴池，“钱汤”——惠子这么称呼这种大众浴池。它们可能是西海岸最大、最豪华的。但他害怕。

可能就和他害怕告诉父母他去见惠子一样。他曾暗示他的母亲——不过是用英语——他有一个日本朋友，可她立马流露出震惊的表情，让他不得不赶快放弃了这个话题。每天都有日本人和菲律宾人来到这里，为了逃避国内的战乱或是为了到美国来挣钱，大多数中国父母对于这些人都漠不关心。有些中国人对他们没有好感，但大都不流露出来。他的父母不一样——他每次出门的时候，他们都要检查他衬衫上的“我是中国人”胸章。父亲的民族自豪，他的护卫之旗，一直膨胀着。

送惠子回家时，礼貌的挥手或是偶尔对她的父母说声“你好”，这已经是亨利能够做到的全部了。他确信父亲有办法发现这一切，所以把自己的造访减少到了最低。可惠子呢，她滔滔不绝地和父母说。关于她的朋友亨利、他的音乐爱好，还有想和他今天共进午餐。

“亨利！”她坐在前面的台阶上，挥着手。早春已经开始展现新生命的迹象，樱花开始绽放——街道被两旁的粉色和白色花朵装点着，空气中终于不光只有海草、咸鱼和平潮的味道了。

“我也可以是中国人。”她嘲弄着他，指着他的胸章，“好耐唔见。”她说的是广东话，是“好久不见”的意思。

“你从哪里学的？”

惠子微笑着说：“我在图书馆查到的。”

“Oai deki te ureshii desu。”亨利回报了这一句。

他们互相看着，笑着，不知道说什么，或者是用什么语言来说。这一刻气氛有点尴尬。然后惠子打破了沉默：“我的家人正在市集上买东西。我们和他们会合后一起吃午饭。”

他俩比赛跑过日本市集去和她的父母会合。他让她赢了，这是父亲希望他拥有的风度。当然，亨利并不知道他们要去的是哪里。他跟着她来到一家日本面馆里——这家面馆最近改名为“美国花园”了。

“亨利，很高兴再次见到你。”冈部先生穿着灰色的法兰绒裤子，戴着一顶帽子，这让他看上去很像卡里·格兰特[1]。和惠子一样，他的英语说得非常地道。

经理让他们坐在了窗边的一张圆桌旁。惠子坐在亨利对面，惠子的母亲给惠子的弟弟找来了一张幼儿座椅。亨利猜他可能只有三四岁。他一直在玩他的黑漆筷子。母亲温和地责备他，告诉他那样做不好。

“谢谢你每天陪惠子走回家，亨利。我们很感谢你这个尽责的朋友。”

亨利不是很确定“尽责”是什么意思，但冈部先生在这么说的同时，给亨利倒了一杯茶，所以他想那一定是赞美之词。亨利双手捧起茶杯，母亲教过他，这是表示尊敬的意思。他想给冈部先生倒茶，但冈部先生转动着大理石的旋转餐台，已经开始自力更生，给自己倒茶了。

“谢谢你们请我来。”亨利真希望自己在英语课上多用点心。十二岁以前，他在家里是不能说英语的。父亲希望他和自己一样，做中国人。现在，一切都反了过来。可他所说的英语，节奏似乎更接近那些来自中国的渔民，而不太像惠子和她的家人所说的流利的英语。

“你戴的胸章真有趣，亨利。”惠子的母亲以一种和蔼的、祖母般的方式观察着，“是从哪里得来的？”

亨利伸出手去，盖住胸章。他本打算在过来的路上把它摘下来的，但一路赛跑到餐馆来，他就把这事给忘了。“是我的父亲给我

1　卡里·格兰特（Cary Grant）：美国影星。

的。他说，不管什么时候我都要戴着它——真丢脸。”

“不，你父亲是对的。他是个非常睿智的人。”冈部先生说。

如果你见到他，你就不会这么想了。

“你不应该为自己是什么人而感到羞愧，尤其是现在。”

亨利看看惠子，想知道她认为这场对话怎么样。她只是微笑着，在桌子下踢着他，显然，她在这里可比在学校饭堂自在多了。

“在这里，做自己很容易，在学校就难点儿。”亨利说，“我的意思是，在雷尼尔。”我在说什么？在我自己家里，和家人在一起，做自己都不容易，他想。

冈部先生啜了口茶，提醒亨利喝茶。很清淡，较之亨利的父亲爱喝的黑色乌龙茶有着更微妙和澄澈的香气。

“我知道去白人学校对于惠子来说是某种挑战。”冈部先生说，“但我们告诉她，无论如何，做你自己。我警告过她，他们可能永远也不会喜欢她，有人可能甚至恨她，但最终，他们会尊敬她——尊敬作为美国人的她。”

亨利喜欢这场谈话的内容，但他也感到一点点内疚，他想到了自己的家人。为什么从没有人那样解释过？他只得到了一枚胸章，并被强迫“说你的美国话”。

“今晚在杰克逊街有一场免费的室外爵士乐音乐会——奥斯卡·霍尔登会在那里演奏。”惠子的母亲说，“为什么不邀请你的家人和我们一起去？”

亨利看看惠子，惠子微笑着挑起眉毛。他简直不敢相信自己的耳朵。他只有那一次和惠子一起见过奥斯卡·霍尔登。在此之前，他只听过奥斯卡的几次演奏，都是把耳朵贴在黑麋鹿夜总会通往后巷的门上听到的，那几次，那位传奇的爵士乐钢琴家刚好在里面演奏。这个邀请很诱人。而且，他最近很少见到谢尔登了，因为谢尔登正顶替着奥斯卡原来的萨克斯手——“这是一生中也难得遇到的演出机会”，谢尔登这样说。确实如此。

但是，亨利的父母和惠子的父母可不一样，他们不喜欢“有色人种”的音乐。事实上，他们已经完全不听音乐了。无论是经典的还是现代的，黑人的还是白人的。这些日子，他们从收音机里收听的，只有新闻。

这是来自冈部一家的盛情邀请，但又是他不得不拒绝的一个邀请。亨利能想象出那场景，就像阿特拉斯剧院白天场的十美分票价、带中文字幕的恐怖剧一样。当他告诉他们，他不仅有一个日本朋友，而且她全家还邀请他全家去听一场爵士乐音乐会时，一场阴郁的悲剧将会拉开序幕。

他还没来得及编造出一个礼貌的借口去回答冈部太太，就看到桌子上的半瓶酱油在桌面上蹦跳起来。亨利抓住瓶子，感到地面在震动。

他透过哐啷作响的窗户往外看，看到一辆巨大的军用卡车喷着黑烟，轰隆隆地驶进广场。它的钢铁身躯哐当作响，伴随着引擎巨大的轰鸣声。在它的气刹发出尖啸前，街上行人纷纷四下逃散。只有非常老或者非常小的还留在原地，看着一卡车的士兵面无表情地坐在巨大的车斗里。

卡车一辆接着一辆，不断驶来，一批批带着来复枪的美国士兵和宪兵从车上跳下来，逐家逐户拜访，往门上、店面上和电话线杆上钉小张的海报。商人和顾客们纷纷涌出来围观这场骚乱。亨利和冈部一家走到人行道上，路过的士兵往他们手里散发传单——“这是‘公告一’。”上面有日语和英语两种文字。

亨利看着惠子手里的传单，上面用粗体字写着：“针对所有日裔人口的指示。”内容就是要强制疏散所有的日本家庭——出于他们的安全考虑。他们只剩几天的时间，能带的东西近乎于无——只能带他们拿得动的东西。最下端，是美国总统和战争部长的签名。传单上的其他内容亨利看不懂，但惠子的家人看得懂。她的母亲马上哭了起来。她的父亲看上去很不高兴，但仍强作镇定。惠子用手指摸摸胸口，然后指指亨利。他也用手指摸了摸自己的胸口，摸到了那枚他全家都在佩戴的胸章：“我是中国人。”

是他们，总比是我们好

（1942）

亨利冲进他和父母居住的小公寓。父亲坐在他的安乐椅上，平静地读着《西华报》——西雅图的中国报纸。母亲在厨房里，听声音是在切某种蔬菜——菜刀有韵律地敲击着菜板。

亨利喘着粗气，把一张传单递给父亲。他捂着因为连续跑了十个街区而疼起来的肚子。父亲瞥了一眼传单——亨利从父亲的眼神中可以看出，他在等待亨利解释，用英语解释，他为什么这么不高兴。不，不要说这个。现在不要说这个。亨利满脑子想的只是，告诉我这是怎么回事。他用中国话说了出来。

父亲断然地摇摇头，打断了亨利试图解释的话。

“不！你不能无视我。你不能再这么做。”亨利来不及转为中国话，就用英语说道，“他们要带走所有人。所有日本人。军队要带走所有人！”

父亲把传单递回给他：“是他们，总比是我们好。”

母亲边说话边从厨房走出来，她想听解释：“亨利，这有什么大不了的？这是战争时期。我们生活在我们自己的社区里。我们互相照顾。你和所有人一样清楚这些。”

亨利不知道该说什么——或者用什么语言说。他看着父母，脱口而出的是：“这对我来说很重要。”他说的是中国话。然后他改回英语：“这很重要，因为她是日本人。”

他冲进自己的房间，摔上了门。父母惊呆的表情还萦绕在他烦恼的脑海里。他听到门外他们争执起来。

亨利打开窗户，爬到防火梯上，沮丧地靠在硬邦邦的金属扶手上。他能听到军队的卡车在远处轰鸣。巷子外，唐人街的街道上，人们都在忙着自己的事情。也有人在看、在谈论或者指向日本城的方向，但大多数人是平静的。

亨利看见一辆塞满了箱子的汽车驶到巧巧餐馆的后门边。让他感到惊讶的是，里面跳下来的是一对年轻的日本人。这时从餐馆里涌出一些人，来到巷子里，把那些东西拖进餐馆里。在亨利看来，那些东西应该是私人物品。没有装到箱子里的东西能证明这一点：一盏落地灯，一卷长地毯，捆在生锈的绿色车顶上。东西都搬进去了，只剩下四个行李箱，看样子，这是那两个日本人可以携带在身边的。两个日本人和他们的中国朋友逐个拥抱。

那两个日本人走了，走出巷子，沿着大街走去，看上去，他们好像是被谁拽着走向火车站一般。亨利上上下下最后打量了一遍这条巷子，想着惠子和她的家人，想着他们离开“美国花园”餐馆后，会怎样竭尽全力安排好自己的生活。

母亲进屋来的时候，亨利已经爬回了屋子，四仰八叉地躺在床上。他在一叠漫画书中乱翻，看到了他买的最近一期《第30号非比寻常的神秘漫画》封面。封面上，火炬人正与一艘日本潜艇作战。战争无处不在，亨利想，把漫画猛摔到床底下。这时，母亲把一盘奶油杏仁点心放到了他的床头柜上。

“你想谈谈吗，亨利？你想谈的话，那就和我谈吧。”她用广东话说，眼中流露出对他的关心。

他看着打开的窗户。遮光窗帘僵直沉重地垂着，在风中一动也不动。他听不懂下面大街上人们的闲谈。那些闲谈声飘进来又飘出去，他只渴望理解在他周围发生的事情。

“他为什么不和我谈？”亨利仍旧眼望着窗外，用广东话问他的母亲。

“谁？你的父亲？”

停了很长时间，亨利看着她，点点头。

“他每天都在和你谈。你是什么意思，他为什么不和你谈？”

“他是在说，但他不听我说。”

亨利坐在那里，母亲拍拍他的胳膊，拍拍他的肚子，斟酌着该怎么说才能让儿子理解。

“我不知道该怎么说，你才能明白。你出生在这里。你是美国人。而你父亲出生的地方，一直在发生战争，和日本人的战争。他们侵略了中国的北部，杀了很多、很多的人。其中，不但有士兵，还有女人和孩子、老人和病人。你的父亲，他是这样长大的。他看到他自己的家园遭到了毒手。”她从袖子里拉出一条手绢，轻触着眼睛，虽然她并没有哭。也许她已经哭不出来了，亨利想。现在那只是一种习惯而已。

“你的父亲作为一个孤儿，来到这里，但他永远忘不了他是谁，他从哪里来。永远忘不了他的家。”

“这才是他现在的家。”亨利反驳道。

母亲站起来，朝窗外看去，然后关上了窗：“这是他住的地方。这里永远不会是他的家。看看在日本城发生的。你的父亲担心有一天，这样的事情也会发生在我们身上。那就是为什么他希望这里能成为你的家——和他爱他的中国一样。他希望你能被这里接受。”

“可是有别的家庭……”

“我知道。有一些家庭。中国家庭，美国家庭。这些家庭，现在，就在我们谈话的现在，正在藏起日本人，藏起他们的东西。这非常危险。你，我，我们大家，如果去帮助他们，就有可能会被扔进监狱。我知道你有一个朋友。打电话来的那个。雷尼尔小学的那个女孩？她是日本人？”

亨利已经不再把她看成日本人。“她是我的朋友。”他用英语说道。而且，我想念她。

“啊？”母亲说，她没听懂。

亨利思考着该说什么，说到什么程度。他换回了广东话，直视着母亲的眼睛：“她是我最好的朋友。”

母亲望着天花板，长长地叹了口气。那是无奈地接受了已经发生的坏事情的叹气，就好比一个亲人辞世的时候，你会说“至少，他很长寿”，或者你的房子被火灾夷为平地时，你会想“至少人还平安”。那是一种听天由命和失望的叹息，是毫无建树之下的一个安慰奖。浪费了时间，两手空空。到最后，你所做的，你是谁，都毫不重要。什么都不再重要。

这个周末剩下的时间里，亨利的父亲对于日本城正在发生的事情绝口不提。亨利竭力想要和父亲争论，但每当他试图和父亲用中国话交谈时，父亲就会打断他。母亲的态度缓和一些，也仅仅是为了减少他的不开心。她和亨利的父亲争论过，这是极为罕见的，他们的争论是关于惠子——亨利的朋友——但现在一切都无济于事了。她知道，亨利再继续讨论这件事，也是毫无价值的。她用广东话告诉亨利，等他再长大些，就能完全理解这些事，但这除了激怒亨利之外，没起到什么别的作用。亨利所能做的，只有用英语自言自语地嘟囔这件事。

周日早上，他曾试着在父母起床前打电话给惠子，但没有人接听。接线员认为电话线被拔下了。周一在学校的一天，他的焦虑一点也没有减轻。惠子自然没来。日本城的每个人都在忙着打包——或是卖掉他们带不走的东西。

于是，周二的早上，亨利没有去学校，而是朝联合车站跑去。那里现在是日本城居民集中的核心区。亨利沿着南杰克逊街跑去，看到一长串的普尔曼小汽车排在通往火车车库的路上。还有满载着人的灰狗巴士，咯吱咯吱、轰隆轰隆作响，巴士旁是让人看上去很不顺眼的肩上挂着来复枪步行的士兵。

他们要把他们带走，亨利想。他们要把他们全部带走了。那里一定有五千个日本人。他们怎么能把他们都带上呢？他们会去哪里？

离火车站还有几个街区的地方，街上挤满了人。哭哭啼啼的小孩，在地上拖拽的行李箱，检查本地居民证件的士兵。人们大都穿着最好的假日盛装，允许携带的一两个行李箱被塞得都快溢出来了。每个人的外套扣子上，都挂着一个简单的白色标签，就是你会在家具上看到的那种标签。

公告一指示所有的日本公民，不管是在国外出生的还是像惠子这样的在美国出生的第二代，都要在早上九点之前到火车站集合。他们将按居住地区分批离开，直到全部转移为止。亨利不知道他们会去哪里。班布里奇岛的那些日本人被送去了曼赞纳——加利福尼亚州的某个地方，靠近内华达州界。但一个营地不可能容纳下被集中到火车站的这些人。

亨利四下搜寻着惠子，竭力不去理会站在路障后的那些愤怒的白人民众——他们在朝路过的家庭喊叫。通往轮渡码头的整个天桥上都塞满了人，没人往前走，每个人都靠着栏杆，看着下面用警戒线围起来的军事区域。围观的人似乎无处不在。街边高高的写字楼上，窗户都开着，男人女人们站在那里，吹着口哨。

自从离开餐馆后，亨利就再也没有和惠子说过话。在来的路上，亨利在一个付费电话上又一次给惠子家打过电话，但铃声一直响啊响啊，最后一个接线员切了进来，问是否出了什么问题。他挂断了电话。如果他想找到他们，这是正确的地方。但他们是不是已经离开了？他必须找到她。他憎恨回到学校而见不到她的这种念头。他为自己对她抑制不住的思念而感到惊讶。

偶尔能见到几个中国人，主要是铁路工人。亨利一个也不认识。他之所以能从人群中找到他们，是因为他们也戴着胸章，和他戴的完全一样。军队和宪兵一来到这里，制作这种胸章的小印刷店就变得异常火爆。*金子也就是这种感觉吧*，亨利摸着他戴的那个胸章想，*小却珍贵*。

亨利站在一个红白蓝相间的邮筒上，拼命地用眼睛搜索正缓慢地朝火车站方向移动的人群。亨利看到另一辆巨大的军用卡车无情地轰隆隆开过来，停住。但帆布覆盖着的车斗里装的不是士兵，而是一些年老的日本人。其中有些人走路的样子看上去已经残疾了。士兵们帮助他们下车，把一些人送到轮椅上，这些人的头发蓬松而纷乱。陪伴在一边的还有一个日本医生。亨利意识到是怎么回事了。他们清空了医院。病人、体弱的人都要疏散。许多人看上去很迷惑，显然，他们并不知道发生了什么，或者为什么。

亨利看到了一个白人拉着一个日本女人的手。他忍不住好奇起来，那些白人和日本女人结合的家庭，会有什么样的遭遇？异族婚姻是不合法的。也许，他们会再一次共同经历拘禁的艰辛。但他看到行李箱在女人手里，旁边还有婴儿推车，于是他推翻了自己的想法。

看着拥挤经过的人群，他听见了数里外波音公司传来的九点汽笛声。他已经在人群中搜寻了——多久？——四十分钟了。亨利知道时间在悄悄地流逝，他变得惶恐起来。“惠子！”他站在邮筒上大喊道。他感到了路过的人们投来的目光。他们一定认为我疯了。可能我确实疯了。可能，疯了才好呢。“惠子！冈部惠子！”他大喊着，直到一个士兵看着他，好像认为他扰乱了原本和平宁静的早间梦幻曲。然后他看到了什么。那是种熟悉的感觉。

*是的，就在那里！*冈部先生的卡里·格兰特帽子看上去仍十分庄严，即便他是在提着他唯一的行李穿过街道。亨利认出了他那庄重的举止，但他那翩翩的风度没有了，只剩下超然的眼神。他慢慢地走着，拉着妻子的手，妻子又拉着惠子的手。惠子的弟弟走在前面，玩着一个木头飞机，转着螺旋桨，他完全不知道今天和任何一天都不一样。

亨利挥舞着手臂，大声喊着。但没有用，他们没注意到。就算是下雨或是周围的建筑着火，他们也不会注意到的。和大多数前往火车站的日本家庭一样，他们低着头，看着路，或者忙着跟上其他人的步伐。

然而，有一个人确实注意到了亨利。

是查斯。亨利站在那里，认出了这个恶霸的红红的、长着面疱的脸。查斯站在路障后面笑着，朝亨利挥手，微笑，然后继续回去朝着路过的孩子和哭泣的母亲们尖叫。

亨利发现了查斯戴的那个胸章，于是跳下邮筒，挤过人群，对准查斯的小平头和咯咯的大笑声走去。*他会杀了我的*，亨利想。*他比我高，比我跑得快。但我才不管*。亨利的血管里奔流着愤怒的血液。

看到亨利钻过查斯面前的路障，查斯冷笑起来："我就知道我会在这里找到你的，亨利老兄。你老爸还好吧？"

"你在这里干什么？"亨利问。

"和所有人一样，来享受这情景。我本来还想着晃悠到这里来，看看谁不走。但看上去，所有的人都要说再见了。我想，他们这一走，我该忙起来了，要去照料他们留下来的东西。"查斯伸出下嘴唇，假装噘起了嘴。

亨利已经听说了昨晚一些地方发生的洗劫。那些家庭甚至还没有离开，就有人跑进去，拿走灯、家具和其他没有钉起来固定好的东西。而且，就算钉起来了，他们也有拔钉子的锤子。

"自从军队关掉了日本镇子，就没什么可看的了。我本来是想来这里说'沙哟纳拉'的。你是意外的惊喜。"查斯说着，一把抓住了亨利的衣领。

亨利竭力挣脱他的拉扯。可查斯比他整整高一英尺，完全盖住了他。亨利想从人群中找到一张友善的脸，但没人注意他们。没人关心。我在这里算什么？我有什么大不了的？

这时，他看到了查斯衬衣上的胸章。那正是从亨利这里偷去的。一个战利品，别在他的外套上，好像一个残忍的荣誉勋章。比金子还珍贵。

亨利用力握紧拳头，以至于指甲盖都嵌进了掌心的肉中，刻出小小的月牙痕。他竭力想推开查斯，却感到所有的力量又压回他的肩头。他想打查斯的鼻子，脸上却挨了一下揍。他本想还击，但砰的一声，他的背脊撞上了地面。水泥地面磕疼了他的脑袋，眼前，只看见肉鼓鼓的拳头雨点般地落下来。

他竭尽全力保护着自己，并伸手去抓查斯，随后他感到手上一阵尖利的疼痛。尽管脑袋还在挨揍，他却只觉得手疼。手疼盖过了一切。

亨利朝一边滚去，想躲开查斯的殴打。查斯骑了上去，好像在他身上滚来滚去一样。人群纷纷闪开。似乎并没有人在乎一个白人孩子把一个中国小男孩揍得落花流水。没有人，除了谢尔登——他看到了查斯，把他从亨利身上拉了开来。

查斯耸肩甩开谢尔登："把你的脏手从我身上拿开！"他拍掉衬衫上的灰尘，看上去局促不安又屈辱——像一只掉进冰水澡盆的公猫。他在身边的人群中搜寻友好的面孔，但寥寥的几个围观者都移开了眼神。于是他变成了一个喋喋不休的小矮人。"我忘了你和这个亚洲黄鬼是朋友了。"查斯咕哝着，眼里简直要涌出眼泪。他一边偷偷地溜掉，一边说："明天见，亨利。下次我会叫你更难看。"

"你还好吗，小子？"谢尔登问道。

亨利翻身坐起来，用衣袖擦去了鼻子淌出的一点血。他感到眼睛肿胀起来，明天肯定会青紫的。他用舌头舔舔牙齿，牙倒是没掉。没什么大碍，没出大事。

他张开手掌，看到了那枚胸章，别针有一半扎进了手心里。亨利笑起来，用最地道的英语说："感觉好极了！"

亨利在人群中奋力往前跑，一片喧嚣中，没有人注意到他——他在寻找惠子一家，心里担忧他和查斯刚才的那场厮打，会毁掉他见她的机会。他知道他们去的方向，但在车站里，将会有许许多多上客的列车。他想到了巧巧餐馆的人，为那对日本男女保管财物的那些人。他还听母亲提起过其他的人，那些中国家庭把日本人带回家，藏起来——一定有机会的。

每跑一步，他都在盘算如何说服父母。他们会接纳惠子吗？他们的第一反应肯定是保护他们自己，其次是他们整个社区的人。但无论如何，他必须让他们明白。他们怎么能不明白呢？父亲虽然思想保守，但他知道，士兵们正要把成千上万的人送去未知的地方、未知的命运——这会改变一切。当这么多的人被带走的时候，他们怎么能坐视不管、无动于衷呢——如果接下来轮到他们自己，该怎么办？

亨利从一座行李山边跑过。皮箱、包、行李箱，堆得几乎跟驶过的银色公共汽车的车顶一样高。那些家庭在争辩他们可以带多少东西。不能带的，便被放到这座一直在长高的山上。这堆行李的旁边是足可以装一卡车的被没收的收音机。巨大的飞歌牌落地收音机箱，小的带弯曲的波磁天线的真力时牌便携式收音机，都像被人丢弃的鞋子一样堆在后面。街对面，就是联合车站，高大气派的红砖建筑。巨大的黑色链子从外墙上垂下来，拉住厚厚的铁质雨篷。雨篷上方是一个巨大的钟面。九点十五分。时间正在流逝。

登上车站高高的大理石阶梯，亨利望向里面漩涡般的人海，他看到一个个家庭、一群群相爱的人竭尽全力想要待在一起。士兵从偶尔走失而号啕大哭的孩子身边经过。其余的人像牛群一样被集中到一起，一群一群地接受检查并登上四列巨大的客运列车——它们将驶向何方？得克萨斯州的水晶城？内华达州的温尼马卡市？传言太多了。最后一个传言是说它们将去往一处古老的印第安保留区。

亨利再次看到了那顶帽子。当然，是许多顶中的一顶，但那步子，那步态，看上去像是她的父亲。他箭一般冲下阶梯，来到地面，他几乎可以预见到会有士兵来阻拦他。但他们似乎太忙了，要让人们上车，要让他们离开，就在现在。对于身着军装的他们来说，这些事情才是至关重要的。

他在人群中一通乱挤。那些大人有的站着，有的坐在行李上，看上去既害怕又困惑。一个牧师和一个年轻的日本女人在念诵《玫瑰经》。还有一对对的男女拿着彼此的照片，露出他们最美好的微笑，然后拥抱，友好地握手。

他在那里。

“冈部先生！”亨利感到头部一侧因为擦伤而疼了起来，他气喘吁吁。

一个面露挫败神情、有着宽宽的髭须的老年绅士转过身来。亨利一阵失望，却被搬运工的摇铃声打断。整个早晨以来，亨利第一次停止了对人群的搜寻。他弯腰撑在膝头上，瞪着肮脏的铺着地砖的地面。*她已经走了，是吗？*

“亨利？”

他转过身，看到了他们，惠子和她的家人。她的弟弟用嘴学着飞机起飞的声音。他们微笑着，每个人身上都挂着相同的标签，上面写着“第10281号家庭”。见到这张不用去他们将去的那个未知地方的面孔，他们似乎很高兴。

亨利急匆匆地走过去。“我还以为你们已经走了。”他看着惠子，还有她的家人。他舍不得他们走。

“我带来了这个。戴上它，他们就会让你离开这里了。”说完，他把从查斯那里找回来的胸章放进惠子手中，朝冈部先生恳求道，“她可以和我，或者我婶婶待在一起。我会给她找到容身之处。我还能找到一些胸章。我会再回来，再拿一些胸章给你们。相信我。拿着这个，我会再回来，再拿一些胸章来。”

亨利笨手笨脚地竭力想摘下自己胸前的那枚胸章，他感到自己的心跳很剧烈。

冈部先生看看妻子，然后把手放到了亨利的肩头。亨利看到了他们眼中一闪而过的希望之光。仅仅是一闪而过，然后他看到它消失了。他们会离开，和其他人一样。他们会离开。

“亨利，你给了我希望。”冈部先生伸出手去，和亨利的小手握住，然后看着他的眼睛，“有的时候，人只要有了希望，就能撑过一切难关。”

亨利长长呼出一口气，肩膀耷拉下来，他放弃了摘下他的胸章。

“你的脸怎么了？”惠子的母亲问道。

“没关系。”亨利说，他知道那是那场混战中留下的擦伤和碰伤。

冈部先生碰碰外套上挂着的标签："无论我们遇到什么，亨利，我们都仍然是美国人。我们应该在一起——无论他们把我们带到哪里。但我为你感到骄傲。我知道你的父母一定也为你感到骄傲。"

这个念头让亨利哽咽起来。他看着惠子，惠子已经把手放进了他的手里。她的手比他想象的更柔软、更温暖。她碰碰亨利衬衣上的胸章，那是他心脏的位置。她微笑了，眼里闪着光。"谢谢你。可是，我能留着它吗？"她问道，握紧他给她的那枚胸章。

亨利点点头："他们会把你们带到哪里去？"

惠子的父亲看着那列将要装满的列车："我们只知道他们要把我们带到一个临时的安置中心，名字叫和谐营。位于从这里往南两个小时的皮阿拉普露天集市。从那里……我们不知道，没有人告诉我们。但战争不会永远持续下去的。"

亨利并没有那么肯定。从小到大，他只知道这一点。

惠子张开胳膊抱住亨利，在他耳边说道："我不会忘记你。"她把那枚"我是中国人"胸章别到日记本封面内侧，紧紧抱着它。

"我会在这里等你。"

亨利看着他们一家和许多其他家庭一道登上火车。门关上的时候，戴白手套、拿着指挥棒的士兵们吹起口哨。亨利在上客区域边缘徘徊，挥手告别，火车驶出站台，消失在远方。他擦掉面颊上奔流的热泪。等候下一趟列车的人海冲淡了他的悲伤。那是成百上千个家庭，成千上万个家庭。

往外走的时候，他回避着士兵们的视线，想着该怎么和父母说，用什么语言说。也许，只要他说他的美国话，就什么也不用说了。

空空荡荡的街道

（1942）

日本家庭组成的洪流不停地涌向联合车站，亨利迎着人潮逆流而行。绝大多数人都在步行，有的推着行李车，有的推着独轮车，上面都堆满了重重的行李。寥寥可数的几辆汽车和卡车缓慢地挪动着，车盖上、窗格上和车顶上绑满了行李箱包。当这些家庭收拾好他们的财物，带着他们的家人，出发前往军队的安置中心——冈部先生所说的和谐营时，任何平台都成了行李的堆放点。

亨利望向无尽的人流。他不知道该去哪里。他只想离开，无论去哪里都行。

今天肯定不能再去学校。因为迟到而面对同学的嘲弄，和忍受他们的快乐一样恐怖——他们的欢快和满足，来自于惠子的家庭还有她的所有邻居都被带离这个城市。他们所有人都会微笑。在与他们憎恨的敌人作战的家庭阵线上，他们赢得了胜利。虽然这些敌人和他们说同样的语言，从幼儿园开始就和他们一起说着对美国的效忠誓言。

当然，在内心深处，亨利并不知道现在学校是不是还开着。市中心的骚动好像造成了一种节日的气氛——怪异的、狂欢节般的庆祝活动。不知哪里的电唱机正响亮地放着《星条旗永不落》——和日本人的愁郁、静静的哀伤形成鲜明对比。

亨利从火车站离开的时候，被抓逃课学生的旷课检查员逮住的可能性似乎很小。太多事情在发生，街上的人也太多太多。商店关门了，办公室职员都停下手头的事情，围观这场骚动。离开的人们。围观的人们。街上的士兵看上去都忙于完成任务——把那些衣服上挂着标签的人聚到一起。他们大声喊着指令，让人们好好排队，偶尔吹哨子，提醒那些只会说很少英语甚至不会说英语的人。

亨利随意地闲逛着，发现自己沿着梅纳德大街，来到了日本城的边上。他看见谢尔登坐在一张路边长凳上，用一个保温杯喝着黑咖啡，萨克斯盒子夹在他的两脚之间。谢尔登抬头看亨利，摇着头——日本城剩下的居民正在往外走。

“对不起，亨利。”谢尔登说，他吹着咖啡，想让它冷却下来。

“不是你的错。”亨利说，坐到他身边。

“还是对不起。你无能为力，任何人都无能为力。他们会平安无事的。战争很快就会结束，他们会回来的。等着吧。”

亨利甚至做不到勉强自己点头同意：“如果他们把他们送回日本了怎么办？惠子连日语都不会说。那么，她会遇到什么情况？她在那里比在这里更容易被当成敌人。”

谢尔登把咖啡递给亨利，亨利摇摇头推辞了。“我对此一无所知，亨利。我说不好。我只知道，任何一场战争都会有结束的时候。这场战争也会有结束的时候。然后，一切都会回到正轨。”谢尔登盖上保温杯的盖子，“要我送你去学校吗？”

亨利茫然地瞪着前方。

“回家？”

“我过会儿再回家。”亨利摇头说。

谢尔登望向街道，好像在等一趟迟来的，甚至可能永远不会驶来的公共汽车：“那么，跟我来吧。”

亨利连问都不问，就跟着谢尔登来到梅纳德大街的路中央，沿着白虚线走向日本城的中心。街道上，到处都扔着“公告一”的传单，还有小小的纸质美国国旗，插在潮湿的道路上。所有的街上都空无一人，人行道上也空无一人。亨利上下打量着整条大街——没有汽车或是卡车，没有自行车，没有报童，没有卖水果的摊贩或买鱼的顾客，没有花车或是卖面条的小摊。所有的街道都空无一人，空空荡荡——和他心里的感觉是一样的。没有一个人留了下来。

军队已经撤去了街上的路障，只剩下火车站方向的那些。所有的建筑都封了起来。窗户上都封着胶合板，好像里面住的人在准备抵御一场永不会到来的台风。佐古田理发馆和东洋贸易公司的门上仍挂着标语，“我是美国人”。标语旁边还有告示，“停业”。

街上是如此安静，亨利都能听到海鸥嘎嘎大叫着飞过天空。他还听到南面几个街区之外的火车站那里，传来搬运工的口哨声。他还能听到他的鞋子在潮湿的西雅图道路上发出咯吱咯吱的声音，但很快就被一辆转上梅纳德大街的军用吉普发出的噪声盖住了。他和谢尔登赶快跳上人行道，看着驶过的士兵，他们也在回头看。有一瞬间，亨利认为他可能会被围起来，和其他的西雅图日本居民一样。他低下头，碰碰外套上的胸章。那倒也不坏，是不是？他可能会被送到惠子和她的家人所去的那个营地。不过，母亲会想念他的，也许父亲也会。吉普驶远了。那些士兵并没有停下来。也许他们知道他是中国人。也许比起围住一个走丢的小孩和一个来自南杰克逊街的失业的萨克斯手，他们有更重要的事情要做。

他和谢尔登一路来到神户公园对面的日本馆剧院阶梯上，站在阿斯特旅馆的影子里。阿斯特旅馆像一座棺材般默默直立在那里。这里是日本城最漂亮的地方。这个下午，这里虽空无一人，但看上去仍然那么美。飘落的樱花盖满了人行道，空气中飘荡着生机勃勃的味道。

“我们要在这里做什么？”亨利问，他看到谢尔登打开他的箱子，拿出他的萨克斯。

谢尔登把簧片放进吹嘴中：“我们要生活。”

亨利望向荒芜的街道，想起了那些人。演员，舞者，聊天打牌的老人。跑来跑去玩耍的孩子。坐在山上画画的惠子，她朝亨利笑，她在嘲笑他。这些记忆稍稍地温暖了亨利。也许，是有生活值得去过的。

谢尔登深吸一口气，萨克斯传出一段缓缓的哀诉。亨利的耳朵竖了起来。这是一首悲伤、忧郁的曲子，亨利从没听过他在街上或是在夜总会里演奏这样的曲子。有那么一个瞬间，它几乎令人心碎。随后，他滑向欢快的曲调——雀跃的，充满热情和心跳。他并没有为任何人演奏，但同时，亨利意识到，他是在为每一个人演奏。

亨利挥手道别时，谢尔登仍在远处演奏。走到半路，他转进了唐人街。他离火车站的士兵已经很远了，所以他摘下了胸章，放进口袋，不想去想它。

然后，他停了下来，为母亲又买了一束星火百合。

速写本

（1986）

巴拿马旅馆昏暗的地下室里，萨曼莎深吸一口气，吹去了一本小书上的灰尘。“看这个！”她说。

她和马蒂并没有如亨利所希望的那样帮上多大的忙。他们总是被他们发现的每件物品的细节吸引，竭力地想要解释其含义——找到其历史价值，或者至少弄明白为什么这样的一件东西会被存在这里，不管它是一份看上去很重要的文件，或者只是一束干花。

亨利向他们解释过，在军队到来这里，带走每一个人之前，许多家庭都在仓促中贱卖了他们所珍视的大部分东西。寄存的地方很难找到，而且没人可以确信留下的东西能够平安无事。而且，没有人知道他们什么时候可以回到这里。然而，亨利、马蒂和萨曼莎所找到的许多东西，很明显有着极高的个人价值——相册，出生证明和结婚证书，移民和入籍文件的复印件，甚至还有华盛顿大学的毕业证书，精心地用镜框装了起来，上面是一大串的博士头衔。

在第一天的时候，亨利曾停下来看一些相册，但这里的东西的庞大规模让他不得不集中精力，寻找他真正想要找的。如果他把所有东西都好奇地看上一遍，那他可能就不得不在这里待上几个星期了。

“难以置信！看看这些书，”马蒂在满是灰尘的地下室那头说道，“老爸，你来看这些东西。”

亨利和他的这两名帮手已经花了两个小时在这些行李中找那张老唱片了。在这段时间里，亨利已经被“哦”“啊”地叫去看了一堆堆的人造珠宝、一把奇迹般地躲过了被没收命运的日本剑，还有一箱子的旧时黄铜材质的手术器械。对于这段时间中的新鲜东西，他感到厌倦了。

“是唱片吗？”他咕哝道。

“从某种意义上说是。它记录的是某种东西——是一本速写本。确切地说，是一盒子的速写本。过来看吧。”

亨利扔下他刚从一个古旧的船运衣箱里拿出的竹制蒸笼，脚步凌乱地迈过一个个盒子和行李箱，急匆匆地赶到马蒂那里。

“给我看看，给我看看……”

“慢慢来，多得很呢。”马蒂说。

亨利把小小的速写本拿在手中——布满尘灰的黑色封面又旧又脆。里面，是唐人街和日本城的素描图，是探进伊利亚特湾的各个码头的素描图，还有罐装工人、渡船和集市上的鲜花。

那些速写看上去很粗糙，不完美，偶尔会加上一点关于时间或地点的备注。里面没有写名字，至少他没有找到。

马蒂和萨曼莎坐在一个灯泡正下方的行李箱上，一页页翻看那些速写本。亨利坐不住。他连站都站不稳了。

“你在哪里找到的这些？哪一堆？”

马蒂指给他看。于是亨利开始在一个装着旧地图、半完成的油画和一筒筒陈旧的美术用品的板条箱中开始翻找。

“老爸？”

亨利转过身去，看到了儿子眼中迷惑的神情。他看看眼前的纸页，又看看父亲，然后又看看纸页。萨曼莎一脸困惑。

“爸？”昏暗的灯光下，马蒂盯着自己的父亲，“这是你吗？”

马蒂展示出一张未完成的、卷了边的页面。上面用铅笔画着一个小男孩，坐在一座建筑的阶梯上。看上去有点悲伤和孤独。

亨利觉得自己看到了幻影。他站在那里，盯着那幅画。

马蒂翻动页面。还有两幅，没有前面那幅画得细，但明显是同一个男孩。最后一幅是一张年轻、英俊的面孔的特写。下面写着，“亨利”。

“是你，对吗？我看过你从小到大的那些照片，所以我能认出来。”

亨利艰难地咽着口水，气喘吁吁。地下室里让他鼻子发痒，让他想要揉眼睛里的灰尘，他感觉不到了。他也不再感到干燥。他用手摸着纸上的线条，感受铅笔的痕迹，还有那些平滑地涂抹开来表现阴影和光线的石墨的纹理。他从儿子手中拿过速写本，翻动纸页。里面到处都夹着樱花花瓣，陈旧，干枯，棕色，易脆。曾经的万般鲜活与生动，如今只留这些许片段。

岁月无情。

亨利合上速写本，看着儿子，点点头。

“看我找到了什么！”萨曼莎已经回到发现那些速写本的箱子

那边干活了，“唱片！”她拉出一个肮脏的白色唱片封套，它的大小如果用现在的标准来衡量的话，实在太古怪了。这是一张78转的老唱片。萨曼莎把它递给亨利。它有今天的唱片的两倍重，他还感到了它的弯曲。不用拿出来，他就已经知道，这张老唱片裂成了两半。亨利打开封套，看到了弯曲的两半唱片，只有标签把它们连在一起。封套底端还有一些碎屑。他小心地拿出唱片，它看上去居然闪闪发光，简直是全新的。表面上没有一点划痕。密密的沟槽里没有一丝灰尘。他把这张稍稍弯曲的唱片放到手掌上。借着它反射的灯光，亨利甚至可以看到它边缘上留下的手指印，小小的手指印。亨利把自己的手指放在上面，完全盖住了它们。然后他的手滑过标签，上面写着：“奥斯卡·霍尔登与午夜蓝调，猫行巷弄中。”

亨利如释重负地轻叹了一口气，坐到一个陈旧的牛奶板条箱上。和亨利在人生中期待拥有的许多东西一样——比如他的父亲、他的婚姻、他的生活——它带着一点瑕疵来到了他的身边，不够完美。但他不在乎，他想要的仅此而已。期待得到某种东西，然后找到了。至于它处于什么状态，这不太要紧。

宇和岛屋

（1986）

宇和岛屋商店的停车场里，亨利和马蒂倚着马蒂那辆本田的车盖。萨曼莎进去买点东西——她坚持要为大伙做晚饭，一顿中式的晚饭。为什么，或者她想要证明的是什么，亨利不能肯定，老实说，他也不在意。她可以做墨西哥式煎蛋或是红酒烩公鸡，他也很愿意享用。因为对于可能在巴拿马旅馆地下室里找到的东西太过牵挂，他几乎没怎么吃午饭。如今已近晚饭时间，他既兴奋又筋疲力尽……而且，饥肠辘辘。

“你找到了你的圣杯，却已经坏成那样，真令人难过。”马蒂竭力想要安慰父亲。其实，他想错了，这会儿，亨利的心情好极了。

“我找到了它，这才是至关重要的。我不在意什么状态……”

“没错，可你不能播放它了，”马蒂插话道，“在那样的状态下，它分文不值，收藏价值为零。”

亨利思考了一小会儿，看了看表，因为他们在等萨曼莎回来：

“价值只由市场决定，但市场却永远决定不了它——因为我永远也不会卖掉它，即便它是崭新的。这是我许多年以来断断续续一直想要找到的，好几十年了。现在，我拥有了它。我宁可拥有一个坏的，也不愿永远失去它。”

马蒂脸上露出一个微笑：“差不多就像是，‘爱过又失去，胜于从来未爱过’。”

亨利点点头：“是这个意思。没你说得那么严重，但八九不离十。”

他和马蒂把找到速写本和老唱片的地方附近的衣箱和盒子都搜索了一遍，没有找到带有明确标记的东西。他确实找到了几个相近的名签，包括一个写着“冈部”的，但它放在一摞杂志上面。可能有一只耗子或田鼠在很久以前就咬断了挂签上的麻绳。周围的箱子里面大多数放的都是美术用品。很有可能是惠子或她母亲的。亨利计划在时间充裕的时候再来看看能找到些什么。但现在，他已经完全找到了他想要的。

“那么，你是否打算解释一下后座上的那个箱子呢？”马蒂指着本田雅阁后座上那个装着速写本的小木板箱，问道。

在亨利向佩蒂森太太展示过那个带着他的名字的图注之后，佩蒂森太太允许他暂时带走惠子的那一大堆速写本和画作。但她要求他过阵子将它们送回来，以便和其他东西一起登记造册，并允许一位历史学者对其进行拍照。奥斯卡·霍尔登的老式78转唱片也被不动声色地放进了这个箱子里。反正，这张老式的爵士乐唱片已经坏了，一文不值，是不是？尽管马蒂想说服亨利相信，有些规则是可以打破的，但亨利还是感到有些愧疚。

亨利倚着车盖，确信它不会凹陷或是变形，然后变得自在多了："那些本子属于我最好的朋友——在战争年月，我还是个小男孩的时候。"

"一个日本朋友，我没说错吧？"马蒂问，不过他的问题更像是一个陈述。

亨利抬起眉毛，点点头，注意到了儿子脸上获悉一切般的神情。马蒂的眼里闪动着一点点的伤悲和遗憾。亨利不能肯定那是为什么。

"爷爷发现之后一定疯掉了。"马蒂说。

对于儿子两脚四平八稳地站在两个世界里的本事，亨利一直都感到惊异。一个世界，是传统的中国的；另一个世界，是当代的美国的，甚至是现代的。他在西雅图大学为化学专业建了一个电子布告栏，却又一直能够用传统的中国发音称祖父为"爷爷"（对祖母也是中国式的叫法）。话说回来，他的祖母给上大学的马蒂寄信，收信人也总是写"马丁[1]·李先生"。这倒是好像蛮符合礼尚往来的标准。

"噢，你的祖父那时候很忙，在两个阵线上作战，美国，还有中国。"*但是没错，你知道得太少了。*

"他是什么样子的——你的朋友？你们怎么认识的？"

"她。"

"谁？"

"不是他，是她。她名叫惠子。我们之所以相遇，是因为我们是一所全白人的私立学校里仅有的两个亚洲孩子——你知道的，

1 马丁（Martin）：马蒂（Marty）的变体。——编者注

那是战争最激烈的时候。我们的父母都希望我们成长为美国人，而且，要尽快。”

马蒂从车盖边跳了起来，转过身，想要说什么——这时，亨利微笑了，不过，是在心里。马蒂又转回身去：“简单地说吧。当你生活在爷爷的‘独裁’下时，你最好的朋友，是一个日本女孩？我的意思是——”亨利看着因为父亲所披露的事实而震惊，而张口结舌、措辞艰难的儿子。“她是否算是……一个女朋友？我要说的是，和自己的父亲讨论这个，好像并不是很妥当，但我必须知道。我是说，你是不是真的被包办了婚姻？在谈起你和妈的相识的时候，你总是这么说的。”

亨利望着南国王街。林荫大道上，走着各行各业的人——所有的种族。有中国人、日本人，也有越南人、老挝人、韩国人，当然，还有许多白种人。就好像“hapa”，在太平洋的岛屿上，他们这么说，意思是“混血儿”，什么都有一点的人。“那时候我们还很小，”他说，“约会和今天不一样。”

“那么，她是一个……特殊的人……”

亨利没有回答。已经过去了太久，他不知道该怎么用儿子能够理解的方式去解释。尤其是现在，他认识了萨曼莎。在亨利那个时代，在约会一个姑娘之前，常见的做法是先拜见他的父母，而不是反过来。而且，约会更像是求婚，求婚就意味着……

“妈知道这些吗？”

亨利感到他心中那个埃塞尔形状的洞变得更空了点，更冷了点。他很想念她。“知道一点。但我和你的母亲结婚后，我就再也没有回头看了。”

“老爸，你最近老是爆料。爆的还都是大的、让人意想不到的料。我被吓到了。我是指，这一次——我们找唱片这一次。这真的是跟唱片有关吗，还是你在寻找关于惠子，关于这个你失散已久的朋友的回忆？”

儿子把朋友这个词说得意味深长，这让亨利感到有点尴尬。但她确实不只是朋友，对不对？

“是从唱片开始的，我一直想要再次找到它，”亨利说，他也不知道自己所言是否完全真实，“我想为某个人找到它。就好像渴望找到一个失散已久的兄弟。我模糊记得她的东西是放在那里的，但我以前认为，它已经被移走，或是在多年前就被人认领了。我做梦也没想到它还在那里，就在我的眼皮底下。多年来，我无数次路过那个旅馆，可我从不知道这一点。后来，他们开始拿出那些东西——那把竹伞，所有那些留下的东西。我不知道我会找到什么，但我很高兴找到了那些速写本，那些回忆。”

“等等，”马蒂阻止了他，“第一，你只是一个孩子；第二，你刚才说你永远也不会卖掉那张唱片，无论它变成什么模样。”

“我可没说过我不会把它给别人——特别是给一个老朋友——”

“我回——来了。”萨曼莎出现了，两手都拎着重重的塑料购物袋。亨利接过了一些，马蒂接过了剩下的。“你们今晚有口福了。我要做我拿手的豉汁大蟹。”她把手伸进袋子，拉出一捆包裹起来的东西，从大小上看，像是新鲜的珍宝蟹。“我还要做一道蚝油菜心。”

都是亨利最爱吃的。他本来就饥肠辘辘——现在他是饥肠辘辘加万分期待。

“我还买了点抹茶冰激凌做甜点。”

马蒂一脸挤眉弄眼的表情。亨利微笑着，对于得到这样一个善良而贴心的准儿媳，他充满感激，虽然她并不知道那种冰激凌是日本的，没关系，他早就明白：家人之间不必追求完美。

和谐营

（1942）

第二天，亨利装作生病，连饭都拒绝吃。但他知道，他也只能骗这么久——如果他骗到了她的话。也许他并没有骗到，母亲只是足够好心，所以忍了他装出来的那些症状。还有他用来解释拜查斯所赐的——青紫的眼睛和擦伤的面颊——的借口。他告诉她，那些伤是因为他在拥挤的街道上“撞到”了人。他没有再详细讲。只有当母亲是一个心甘情愿的帮凶时，他的诡计才能得逞，他可不想赶走自己的好运。

所以，在周四的时候，亨利做了他整周来都害怕去做的事情：他开始准备回学校去，回到沃克太太的六年级课堂上，独自一人。

早餐桌上，母亲没有问他是不是感觉好点了。她知道。父亲喝着一碗粥，看着报纸，为日本在巴丹半岛、缅甸和所罗门群岛的一系列胜利而烦躁不安。

亨利盯着他，但一言未发。即便允许他和父亲说广东话，他也不会说一个字。因为惠子一家被带走，他要怪他。他要怪他什么也没做。但最后，他不知道自己要怪他什么。不关心？既然别人也都漠不关心，那么，他怎么能责怪自己的父亲？

父亲一定是感到了他的目光。他放下报纸，看着亨利，亨利还是一眨不眨地盯着他看。

“我有东西给你。”父亲把手伸进衬衣口袋里，拿出一个胸章。这个胸章上写的是“我是美国人”，红白蓝三色的粗体字。他把它递给亨利，可亨利瞪着他，没有伸手去接。父亲平静地把新的胸章放在桌子上。

“你爸爸希望你戴上它。日本人从西雅图疏散走了，所以你最好还是戴上它。”母亲说着，盛了一碗稠稠的、滚烫的、冒着热气的白粥，放在亨利面前。

又是那个词：*疏散*。即便是母亲用广东话说出来的，这个词仍然毫无意义。究竟是为了什么而疏散？惠子，从他的生活中被带走了。

亨利把那枚胸章抓进拳头里，匆匆拿起书包，冲出了门。他面前的那碗热气腾腾的粥一口未动。他连“再见”都没有说。

在去学校的路上，上中国人学校的那些孩子们路过的时候，都没有嘲笑他。他脸上的表情一定带着警示。也许，他们也因为几个街区外日本城的那些空无一人的、用木板封起来的建筑而吓得沉默了。

离家几个街区后，亨利找到最近的一个垃圾桶，把他的新胸章扔到了满溢出来的垃圾堆上——那里有不能回收用作支援战事的碎瓶子，还有四十八小时前因为疏散事件而欢呼雀跃的人群所举的手写标语。

那天在学校，沃克太太没来，所以他们有了一位代课老师，迪肯斯先生。新老师布置当天的作业时，其他的孩子似乎都在忙于猜测他们可以逃脱掉多少，只有亨利独自一人坐在教室后面。他感到他可以就此消失了，也许他已经消失了。没人理会他，没人和他说话，他对此深表感激。

可是，饭堂里的情形就完全不同了。比蒂太太对于惠子的离开好像真的很恼火。亨利并不能肯定比蒂太太的失望到底是因为什么——是认为惠子受到了不公平的对待，还是仅仅因为她不得不在厨房扫除上付出更多的精力。她一边从厨房端出午餐的最后一锅肉菜——被她称作“卡次莱次鸡肉”——一边轻声咒骂着。亨利不太明白那菜名是什么意思，听上去像是日本菜。不过，是美国化了的日本菜。裹了面粉炸成的鸡扒，带着棕色的肉汁。午餐看上去真的不错。闻起来也很不错。“让他们尝尝，看他们会怎么说。”这是她拿着烟晃出门去之前，满腹怨气地说出的唯一一句话。

不知亨利的那些学校同学是否知道午餐的主菜是日本菜，反正他们当中并没有人注意到，也没有人介意。但这个反讽像一把锤子般敲醒了亨利。他微笑起来。他意识到，比蒂太太并不只是他所见到的那样。

然而，其他的孩子，他们并没有什么惊喜可以给亨利。

“看，他们漏了一个！”亨利给一群四年级的孩子盛菜时，他们嘲笑他道，“谁去叫当兵的来，有人跑出来了！”

亨利没戴他的胸章。既没有戴旧的那个，也没有戴新的那个。两个都没有什么用。还会有多少这样的日子？他想。谢尔登说过，战争不会永远持续下去。那我还需要忍受多少这样的日子？

仿佛一名祷告者得到的是一个残忍、复仇心重的上帝的回应，查斯出现了。他把托盘滑到亨利面前："他们把你的女朋友带走了，亨利？也许现在你要学会不要友好……友善……不要跟敌人混在一起。肮脏的、背后放冷箭的小日本——她可能在我们的食物里下毒了。"

亨利舀起满满一大勺鸡肉和肉汁，弯起胳膊，盯着查斯那凸起的、猿猴般的额头。就在这时，他感到粗粗的、腊肠般的手指握住他的胳膊，把他朝后拽去。他抬头一看，比蒂太太正站在他后面。她从他手中拿过大勺，盯住查斯。"一边去，今天的饭不够了。"她说。

"你什么意思？还有这么多……"

"今天厨房不对你开放。给我走开！"

亨利抬起头，他所看到的只能形容为比蒂太太的"战争脸"。表情严厉，就像你在新闻纪录片所看到的正在接受训练的士兵，以屠戮为业的他们脸上才有这种冷酷无情的神态。

查斯看上去就像是一条犯了错被抓现行的小狗——灰溜溜地拿起空托盘走开，还故意把一个小孩挤到一边。

"我一点也不喜欢这小子。"亨利回去给队伍里最后几个孩子盛午餐时，比蒂太太说。那些孩子似乎很高兴看到学校恶霸被挫了威风。"你想在星期六挣点钱吗？"这个臃肿的厨娘问道。

"谁？我吗？"亨利问。

"没错，你。你星期六还有别的活儿要干吗？"

亨利摇摇头表示没有，他有点迷惑，又有点怕这个坦克般的、刚刚在查斯的粗棉裤上蹬了一脚的女人。

“我被叫去帮忙建一个餐厅——当军队的民间承包商——我可以带一个肯干活而且知道怎么做事的人帮我。”她看着亨利，他似乎还不能确信自己听到的是什么，“有困难吗？”

“没有。”他说。他确实没有。她做饭，亨利做准备工作并分发食物、打扫卫生。这份工作很辛苦，但他已经习惯了。虽然她让他这么辛苦地在学校饭堂里工作，但她从没对他说过一句刻薄话。当然，她也从不会说出什么好听的话。

“那就好。星期六早上九点，我们在这儿见。不要迟到。我会付给你每小时十美分。”

有钱挣当然好，亨利想，他的脑子里还晕乎乎地想着查斯灰溜溜夹着尾巴离开的样子。“我们去哪儿工作？”

“和谐营——在塔科马附近的皮阿拉普露天集市。我觉得你应该听说过这个地方。”她盯着亨利，和往日一样面无表情。

亨利精确地知道那个地方在哪里。那天他回家后已经在地图上找到了它。我会准时到的，星期六上午，九点整。就算错过全世界，我也不会错过这个点——亨利本来想这么说，但最终他只说了声“谢谢”。

不知比蒂太太是否了解这对于亨利来说意味着什么，反正她没有表现出来。“他们在那儿……”她抓起一本书和火柴，带着她的午餐走出了门，“干完了这里的活儿叫我。”

星期六到来的时候，亨利树立了一个目标，一个任务：他要找到惠子。然后呢，谁知道该怎么办？他会想出办法的。

亨利并不知道该如何理解比蒂太太的意图，但他也绝不敢开口询问。她是一个如大山般令人生畏的女人，而且少言寡语。不过，他还是十分感激她。他告诉自己的父母，她付钱给他，请他星期六到厨房帮忙。他所说的并不完全是事实，但也并不是谎话。他将在南边四十英里外的和谐营厨房给她帮忙。

比蒂太太开着一辆红色的普利茅斯敞篷小货车过来的时候，亨利正坐在厨房门外的长凳上。看上去这辆古旧的车刚刚洗过，但因为街上是湿的，所以它巨大的白壁轮胎上溅满了泥点。

比蒂太太把一个烟头扔进最近的水坑里，看着它发出嗞嗞的响声。“上车。”她噼噼啪啪地摇上窗户，整辆货车都随着她粗壮多肉的胳膊而咯吱作响。

你也早上好，亨利一边绕过货车的头部一边想，心里盼着她的意思是让他坐到副驾驶座上，而不是坐到后车斗里。他朝货车车斗里偷偷瞟了一眼，只看到一块油布遮盖着一些盒子形状的东西，用一条粗绳子捆在一起。亨利迅速地跳到了车位上。亨利的父母虽然总算攒够了买一辆车的钱，但他们终究没有买车。现在汽油正实行配给制，买车没有什么意义，这是亨利父亲的观点。于是，他们还是乘坐交通马车，或是公共汽车。在极少数情况下，他们会搭金婶婶的车，不过如果是去参加谁家的家庭活动，比如婚礼、葬礼或是黄金生日[1]，或是某个老亲戚的纪念日，那通常都是搭金婶婶的车去了。坐在车里总让人感觉时髦和兴奋，无论车将驶向何方，或是需要多长时间才能抵达目的地——都会让他心跳加速，像今天一样。或者，是因为将见到惠子的念头让他变得如此激动？

1　黄金生日（golden birthday）：指年龄数和生日序数一致的那个生日，如生日为二十五日的人的二十五岁这年生日。

“路上的时间我不付费给你。”

亨利没搞明白这是个问句还是陈述句。“好的。”他说。只要能去我就很高兴了。事实上，我愿意义务劳动。

“军队的人不付给我差旅费，只是每次都给我加满油。”

亨利点着头，好像完全理解。亨利感觉，比蒂是受雇于那个食堂，好像还是兼职。

“你是军人吗？”亨利问道。

“商船队。我爸在那里，不过，是在它被海事委员会称作这个名字之前。他是弗林特城市号汽轮上的首席厨师——只要他在港内，无论他在哪里，我都会给他帮忙。采购清单、菜单设计、准备，还有储存。我甚至在一次他们去夏威夷的时候跟着去了两个月。他过去总叫我‘小影子’。”

亨利真难想象比蒂太太跟“小影子”能扯上什么关系。

“后来我就很擅长这一切。他那艘旧船停在港内的时候，他总要叫我过去帮忙。他最好的朋友，那艘船的乘务员——他其实是我的叔叔，你会喜欢他的——他也是中国人。那些船上都是这样，所有的厨师，不是黑人就是中国人，我感觉是这样的。”

这吸引了亨利的注意：“你常见到他们吗？”

比蒂太太盯着前方，咬了一会儿嘴唇。“他以前总是从澳大利亚、新几内亚这样的地方，给我寄来明信片。现在我再也收不到了。”她的嗓音因哀伤而颤抖，“我爸的旧船两年半前被德国人逮住了。我收到过他从某个战俘营的红十字会寄来的一张照片，开始还收到过几封信，现在已经有一年多没有他的消息了。”

我很难过，亨利想，但他没有说出来。比蒂太太有自说自话的本事，他已经习惯了做安静的一方。

她清清喉咙，鼓鼓腮帮子，然后把抽了一半的烟扔到窗外，又点起一支。“总之，那里有人知道我擅长给一大群人做饭，而且我能掌握好为小孩子做饭的分量，所以他们就给我打了电话，我可不能说不。”她看看亨利，好像这是他的错一样，“所以，我们就去了。”

他们就这样去了。在比蒂太太的小货车里，沿着高速公路颠簸向前，经过塔科马南部连绵不绝、尘土漫天的农场耕地。亨利琢磨着比蒂太太和她那失踪的父亲，盯着那些土地上的奶牛、驮马，它们都比他所见过的更大、更壮。这才是真正的传统农场，可不是西雅图许多人家的房子前院和角落里的战时菜园。

亨利不知道会看见一个什么样的地方。那里会和比蒂太太的父亲被关押的那种地方一样吗？不会那么糟糕。他听说和谐营只是一个临时的安置点，等军队在更靠近内陆的地方找到修建永久性营地的地方和方法之后，就会搬走。永久性。他不喜欢这个词的声音。而且，他们一直把那种地方称作“营”——这是听起来很好的一个词，但连亨利都知道这种“好”可能是假的。不过，美丽的风景和乡村让他又燃起了希望。他从未参加过夏令营，但他曾在《男孩生活》上看到过一幅照片——落日时分，镜子般平静的湖面旁，立着一座小屋。有篝火，有人在钓鱼。人们尽情欢笑，无忧无虑，乐在其中。

皮阿拉普是个极其少见的精致小镇：一个小小的农耕社区，周围环绕着大片的绿地和水仙花。金色的田野上零星点缀着绿色的温室，远处地平线上是覆盖着积雪的雷尼尔山脉。他们驶上主干道，经过一排排工艺风格的住宅[1]，朝先锋公园驶去。他们看到许多商店橱窗里都有标语："小日本滚回老家去！"这些标语清楚地说明，和谐营不是夏令营。没有人能够想什么时候回家，就什么时候回家。

亨利摇下车窗，闻到了刺鼻的马粪味道，或者是奶牛？两者之间真的存在区别吗？就他判断，这样的恶臭也可能来自山羊或公鸡。总之，这和西雅图清爽的、带着咸味的空气大相径庭。

在接近皮阿拉普镇中心的地方，他们驶进一片宽阔的碎石路面停车场。亨利敬畏地看着这个华盛顿州露天集市上那些长长的马厩和谷仓。巨大的谷仓让他可以判断出这里完全属于农村。他从没来过这样的集市，这地方比他想象的大得多。整个露天集市区域，可能等于甚至大于整个唐人街。

他看到一座需要重新漆油漆的木制大型露天竞技场，又似乎是进行马术表演或某种牲畜展览的地方。在那后面，是一片开阔地带，成百上千个鸡舍般的小屋排列成整齐的一队一队。而那整片区域四周，是用带刺的铁丝网围栏围起来的。

然后，他看见有人从这些小房子里进进出出。深色的头发，黄褐色的皮肤。随后他注意到了围栏附近的高塔。即便是从远处，他也能看到那里的士兵和机枪。暂时关闭的扫射灯，正对着下面开阔的场地。亨利已经不需要再去看那布有带刺铁丝网的、有士兵守卫的大门上方的标志。这里，就是和谐营。

亨利从没去过监狱。他只陪父亲去过一次市政厅——为了拿一

1　工艺风格的住宅（Craftsman home）：美国建筑设计上的一次革命，1905—1930年间在美国十分流行。该风格主张摆脱古典建筑的束缚，建造"田园式"的住宅。

个集会许可。那里的肃穆氛围惊骇到了他。大理石的外墙，冰凉的花岗岩地砖——每样东西都富有质感，既给人以鼓舞，又让人感到震慑。

当他们从两扇巨大的金属大门之间驶进围栏时，亨利又有了那样的感觉。两扇门上都覆盖着崭新的带刺的铁丝网，还有一排线圈，上面的突起像厨房用的尖刀一般锋利。亨利僵直地坐在那里，恐惧不已。当一个军警走到车窗边检查比蒂太太的证件的时候，亨利一动也不敢动。他甚至没敢低头看看“我是中国人”胸章是否足够显眼。这个地方，有些像我这样的人进去了，就不能再出来了，他想。即便我是中国人，也只不过是又一个日本战犯。

“这个小孩是什么人？”士兵问道。亨利看着这个穿军装的男人。他其实还不太能被称作男人——更应该算是男孩，满脸长着青春痘。对于被发配到这样的一个地方，他看上去似乎并不紧张。

“他是厨房杂工。”不知道比蒂太太对于把亨利带进和谐营是不是感到担心，至少她没有表现出忧虑，“我带他过来打下手，帮我搬搬上菜托盘之类的。”

“你有证件吗？”

他们就是要这样拿住我，亨利想，他看看那带刺的铁丝网，想着自己会被分配到哪间鸡舍里。

亨利看着大胸脯的女厨师从座位下面拉出一小张文件。“这是他的入学注册书，证明他是厨房杂工。这是他的注射记录。”她看看亨利，“这里的每个人都必须先打伤寒疫苗，但我查过，你已经打过了。”亨利并没完全听懂，但他的第一个念头是对自己被送到那所愚蠢的学校突然生出感激之情。感激这几个月来被发配到厨房去勤工俭学。如果不是必须在厨房工作，他永远走不到这一步——离惠子如此之近。

士兵和比蒂太太争执了一阵，强大的那个人——或者应该说，那个女人——胜利了，年轻士兵朝她挥挥手，让她通过了大门，来到下一个等候区，在那里，其他的货车正在卸货。

比蒂太太把车倒进一个上货点，拉起手刹。亨利下车后，踏进了一片深及脚踝的泥潭里，每次提脚和落脚都发出吧唧吧唧的声音，最后终于走到一排临时充作跳板的小板子上。他一边走，一边在板子上擦脚，竭力想甩掉脚上的泥巴。他跟着比蒂太太走进最近的一栋楼里，每走一步，湿袜子和湿鞋子都发出咕叽咕叽的声音。

一路上，亨利闻到了做饭的味道。那味道并不太令人愉悦，但确实是做饭的味道。

“在这里等着。”比蒂太太说，然后她走进了厨房里。一会儿，她又走出来，身后跟着一个穿制服的职员。他们去到车边，解开油布，露出下面的酱油、米醋以及其他的日本餐食必需品。

亨利和几个围着白围裙、戴着白帽子的年轻人——被分派到烹饪岗的士兵们——帮着他俩把那些东西搬了进来。他们把东西放在一间大约有四十英尺长的餐厅里，餐厅里摆着一排排桌子和棕色的、布满划痕的折叠椅。地面上铺的织毯，斑斑点点全是在泥地里踩过的靴子留下的痕迹，还有油脂造成的脏污。亨利竟然感到舒适，他自己也觉得惊讶。和谐营令人感到压抑，但是厨房，厨房是家。他在这里如鱼得水。

他揭开蒸屉盖子偷看，那一排排的蒸屉有学校食堂的两倍那么多。显然午饭已经准备好了。他望着里面一堆堆潮湿的食物，有些是棕色的，有些是灰白色的——罐装香肠、煮马铃薯、干干的不新鲜的面包——光是那油腻的味道就让他怀念起了雷尼尔小学的食物。比蒂太太带来的那些调味品至少还是能起点小小的作用。

亨利看到比蒂太太和另一个年轻的士兵在核对证件和订单表之类的。他被分派的工作是和一个系着围裙的士兵一道分发食物。那士兵先是看了亨利一眼，然后又惊讶地看了他一眼。是亨利的年纪还是他的种族让这个穿军装的年轻人变得踌躇？不过没什么大不了，士兵只是耸了耸肩，然后就开始工作了。他已习惯了遵从指令，亨利猜想。

日本囚犯们排着单列纵队进来了，他们的头发和衣服上都有被雨淋湿的痕迹。当他们看到亨利往他们的盘子里所放的东西后，有几个人急切地窃窃私语起来，有些人则阴着脸，大部分人则是皱起了眉头。亨利感到抱歉。候餐队伍一点点前移，亨利能看到外面有小孩子趁着父母候餐在泥地里玩耍。

“你好……”一个年轻男孩把自己的盘子滑到亨利的上菜托盘前的金属台面上，用日语说道。

亨利只是指了指自己的胸章，一次又一次。每一个和他打招呼的人看上去都高兴而充满希望，然后又转为失望，接下来是困惑。也许这是好事，也许他们会谈论我，也许惠子就知道到哪里来找我了，亨利想。

他很肯定他会在队伍中见到惠子。每一个年轻女孩进来的时候，他的希望就会升起又落下，他的心脏像气球一般膨胀又泄气——但她始终没有出现。

“你认识冈部家的人吗？冈部惠子？”亨利偶尔这样问道。大部分情况下，回应他的只是困惑或者不信任的表情；毕竟，中国属于同盟国一方，正和日本在打仗。但一个老人微笑着点点头，兴奋地说着什么。可他说的是什么，亨利听不懂，这个人只会说日语。老人可能确切地知道惠子在哪里，但他没有办法帮到亨利。

从上午十一点半到下午一点半的两个小时内，亨利一直在分发食物。他所站的地方是一个装苹果的板条箱，他站在上面才够得到分菜托盘。快到换班时间时，他变得烦躁不安，在箱子上前前后后移动着重心。他始终没有见到冈部一家的影子。一眼也没有看见。

他看着走进来的人群，有的人看上去充满希望，但食物把他们的乐观精神清除了个干净，就像他们所处的环境现实已经做到的那样。即便如此，也没有人抱怨食物，至少没有向他抱怨，或是向在他旁边分菜的那个年轻人抱怨。亨利想知道这个白人士兵有什么样的感受，因为在这个餐厅里，他成了少数族裔——但是，在他的轮班结束后，他就可以离开了。而且，他还有一把来复枪，顶端是长长的刺刀。

“走吧，我们还要去下一区准备午餐。”正当他分好最后一份餐，开始收拾四散的托盘时，比蒂太太出现了。

亨利在厨房里已经习惯于听从指令。他们开着车来到和谐营的另一个区，这里的牲口棚少一些，有更多的树荫和空旷的野餐区。在比蒂太太的地图上能看到整个营地的样子，一共分四个区——每个区都有自己的餐厅。还有找到惠子的机会，或者说，还有三个机会。

在下一处餐厅，午餐已经结束了。比蒂太太让亨利洗干净和擦干所有的托盘，她则去和厨房经理协调需要的供给和菜单计划。“如果做完了时间还早，就出去玩会儿，”她说，“不要走丢了，除非你想在这里一直待到战争结束。”亨利猜她并不是在开玩笑，于是有礼貌地点点头，做起他的工作。

据说，非用餐时间里，日本人不能踏进餐厅一步。大部分人只能待在鸡舍般的小屋里，但他看到过人们涉过泥地，走进走出公共厕所。

干完活后，亨利坐在后门的台阶上，看到那些临时搭建起来的家园的屋顶上，火炉烟囱里滚滚腾起浓烟——汇聚而成的烟雾飘荡在营地上空潮湿的灰白色天空里。木头燃烧的味道萦绕在空气中。

她在这里。在这里的某个地方。在这里的多少人当中？一千？五千？亨利不知道。他想叫她的名字，想挨家挨户去找她，但高塔里的士兵似乎并没有玩忽职守。他们站在那里，监视着，保护着这里被拘禁的人们的安全——他是这样听说的。但如果真是这样的话，为什么他们的枪是指着营地里面的？

没关系。亨利能走到这一步，已经感觉好多了。他还是有机会找到她的。在这些悲伤、震惊的面孔中，也许他会再次看到她的笑容。但天已经开始黑了。也许，太晚了。

探访时间

（1942）

熬过焦灼不安的七天后，亨利重复了这一过程——带着同样的希望开始。他在学校后门的台阶上与比蒂太太见面，驱车一同往南，去皮阿拉普镇，穿过和谐营那覆盖着带刺铁丝网的大门——这一次来的是第三区和第四区，它们更大。第四区还包括已经被改造成住房的牲畜展览馆，每个家庭住一间畜栏，他听说是这样。

在家里，父母是如此以他为傲。“你这样一直存钱，就能自己出钱回中国了。”父亲用广东话表扬他道。他的母亲每次看见他把挣来的钱存进床头柜上的一个果冻糖罐子，就会点头微笑。在糖和鞋子限量配给的时期里，亨利不知道拿那么多零用钱还能干什么。如果花在便士糖和更多的漫画书上，只会让人感觉浪费，特别是想到什么都稀缺的和谐营的时候。

“今天还是老样子。”比蒂太太从货车后面卸下日本杂货，咕哝道。在这一周里，亨利意识到了她的这些东西来自哪里。她从学校订购了额外的配给，然后把它们带到和谐营，小心地把这些东西分给囚犯和他们的家人，换取每家都获得一定供应的香烟。她是把这些烟卖掉还是全部留着自己抽，亨利就不得而知了。

亨利确切知道的是，第四区的人最多。露天集市的这四分之一的面积最大，有着一个巨大的战利品谷仓，现在被改造成了餐厅。

“学校放假你还出来工作，你父母同意吗？”比蒂太太一边拿着乌班吉夜总会的火柴剔着牙缝里的早餐残渣，一边问。

“同意的，夫人。”亨利急切地点头。这是和父母缺乏沟通的一个好处。他们会以为他上了暑期班，或是在雷尼尔小学做了额外的工作——能赚钱的工作。他们问各种各样的古怪问题。他上了额外的课吗？他在辅导其他的孩子吗？想象一下，他们的儿子，是白人孩子的辅导老师！亨利只是微笑、点头，随他们爱怎么想就怎么想。

亨利遇到的另一个语言障碍是在和谐营里。光是看到一个中国孩子站在服务台后的一个装苹果的板条箱上就已经够奇怪了。他越是向候餐队伍中的人们打听冈部一家，就越感到挫败。几乎没有什么人在意这件事，而在意的人却似乎永远都听不懂他所说的话。然而，亨利仍会向在他那里领餐的人问问题，就像一艘迷航的船只，不时地发出SOS呼救信号。

“冈部一家？有人认识冈部一家吗？”对于亨利来说，这是独一无二的一个名字，但事实上，营地里可能会有好几百个人叫这个名字。可能就像“史密斯”或是“李”一样。

“你为什么要找冈部一家？”拥挤的队伍里，某处传来一个声音。一个男人走了过来，手里拿着托盘，羞怯地朝前窥视。他穿着一件扣子系得严严实实的衬衣，那衬衣过去曾是白色，如今则变成了与阴郁的天空一样的颜色。裤子皱巴巴的，脚踝附近全是污泥，头发凌乱不堪，胡子和髭须则剪得很短——黑色中夹杂着灰白色，让他即便处在这样的环境下，也有一种学究气和威严感。

亨利把午餐的玉米炖肉和煮鸡蛋盛给这个男人的时候，认出了他。他是惠子的父亲。

“亨利？”这个年长的男人说道。

亨利点点头。“要点炖肉吗？”亨利简直不敢相信自己只想到了说这句话。他为自己目睹了冈部先生的这种处境而感到羞愧，就好像走到别人家里，刚好看到他没穿衣服一样。“您还好吗？您的家人好吗——惠子好吗？”

冈部先生用手指捋了捋头发，摸了摸胡须，然后咧嘴大笑起来。“亨利！你在这里做什么？”好像过去两周一直凝结在他周围的那块苦难的硬板一下子碎裂了，落到地上，化作了飞灰。他把手伸过服务台，握住亨利的两只胳膊，眼里闪着生动的光芒。“我简直不能相信……我是说……你是怎么来到这里的？”

亨利看看冈部先生后面的队伍：“比蒂太太，学校食堂的女厨，她让我暂时和她一起干活。我想，她是用她自己的方式在帮我。我在这里所有的区域都干过活了——我想要找到你们和惠子。她好吗？你们过得怎么样？”

“很好。很好。”冈部先生微笑着，似乎完全忘记了亨利放在他盘子里的午餐以及额外的面包有多糟糕，“这是我多年来的第一个长假。不过我更希望待在一个阳光灿烂的地方。”

亨利知道冈部先生的愿望可能会实现。他听说军队已经在得克萨斯州和亚利桑那州修建永久性营地了。炎热的、让人难受的地方。

冈部先生让到一边，好让后面候餐队伍里的人能够往前走。他们一边聊，亨利一边分发食物。“惠子人呢？她在吃饭吗？”

“她和妈妈还有弟弟在一起，她没事。昨天我们这个区有一半的人因为某种食物中毒而病倒了，我家的大部分人也未能幸免。不过我和惠子现在已经好了。她留在那里照顾他们，我会把我的饭分给她的。”冈部先生警惕地看了一眼他的食物，然后又看着亨利，“她很想你。”

这下轮到亨利眉开眼笑了。他并没有激动得翻筋斗或是后空翻，但他这辈子也没有感觉这么好过。

“你知道探访点在哪里吗？”冈部先生问。这句话仿佛是世界上最美妙的乐器弹奏出的最美妙的音符。*探访*？亨利从没想过还有这种可能性。

“这里有探访区？在哪里？”队伍里的下一个人不得不清清喉咙，礼貌地提醒亨利继续分发食物。

“出了这扇门左转，朝正门那边走，在第四区的西侧。是大门里面用围栏围起来的一个区域。如果你从这栋房子的后面出去，也许能够到达探访者的一侧。你什么时候能做完这里的工作？”

亨利看了看前门上方的墙上挂着的旧军用钟：“再过一个小时……”

“我会叫惠子到那里去和你见面。”冈部先生朝门口走去，“我得回去了。谢谢你，亨利。”

“谢我什么？”

“我就是想谢谢你，我怕一时半会儿也见不到你了。”

亨利目送着冈部先生离开，在他端着托盘里的食物走出门口时，朝他挥了挥手，轻轻吐了口气。队伍里的其他人现在把亨利看作了某种意义上的名人，或者可能是一个知己，纷纷微笑着，用日语和英语向他打招呼。

午饭发放完毕，所有的托盘都集中起来洗干净、放好之后，亨利找到比蒂太太，她正和一个年轻的食堂管理员开会。和上周一样，她在计划菜单，争论着是做马铃薯（储存充足）还是米饭。尽管大米并不在他们的采购清单上，比蒂太太还是坚持要他们订购大米。亨利估计他们还会有一阵子才结束。比蒂太太朝他挥挥手背，打发他去餐厅后面的台阶，这个动作证实了亨利的估计。

亨利沿着一条土路走到最近的门口，顺着带刺铁丝网做成的两扇围栏之间的小路往前走。这片无人区域实际上是一条小小的通道，再走几百码就到了一个由许多格子构成的区域，这里就是探访囚犯（他们这样称呼他们自己）或疏散者（军队的人惯于这样称呼他们）的地方。

这条小路通向内侧围栏外面沿线的一片座位区域，那里有一小群探访者来来去去。他们把手伸过分隔开他们和里面囚犯的带刺铁丝网，握手，聊天，有的还在哭泣。两个穿军装的士兵坐在囚犯一侧临时搭起的桌子边，他们的来复枪斜靠在栅栏柱上。他们看上去极其无聊，玩着扑克牌，偶尔停下来检查带出去的信件和带进来的慰问包裹。

亨利就在营地里工作，所以他本可以直接从餐厅走到士兵们的桌边，但他害怕走得太远，以至于被误认作和谐营里的人，这种担心是有道理的。这也是为什么比蒂太太只让他在食堂后门附近玩：

要么在台阶上待着，厨房里的工人都知道他是谁；要么就回到她的货车上，准备随时和她一起离开。尽管亨利有着特殊的途径，但更安全的方法还是遵照正当方式来探访和谐营里的居民，即便仅仅是为了不惹比蒂太太生气也好，这样下次她才会继续带他到这里来。

亨利站在围栏边，用一根小棍敲着铁丝网，不太确定它是不是带电的——最终发现它是不带电的，但他还是很小心。让他感到惊讶的是，那两个士兵看上去压根没有注意到他。而且，他们又一次和来自本地一家浸礼会教堂的两个女人争论起来，因为她们想要把一本日文《圣经》交给一个被拘禁者——那是一个在亨利看来已经很老的女人。

“用日文印刷的东西都不允许传递进去！”一个士兵说道。

那两个女人把她们的十字架拿给他看，并试图向年轻的士兵们散发某种传单，但被他们拒绝了。

“如果它不是用主的明白无误的英语写成的，我看不懂，它就不能进入营地。”亨利无意中听到一个士兵这样说。那两个女人用她们的母语和那个日本女士说着什么。然后她们拉了拉手，挥手告别。那本《圣经》原路返回，老妇人空着两手回去了。士兵们则又回去玩起了扑克牌。

亨利望着，等着，最后终于看见一个小女孩的瘦长身影沿着泥路走过来。褪色的黄裙子，糊满了泥巴的红色橡胶筒靴，棕色的雨衣。她站在围栏的另一侧，隔着冰凉尖利的铁丝网，她那因为食物中毒而有些苍白的脸上带着微笑，仿佛一只被困的蝴蝶。亨利微笑着，缓缓地呼了口气。

“我上周梦见你了，”惠子说，她看上去轻松又愉快，还有一点困惑，“我一直在想，这一定还是一个梦。”

亨利沿着围栏望了一眼，然后又看着惠子，碰碰他们之间的金属尖刺：“这是真的。我也想做那样的梦。”

“是一个好梦。奥斯卡·霍尔登在演奏。我们在跳舞——”

“我不会跳舞。”亨利声明道。

“在我的梦里，你会跳舞。我们在某一个夜总会里跳舞，那里有形形色色的人，还有音乐——是他为我们演奏的那首歌。我们买的那张唱片里的那首歌。但它不知怎么的，有点慢……我们有点慢。”

“那可真是个好梦。”亨利仿佛身临其境。

“我想着那个梦。我想得太多了，以至于白天也做那个梦。在脏兮兮的营地里走来走去的时候，和我妈妈一起来来回回去医务室帮助老人和病人的时候。我每时每刻都在做那个梦。不光是在晚上。”

亨利把手放在带刺铁丝网做成的围栏上：“也许我也会做这个梦的。”

“亨利，你不用做这个梦。在这里面，我想我的梦对于我们两人来说已经足够了。”

亨利抬头看看旁边的警戒塔，还有用来保护他们的那吓人的机关枪和沙包。保护他们什么？“我为你身处这里而感到难过。”他说，“在你离开后，我不知道自己还能做些什么。所以我只能来这里，努力地寻找你。我还是不知道该做什么。”

“有些事情你可以做——”惠子也碰了碰围栏，她的手在亨利的手的上方，“你能给我们带一些东西来吗？我没有纸和信封——

也没有邮票，如果你给我带一些来，我就可以给你写信了。还有，你能不能给我们带一点布来——什么样的都行，只要几码就够了。我们没有窗帘，晚上的时候，探照灯会从窗户里照进来，让我们整晚都睡不着觉。”

“这太简单了，我会做到的——”

“我还有一个特殊的请求。”

亨利的大拇指找到了她软软的手背。透过一格一格的铁丝网，他深深望进她栗棕色的眼睛里。

“下周我的生日就要到了。你能在那之前把所有的东西带来这里吗？我们想在那天举行一场室外的唱片音乐会，就在晚饭后。我们的邻居向士兵们买了一台唱片机，但他们只有一张划花了的乡村大剧院唱片——差不多是那样的东西，真可怕。士兵们将会许可我们举行一场室外唱片音乐会，只要天气好就行。他们还会用扩音器为我们演奏音乐。我真希望在我生日那天你也来看我。我们可以坐在这里听歌。”

“哪天是你的生日？”他问道。亨利知道她比他大几个月，但因为最近这些事情的干扰，他已经完全忘掉了她的生日。

“距明天刚好一个星期，但我们要努力搞好我们的第一次营地社交活动，这样的活动会让这里更像一个营地，而不是监狱。他们建议我们在下个星期六举行这场唱片音乐会，所以我们会在那一天来庆祝我的生日。”

“你那里有我们买的那张唱片吗？”亨利问。

惠子咬着嘴唇，摇摇头。

“它在哪里？”亨利问，他想起日本城空无一人的街道，想起那一排排用木板封起来的建筑。

“可能在巴拿马旅馆的地下室里。那里有许许多多的东西。我们的行李箱放不下、又不希望卖掉的一些东西——它们是私人物品——爸爸就把它们放到了那里。但我们离开的时候，那里就用木板封起来了。现在，那里肯定已经停业了。你进不去的，就算你进去了，我也不知道你能不能找到它。那里的东西太多了。”

亨利想着那座古旧的旅馆。他能回忆起来的是，它的底楼已经完全用木板封起来了。上面几楼的窗户没有封，但在疏散之后的日子里，已经被孩子们从下面扔石头上去砸碎了。“没关系。我会努力找一找的，找到什么，下个星期六我就带过来。”

“同样的时间吗？”

“晚一点。下周我们会来第四区这里帮忙做晚饭，但我可以在那之后来这里见你，大约六点钟。如果你排的是我这一队，晚饭的时候我可能会见到你。”

“我会在这里的。我还能去哪里？”她朝四周看看，望着绵延不绝的带刺铁丝网，然后低下头看了一眼，好像注意到了自己被泥巴弄得有多脏。然后她伸手去掏口袋：“我有东西给你。”

她摸出系着缎带的一小束蒲公英，亨利这才不情愿地松开她的另一只手。“它们长在我们住的屋子的地板中间。那不算是地板，只是铺在地上的木板子。妈妈认为让这些野草长在我们的脚边是很可怕的事情，但我喜欢它们。它们是这里唯一的一种花。我特意给你采了这些。”她从铁丝网的缝隙间把蒲公英递给了亨利。

“对不起，”亨利说，他突然觉得空着手来这里是一件很傻的事情，“我什么也没给你带。”

“没关系，你来就足够了。我知道你会来的，也许这只是我的梦想，也许这只是我的愿望，但我知道你会找到我的。”惠子看着亨利，然后深深吸了口气。“你家人知道你在这里吗？”她问道。

“他们不知道。”亨利坦白道，他为自己母亲的犹豫不决和父亲的兴高采烈而感到羞愧，“对不起，我没有告诉他们。我不能……他们要是知道，绝不会让我来的。我恨我父亲，他……”

“没关系，亨利，没关系的。”

“我——”

“没关系。我也不愿意我的儿子去一座监狱营地。”

亨利把手翻过来，手心朝上，他感觉到惠子把手放进他的手中。他们两人都感觉到了在他们中间晃动的坚硬的铁丝网上锋利的金属尖。他低下头，看见她的指甲盖里面有干了的泥巴。她也看见了，于是蜷起了指头，然后又抬头看着亨利的眼睛。

无论这一刻意味着什么，总之，它突然被打断了。亨利听到了远处传来的汽车喇叭声。那是比蒂太太坐到了货车里，在示意他回去。很明显她并不知道去哪里找他。

“我得走了。下周我会再来的，好吗？”亨利说。

惠子点点头，强忍住泪水，挤出一个笑容：“我在这里等你。”

又一次回家

（1942）

星期天早上，亨利醒来的时候，竟有种重生的感觉，虽然他才只有十二岁——确切地说，快满十三岁。他找到了惠子。他和她见了面。虽然那只是一个泥泞的监狱营地，但不管怎么样，能知道她身处何方就已经是一个很大的安慰了。

现在他要做的事情是，在下个星期六之前找到一些东西，带回和谐营去。但奥斯卡·霍尔登的唱片怎么办？那将会是一份很好的生日礼物，他想。如果能找到的话。

亨利在厨房里找到了仍身穿睡袍的父亲，他正凝神注视着一幅出自《国家地理》杂志的中国地图，这幅地图是他一直以来追踪战事的地方。地图贴在一块软木板上，插在地图上各个位置的彩色大头针标志着主要的战役——蓝色表示胜利，红色表示战败。新插上了几枚蓝色的，不过，父亲还是在摇头。

“早上好。”亨利说。

“早晨。”父亲说的是广东话。他用已经磨损的指甲敲击着地图上的一个位置，并一直用广东话说着一个短语，但亨利不明白那是什么意思。“三光政策。”他一次又一次地说。

“那是什么意思？”亨利问道。听起来好像是“三道光线”。

几个月前他和父亲就习惯了一种无须沟通的模式。每当父亲为什么而感到悲痛时，亨利都能感觉到；他所需要做的，就是问一个问题。即便是用英语问，只要语调听起来像一个问题，他就能得到某种解释。

“它的意思是‘三道小光线’——开个玩笑而已，”父亲用广东话说，“日本人把这叫作‘三把火’。他们说的是：‘杀光，烧光，抢光。’他们关闭了通往缅甸的公路，但自从珍珠港事件之后，我们最终得到了补给，来自美国人的补给。”

难道你不是美国人吗？亨利想。难道我们不是美国人吗？难道他们不是从我们这里得到补给吗？

父亲还在继续说，他是在跟自己说还是在跟儿子说，亨利并不知道。“不只是补给，还有飞机。飞虎队帮助蒋介石和国民党军队打败了日本侵略者——但侵略者现在在摧毁一切。日本人在大肆屠杀，折磨成千上万的人，烧毁一个又一个城市。”

亨利从父亲的眼神中，从他凝视地图的眼神中看到了矛盾的情绪。那是悲与喜的交织。胜利与失败的交织。

“不过，我们还是有好消息。香港是平安无事的。日本人被遏制在北方好几个月了。下个学年，你就可以回广东去上学了。”

他说这句话的语气，好像生日、圣诞节、中国的春节都正好赶到一天去了。好像这会是一个受到欢迎的消息。父亲在中国度过了他的大部分学生时光，受完了教育。这是预料中的人生大事。把孩子送回去和亲戚们住在一起，上中国的学校，大部分的家庭——像亨利这样的传统中国家庭——都是这么做的。

“那我在雷尼尔的奖学金怎么办？和别的孩子一样去国王街的那所中国人学校上学，不行吗？如果我不想回去呢？”亨利说出这些话，他知道父亲只听得懂一点点：奖学金、雷尼尔、国王街。

“啊？”父亲问道，“不，不，不——回广东去。”

回中国去这个念头很可怕。对于亨利来说，那是外国，没有爵士乐、没有漫画书、没有惠子的外国。他想象着住在叔叔家的房子，或者不如说是一个窝棚里，因为不够“中国”而被本地孩子嘲笑。和这里相反，在这里他是不够“美国”。他不知道哪个更糟。相形之下，惠子的处境虽然凄凉，却似乎比他要好。亨利发现自己竟然感到一种嫉妒的痛苦。至少她和她的家人待在一起。目前是这样的，至少他们互相理解，至少他们不会把她送走。

在亨利继续他的双语争论前，母亲进入了厨房递给他一张购物清单和几块钱。在要买的东西不多的时候，她时常差遣他去市集，而且，亨利在讨价还价上还似乎颇有一套。亨利拿过单子，又拿了一个蒸肉包在路上当早餐，然后就走下楼梯，走进清冷的晨风里，心里因为能离开家一会儿而感到十分轻松。

沿着南国王街朝第七大道和中国市集走去的时候，亨利想着要为惠子的生日准备什么东西——除了用来写字的纸、用来做窗帘的布，还有他下定决心非找到不可的奥斯卡·霍尔登唱片以外。前面两样很简单。他可以在这一周内的任何时间去第三大道的伍尔沃思商店买到信纸和布料。他也知道唱片在哪里。但她想要什么作为生日礼物呢？他能买到什么东西可以在营地里显得别具一格呢？他把跟着比蒂太太干活挣的钱全都存下来了。他该买什么？要不买一本新的速写本，或是一套水彩颜料？没错，他越想越觉得美术用品最完美。

但是，他怎样才能真正弄到那张唱片呢，在他经过市集，朝日本城走去的时候，这个问题还没有答案。在南部主干道上走过两个街区后，他站在了用木板封起来的巴拿马旅馆的正面。不可能进得去——除非亨利瘦弱的肩头上肌肉再多点，再加上一根铁撬棍。就算他真的进去了，唱片又会在哪里呢？

他有钱——为什么不买张新的？那比妄图破门进入这家旧旅馆要合理得多。可当他从日本城往商业区和罗兹百货公司走去的时候，他感到这个办法也似乎不会有结果。他很怀疑他们不会把唱片卖给他，特别是在上一次他和惠子经历过那些麻烦之后。在经过海军上将大剧院的时候，这样的怀疑更深了。大遮篷上重点推荐的是一部新电影，名叫《美国的小东京》，它激起了他的好奇，也让他变得更加谨慎和紧张。

宣传照片上是好莱坞的大明星——哈罗德·休伯和琼·杜普雷，都装扮成日本人的样子。他们扮演的是帮助密谋轰炸珍珠港的间谍和阴谋家。从潮湿的人行道上四处散落的票根和烟蒂来看，这场电影是个大热门。

罗兹百货公司是去不成了，亨利在这片区域不会得到信任。黑麋鹿夜总会还在关门停业，所以也没希望找到源头——奥斯卡·霍尔登本人，去买一张新唱片。亨利一脚踢开人行道上的一个罐子，他的胃因沮丧而纠结起来。

也许可以找谢尔登?

亨利弯弯拐拐地回到南杰克逊街的方向，谢尔登有时候星期天的下午会在那里演奏；特别是有新的船只来到城里的时候，会带来焦躁不安的水手和他们在附近的约会。

他往回走的时候又经过了巴拿马旅馆。他从没得到过许可走进去的巨大的大理石入口如今被木板封了起来。亨利看看母亲给他的购物清单。在父母担心他晚归之前，他可能还有三十分钟的时间。

亨利想着一定有后门可以进去，于是溜进了同样被封起来的空无一人的托戈职业介绍所背后的小巷。小巷里也堆着箱子和高高的行李，还有一摞摞的衣服和旧鞋子。这些是没人要的、被扔出来的东西，但这片区域的垃圾清理服务明显已经取消了，所以这些东西还留在这里。亨利在旅馆背后寻找起了货运入口或消防梯，要是找得到，他就可以爬到二楼那些玻璃被砸碎的窗户那里了。

入口没找到，他却看到了查斯、威尔·惠特沃思，还有一小群也在试图寻找入口的其他男孩子。他们望着二楼窗户，指指点点。有些人在扔石头，有些人爬上了留下了的那些箱子。有个男孩，亨利没认出他是谁，他发现了一箱餐具，便开始朝着一堵砖墙扔它们，把它们砸得稀烂，精致的瓷器变作碎片，四散横飞。

亨利还没来得及喊叫或是逃跑，他们就看见了他。开始是一个，然后是全部。

“那儿有个小日本！”一个男孩吼道，“抓住他！”

“错了，那是个中国佬。”威尔说。所有的男孩本都已经朝着亨利的方向包抄过来，听到威尔的话，都停了一下。

查斯接掌了局面。“亨利！”他微笑着，似乎高兴大于惊讶，“你的女朋友在哪儿，亨利？如果你是在找她的话，她可不在家——你的黑鬼朋友今天也不在附近，对不对？”他奚落道，“你最好要适应我。我爸会买下这里所有的房子，所以我们最终会成为邻居的。”

亨利感到膝盖有点不稳，但他的牙关咬得比拳头还紧。有堆垃圾上躺着一把旧扫帚柄，几乎有亨利的身高那么长。他双手捡起来，像握棒球球棒一样握住它。他挥动了一下，然后又挥动了一下，又轻又坚固，坚固得足以把查斯的头击出一个曲线球。

所有的男孩都停住了脚步，除了查斯，他还是一步步地靠近亨利，保持在亨利的临时球棒所能击打的范围之外。

“滚回家去，查斯。”亨利嗓音里的愤怒让他自己都感到惊讶。他感觉血液从自己握着扫帚柄的双拳上渐渐流失，指关节全都变成了白色。

查斯装出彬彬有礼的样子，柔声说：“这就是我的家。这是美利坚合众国——不是东京合众国。我爸爸可能最后会拥有这一整片地方。你要干什么，和我们所有人较量？你认为你能打败我们所有人？”

亨利明白自己完全没有可能打败他们七个。“你们最后可能会抓住我，但我知道你们当中有个人会瘸着腿回家。”亨利挥动“球棒”，在他和查斯之间那片肮脏的、布满沙砾的路面上砸得砰砰作响。他清楚地记得在火车站外面拜查斯所赐的擦伤的面颊和青紫的眼睛。

后面的男孩们犹豫起来。他们退却了，扔下从巷子里偷的东西，转身跑开去，逃过转角处。亨利疯狂地朝查斯挥动“球棒”，查斯也往后退了，他看上去面色苍白，甚至有一点害怕。他的平头上翘起的发梢好像也蔫了下去。查斯一句话也没说，朝他们俩之间的地面上吐了口口水，然后走开了。

亨利握着扫帚柄，把它杵在路面上。他的整个身子都在颤抖，心脏剧烈地跳动。他感到腿有点瘸。我做到了。我打败了他们。我勇敢地抵抗了他们。我赢了。

亨利转过身，一头撞到了一个士兵身上，确切地说是两个士兵——胳膊上戴着军警的臂箍。他们的来复枪在肩头上晃动着，每个人的手腕上还缠着一条短短的皮带，上面垂着一条长长的黑色警棍。一个士兵低下头，用警棍戳戳亨利的胸口，敲敲他的胸章。

亨利手里的扫帚柄掉落到地上，砸出木头的咔嗒声。

“不许再抢东西，小孩。我不管你是谁——走开。”

亨利朝后退去，然后转身拖着发软的双腿，能走多快就走多快，走上南部主干道，然后又飞快地往杰克逊街——谢尔登所在的方向奔去。他看见潮湿的路面上和水坑里反射着他想要躲开的警车顶灯。朝后看去，看见查斯和他的朋友们正坐在人行道上，接受一个警官的讯问；警官拿出一本记事本，忙着记录什么。看上去，无论查斯想找什么借口，警官都不会买账。近来这里发生了太多的恶意破坏和抢劫。现在，他被抓了个现行。

晚　饭

（1986）

萨曼莎是一个好得令人难以置信的厨师，这真让亨利感到惊讶。亨利很偏爱在厨艺上有天分的人，他自己在家里就承担了大部分的烹饪工作。即便是在埃塞尔生病前，他也喜欢做饭。在癌症的打击之下，所有的烹饪——还有清洁、洗刷——所有的事情都落到了亨利头上，不过他并不介意。她忍受着那么多的痛苦，总是感到不适，总是因癌症或放疗而遭罪——放疗是为了杀死她体内的一些东西。这二者都摧残着她那小小的、虚弱的身体。亨利至少可以给她做她最喜欢的炒面，或是给她做新鲜的带薄荷的芒果蛋奶冻糕。即便在临近最后时刻的时候，她也仍有一点点的胃口。亨利所能做的，便是让她喝下一些流质食物。只有到了最后的时刻，她才是真的想要离开了，需要离开了。

儿子给他拿来一块吐司，举起杯中的烧酒时，亨利正想着这些。他努力克服了忧郁的情绪。

“为我们成功发现巴拿马旅馆地下室里的时间胶囊干杯。”

亨利举起杯，啜了一小口，马蒂和萨曼莎则是一饮而尽。那强烈的辛辣味道让他俩咋舌不已。

“天啊，真烧喉咙。”马蒂哼哼道。

亨利微笑着给儿子的杯子里再次加满了那清澈的、看上去平淡无奇的液体——用它可以轻易地洗去汽车部件上的油脂。

“为奥斯卡·霍尔登，以及丢失已久的唱片干杯。”萨曼莎祝酒道。

“不，不，不。我喝得差不多了。我知道我的酒量。”马蒂说，把她的胳膊重新拉回小餐厅角落里的圆桌上。这个小餐厅也是亨利的客厅，一个安静的、引人沉思的地方，点缀着生机勃勃的植物，比如亨利从马蒂出生时就种下的万年青。墙上挂着家人的照片，色彩缤纷而艳丽，曾经白色的墙壁如今变成了晦暗的黄色，角落里还有暗黑的污渍。

亨利看着儿子和儿子为之着迷的这个年轻女人。他们握着杯子，感受着酒的灼热。他们是多么不同，然而那又是多么无关紧要。他们的区别并不引人注意，他们如此相似，如此快乐。你很难发现他们有什么不同。马蒂是快乐的，成功，学业有成。除此之外，一个父亲还能对儿子有什么期待？

亨利看着巨大的一堆蟹壳和装菜心的盘子，意识到萨曼莎的厨艺足以与埃塞尔在世的时候媲美——甚至可以和他的厨艺媲美。马蒂可真有眼光。

“好吧。那么，谁要甜点？”

“我太饱了。”马蒂哼哼道，推开了盘子。

“总会吃得下的。”亨利奚落地说。萨曼莎走进厨房，端出来一个浅浅的小盘子。

“那是什么？”亨利大吃一惊地问。他本以为会是抹茶冰激凌。

“我特意为未来的公公做了这个——那冰激凌是我自己吃的。但这个——”她把一盘精致的编织状的白色糖果放到亨利面前，“这是为了特殊的理由而准备的东西——龙须酥。”

亨利上一次吃龙须酥，还是埃塞尔生病之前很久的事。他咬了一口用丝线般纤细的糖丝包裹起的碾碎的椰果和芝麻，看到马蒂在赞赏地点头微笑——好像在说：“看到了吧，老爸，我就知道你会喜欢她的。”

非常美味。“学做龙须酥可需要不少年头，你怎么会……”

“我一直在练习，”萨曼莎解释道，“有的时候你所需要做的，就是迈出第一步，尝试去做最难完成的部分。就像你和你童年时的心上人一样。”

也许是甜点让亨利稍稍有点噎住，他一时说不出话来。品尝着甜蜜的滋味，他清了清喉咙，说：“我的儿子一定和你分享了故事。”

“他忍不住讲给我听了。那么，你就不好奇她的命运吗？我对你的妻子没有不敬的意思，但是，这个女孩，不管她是谁，可能还活在这个世界上的某个地方。你就不好奇她在哪里，她可能会在哪里？”

亨利看着杯中的酒，慢慢地一饮而尽。他忍住那催人流泪的辛辣滋味，感到通往心房的血管燃烧起来。他放下杯子，看着萨曼莎和马蒂，审度着他们的表情，发现他们的脸上交织着期盼与一厢情愿。

“我想念过她。”亨利斟酌着用词，不太确定马蒂会有什么反应。他知道儿子深深地爱着埃塞尔，而且不希望她的幸福记忆遭到践踏。“我想念过她。”一直以来。事实上，还包括此刻。不应该告诉你这一点的，难道不是吗？“但那是很久以前的事情了。大家都长大了，结婚，有了自己的家庭，各自过各自的日子。”

这么多年来，亨利断断续续一直想念着惠子——从渴切，渐渐变作平静、忧伤的接受，真诚地希望她过得好，希望她快乐。那时候他才意识到，他是真的爱她。比许多年前他所感觉到的更多。他爱她，爱到可以放手——不再想那些不愉快的陈年旧事。而且，他有了埃塞尔，一个可爱的妻子。当然，他也爱她。在她生病的时候，如果可能，他愿意用自己生病来换取她的健康。如果能看到她从床上起来、重新走动，他可以心甘情愿地躺在医院的病床上。但是最终，他还是不得不做继续活下去的那一个。

看到那些东西从巴拿马旅馆的地下室拿出来的时候，他允许了自己去期待，去盼望——为了没人相信仍然存在的一张奥斯卡·霍尔登的唱片，为了一个曾爱过亨利的女孩存在过的证据——她并不在乎亨利来自旁边的社区，她只在乎他这个人。

马蒂看着陷入沉思的父亲：“知道吗，老爸，你拿到了她的东西，她的速写本。我想说的是，即便她已经结婚了之类的，她仍然会希望拿回那些东西。如果把它们还给她的那个人是你，那将会是一个多么美丽的巧合啊。”

“我不知道她在哪里。”亨利声明道，马蒂开始往亨利的酒杯里添酒，“她甚至可能已经不在人世了。四十年是很漫长的一段时间。几乎没有人去巴拿马旅馆认领任何东西，几乎没有。人们不会回头看，没有什么东西值得回顾，人们都是向前看的。”

确实是这样，亨利知道这一点。马蒂从亨利脸上的表情也看到了这一点。可是，也没有人想过那张唱片还会存在，但它重见天日了。如果足够执着的话，谁知道你还会找到什么？

台　阶

（1986）

晚饭后，亨利坚持由他来洗碗。萨曼莎完成了一件了不起的任务。亨利走进去的时候，原本以为会看到俊波海味餐馆的外卖餐盒偷偷塞在水槽底下，或者至少看到被蚝油弄得乌七八糟的食谱四散在厨房里。他没想到的是，厨房干净而井井有条——萨曼莎在做饭的时候就已经洗好了锅，这和他的习惯一样。他把剩余的几个碟子擦干、收拾起来，一些浅盘泡到水槽里。

他探出头去想谢谢她，但太晚了，她已经踢掉了鞋子，在长沙发上睡着了，还轻轻地打着鼾。亨利看着空掉半瓶的酒，微笑起来，用埃塞尔织的一条绿色的毯子盖在她身上。埃塞尔有双巧手，不过后来编织就成了打发时间的必需手段。她坐在那里接受化疗的时候，只有编织能让她的双手有点事干。尽管手臂上插着静脉滴注，她还能编织得非常好，这曾让亨利感到十分惊诧，她自己却无所谓的样子。

亨利感到一阵风吹来，发现前门是开着的，纱门后能看到儿子的影子。飞蛾前赴后继地扑着门廊的灯，砰砰地撞击着灯泡，无望地被它们永远得不到的东西深深吸引。

“今晚何不留下来？”亨利打开纱门问道。他坐到马蒂身边，等待着他的回答：“她睡着了，而且现在开车回去也太晚了。”

“说谁呢？”马蒂快速回应道。

亨利皱了皱眉头。他知道，儿子讨厌被他指手画脚，即便他给出的是善意的提议。这种时候，他和马蒂好像只是为了争吵而争吵。没人会赢。

“我是说，时间晚了……”

“对不起，老爸，”马蒂说，反省着自己的反应，“我想我只是太累了。今年是艰辛的一年。”他的手心里握着一支没有点燃的香烟。埃塞尔的癌症扩散到肺部的时候，她才最终被癌症击倒。亨利许多年前就戒烟了，但马蒂还在斗争——母亲病倒的时候，他就戒了烟，但偶尔还是会偷偷地吸。亨利知道，在一个母亲死于肺癌的儿子的心中，对于抽烟会有着多么强的内疚感。

马蒂把烟扔到街道上：“我总是情不自禁地想起妈妈，还有过去这几年里发生的太多太多的变化。”

亨利点点头，目光越过人行道朝外望去。他能透过邻居家房子的前窗看到里面。他们家的电视开着，看的是西班牙的某个杂耍表演。邻居总在换，亨利看着韩国饼屋和一家友善的亚美尼亚人开的干洗店之外的那个街区，这样想。

“我能问你点事吗，老爸？”

亨利再次点点头。

“你让妈妈留在家里，是为了故意为难我吗？”

亨利看着一辆慢吞吞的小货车轰隆隆地沿着小巷驶去。“你是怎么认为的？”他问，他知道答案，但着实没想到儿子会问这么直接的一个问题。

马蒂站起来，走到他扔到街上的香烟那里。亨利以为他会捡起那支已经弄脏的烟，点起来抽。但马蒂没这么做，他踩了上去，把它碾成了碎片。“我过去是那么想的。我没办法理解，你明白吗？我的意思是说，这里住起来确实不够豪华——我们本可以让她住在一个有养眼的风景、有娱乐室的地方。”马蒂摇摇头，“我想，现在我明白了。一个家有多好并不重要——重要的是要有家的感觉。”

亨利听着轰隆隆的货车声音从远处传来。

“爷爷知道惠子吗？”马蒂问，“妈妈知道吗？”

亨利伸了个懒腰，又坐了回去。“你爷爷知道，因为我告诉了他。”他看着儿子，试图判断他的反应，“他从那之后就不和我说话了……”

关于自己的童年，亨利只对儿子说起过一点，而马蒂的祖父的故事，他几乎没和他说过。马蒂也很少问他。他所知道的，大部分是从他母亲那里点点滴滴听来的。

“那妈妈呢？”

亨利长长地叹口气，摸着自己的脸颊，过去这些天里的众多变故让他忘了刮胡子。胡楂儿令他回想起照顾埃塞尔的那些年月。他从不出家门一步的日子是怎样过的，他是怎样出于习惯而不是出于任何真正的原因而刮胡子的。然后他是怎样偶尔让自己放任一下的——让自己和一个不注意也不能注意周围世界的人一起生活。

“我不确定你妈妈知道多少。我们从没谈起过这件事。”

“你们没有谈起过各自的旧情人？”马蒂问。

“什么旧情人？”亨利笑了一下，“我是她约会的第一个男孩。那时候不一样——不像现在。”

“但很明显，你有一个旧情人。”马蒂拿起台阶上放在他的外套边的一本速写本。

亨利接过它，浏览着那些页面，触摸着惠子的铅笔在纸面上起舞而留下的痕迹。他感受着图画的纹理，好奇她为什么会留下她的速写本。为什么她留下了所有的东西。为什么他也留下了所有的东西。

这些年里，亨利爱的是埃塞尔。他曾是一个忠贞不贰的丈夫，但他仍会想尽办法绕路，避开巴拿马旅馆，避开关于惠子的回忆。要是他知道，她的东西还在那里……

亨利把速写本递还给儿子。

“你不想要吗？”马蒂问。

亨利耸耸肩。“我有那张唱片。够了。”一张坏了的唱片，他想。永远也不能再播放的两半。

谢尔登的唱片

（1942）

星期一到来的时候，亨利仍为找到了惠子和看到查斯被警察追捕而眉开眼笑。他离开学校，蹦蹦跳跳地跑着走着，跑着走着，在从南国王街到南杰克逊街的那些微笑的鱼贩子们中间迂回前进。街上的人们看起来都很高兴。罗斯福总统宣布了詹姆斯·杜立特尔中校率领一个B-25轰炸机中队对东京实施了轰炸袭击的消息。各地都士气高昂。当被问及飞机是从哪里起飞的时候，总统开了个玩笑，告诉记者，他们来自香格里拉——那恰好是亨利闲逛着去找谢尔登的路上经过的一个爵士乐夜总会的名字。

在下午这么晚的时候要找到他很容易。亨利竖起耳朵，听到了从谢尔登的萨克斯里传来的忧郁音符，亨利知道这是什么曲子——叫作《蓝色信笺》。这是谢尔登在夜总会里和奥斯卡一道演奏过的曲子。它很适合亨利，因为他正需要为惠子弄些信纸，还有其他的东西。

亨利砰的一声跳到谢尔登演奏地点旁边的一座公寓的台阶上，

他看到打开的萨克斯盒子里，零钱堆成了一座小山。不光如此，他还看到了一张黑胶唱片，一张78转的唱片，支在一个小小的木头展架上。那展架和亨利的母亲摆在厨房里的展架是一样的，那架子上展陈的是他家买得起的寥寥可数的几件好瓷器。谢尔登的展架上还有个小小的、手写的标签，写着“奥斯卡·霍尔登最新唱片主打曲目”。

在亨利看来，围观的人群较之往日没有什么特别之处，但让他惊喜的是，谢尔登竭尽心力演奏时，人群爆发出了更为热烈的掌声。当谢尔登以一个甜蜜得令人心痛的音符收束曲子的时候，人们的掌声更加热烈了，5分、1角、25分等各种硬币叮叮当当地落入萨克斯盒子。虽然都是零钱，但这些硬币组成的小山是亨利见过的最多的钱了。

人群渐渐散去，谢尔登碰碰帽子，朝最后一位观众致意：“亨利，年轻的先生，你去哪里了？我到现在为止，已经两三个周末没见你在街上跑了。”

没错，亨利忙碌于和谐营的事情，以及向父母隐瞒这个事实，以至于自从疏散日之后，就再也没有见过谢尔登了。他为自己的缺席感到有点内疚。“我周末有个活儿——在和谐营，那个地方——”

“我知道。关于那个地方的事情我都知道——几周来的报纸上都有。但是，怎么——告诉我，这个阴谋究竟是怎么回事……这个活儿？”

说来话长。而且亨利也不知道最终会怎样。“我以后告诉你好吗？我有点任务要完成，而且已经有点迟了——而且，我需要你帮我个忙。”

谢尔登拿帽子给自己扇着风。“钱？要多少就拿多少吧。”他说，指向装满银色钱币的盒子。亨利努力猜想着那里到底有多少钱，光是0.5美元的，总数就至少有20美元。亨利需要的虽然也是扁平的、圆形的东西，但，不是它们。

“我想要你的唱片。”

谢尔登因为惊讶而一时沉默了。在这静寂中，亨利听到从别的夜总会楼上的彩排传来的鼓点声。

“真有意思，我好像听到你说‘我需要你的唱片’，”谢尔登说，“我好像听到你说‘我需要你最近的那张唱片’。我拥有的唯一的一张唱片——里面是我自己的演奏。音像店里剩下的唯一的一张唱片，因为太畅销，奥斯卡上周内就已经把它们销售一空了。”

亨利看着他的朋友，咬住了嘴唇。

“我听到的没错吧？”谢尔登问，好像在开玩笑，但亨利并不是很肯定这一点。

“是为了惠子。为了她的生日……”

“噢噢噢噢噢。”谢尔登好像被人刺中了一样。他闭上眼睛，嘴巴扭曲起来，做出一个痛苦的怪相。“你打败我了。你打败了我这里。”他拍拍心脏位置，冲着亨利咧嘴一笑。

“你的意思是我可以拥有它了？这样就能顶替那一张了。我和惠子本来一起买了一张，但她没能把它带到营地去，现在它被存在了什么地方。我拿不到它——也许它现在已经不见了。”

谢尔登戴上帽子，调起萨克斯的簧片：“你可以拥有它了。仅仅是因为这样它能有更重要的力量。”

亨利并没有领会谢尔登的嘲笑，不然他一定会严重脸红，并否认是爱驱使他这样使出浑身解数，想尽办法。

“谢谢你。我以后会报答你的。”他说。

“去播放那东西，去那营地播放它。去吧。我好像喜欢那样的声音。”谢尔登说，“那将会是我第一次在白人的组织里演奏——尽管是演奏给一群日本人，一群迈不动步子的听众。”

亨利微笑起来，看着谢尔登，谢尔登明显正在等待他对这句双关语的反应。亨利把唱片塞到外套下面跑开了，回头喊道：“谢谢你，先生，祝你今天过得愉快。”谢尔登摇摇头，微笑起来，开始准备下一场的午后演出。

第二天，亨利从学校回家的时候，走进了伍尔沃斯商店。这家古旧的便利店里面，人格外多——事实上，是拥挤不堪。亨利数出有十二个卖战时公债邮票的货摊。麋鹿屋有一个摊，冒险夜总会也有一个摊。每家都有一个牛皮纸做的巨大的温度计，展示着他们卖得有多么多，都想把别家给比下去。有一家甚至做了一个真人大小、穿军装的宾·克罗斯比[1]的纸板模型。“让每个发薪日都变成公债日！”一个男人喊叫着，分发着一块块馅饼和一杯杯咖啡。

亨利在拥挤的人群中费力地前行，经过冷饮柜台鲜红色的塑料摊位和旋转凳子，朝商店后面走去。在那里，他找到了写字的纸、美术用品、布料，还有一本速写本。速写本的空白页面看上去是那样充满希望，是等待着描绘的未来。他飞快地把钱付给一个年轻女

1　宾·克罗斯比（Bing Crosby）：美国流行歌手、演员，1934年至1954年在美国红透半边天。

人，她看见他的胸章，只是微笑了一下。剩下的回家的路，亨利是跑完的，到家时大约迟到了十分钟。完全没关系。还不足以让他的母亲停下来。他把惠子的东西和那张唱片一道藏进后巷楼梯下的一个旧洗衣盆里，然后蹦跳着上了楼，一步两级台阶，好似脚下装了弹簧。

情况在发生好转。查斯和他的那些朋友因为在日本城造成的破坏而被西雅图警方抓了起来，这个消息已经传开了。他们是否真的会受到什么惩罚，谁也说不清。那些日裔居民，虽然是美国人，现在却被看成了敌方侨民——真有人在乎他们的家园遭到了什么毒手吗？但是，查斯的父亲可能很快就会知道他的宝贝儿子有着怎样的坏心肠，这已经是够大的惩罚了，亨利想，他感觉到的轻松大于高兴。

还有谢尔登，他在音乐上所付出的努力，终于有了经济上的回报。他一直都能吸引很多的听众，但现在的这些听众是会慷慨解囊的听众，而不是那些只会扔下硬币的看热闹的闲人。

不久，那最后一张奥斯卡·霍尔登的78转唱片，将会和生日礼物一道送去惠子那里。他们可以一同欣赏唱片中的曲子——尽管有带刺铁丝网做成的围栏阻隔在他们之间，尽管有装着机关枪的高塔从上面监视着他们。

虽然他看到了许多的苦痛，也看到了人们被强制送往和谐营的悲伤，但一切还没有失控，战争也不会无休止地继续下去。惠子最终会回到家里的，难道不是这样吗？

亨利吹着口哨，推开通往他家小公寓的门，看到了他的父母。口哨声瞬间停住了，他几乎要透不过气来。父母都坐在他家的小餐桌边。桌上摊着的，是惠子家的相册，他小心翼翼地藏在衣橱底下的那些相册。数百张日本家庭的照片，一些人身着传统服饰，一些人穿着军装。一堆一堆，都是黑白的影像。照片上很少有人是微笑的，但也没有一个人看上去像他父母的脸色那样阴沉——因为震惊、羞耻和被辜负，他们的表情僵成了一块铁板。

母亲摇着头，猛地冲进了厨房，厌恶地低声说了句什么，她的嗓音已经因为情绪的波动而嘶哑了。

亨利的眼睛遭遇了父亲愤怒的目光。父亲拿起一本相册，撕成两半，扔到地板上——用广东话喊叫着什么。他对于那些照片本身的愤怒似乎要大于对亨利的生气。但很快就会轮到他了，亨利知道。

好吧，至少我们要真正地谈一次话了，亨利想。父亲，我终于等到了这一刻。

亨利把采购回来的东西放在门边桌上，脱下外套，坐到父亲面前的椅子上，低头看那些四处散落的照片，惠子和她的家人，她的日本家人的照片。其中有她父母身着和服的结婚照；有新娘的形象照片；有一位老人的照片，可能是她的祖父，穿着日本皇家海军的军装。有一些日本家庭烧掉了这些东西，另一些则藏起了他们这些珍贵的回忆——关于他们是谁、他们来自哪里的珍贵回忆。有些家庭甚至埋葬了他们的相册。埋藏在地下的珍宝，亨利想。

将近八个月来，父亲一直坚持要求亨利只说英语。情况就要发生变化了。

“你有什么可说的？快说！”父亲用广东话厉声呵斥道。

亨利还没来得及开口回答，父亲就发飙了。

“我送你去上学。我想尽办法——把你送进一所特别的学校里。我完全是为了你好。一所顶尖的白人学校。结果呢？你不用功读书，竟然跟这个日本丫头眉来眼去。日本人！她是屠杀我们同胞的刽子手的女儿！你的同胞！她的身上沾着他们的血！她散发着血腥的味道！”

“她是美国人。”亨利轻声用广东话反驳道。这些字眼说起来感觉很陌生，格格不入。好像踏上了一个结冰的湖面，不知道它是能够承载起你的重量，还是会让你坠入深不可测的冰窟。

“看看！用你自己的眼睛看看！”父亲翻起一页相册，几乎要把它摔到亨利的脸上了。“这不是美国人！”他指着照片上一个穿着传统日本服装的庄重男子，“如果FBI在这里找到了这些东西——在我们家里，我们这个华裔美国人的家里——他们可以把我们抓起来，带走所有的东西。他们可以用帮助敌人这个罪名把我们扔进监狱，罚款五千美元！”

“她不是敌人。”亨利稍稍大声一点说道，他的心脏在狂跳，手开始颤抖，因为沮丧——也因为他从未允许自己感受过的愤怒，“你都不认识她。你从没见过她。”他紧咬牙关，牙齿磨得咯咯作响。

“我不需要那么做——她是日本人！”

“她和我是在同一家医院出生的，而且和我同年。她是美国人！”亨利反吼了回去，声音大得把他自己都吓坏了。他从未以这样的方式和任何成年人说过话，更不用说他从小被教导应加以敬畏和尊重的父亲。

母亲从厨房里走出来，从桌上拿走了一个花瓶。亨利看见她脸上满是震惊和失望的神色，她没想到亨利竟敢如此不听话。这种神色很快变成了一种平静的接受，这时，亨利的心中反而生出深深的内疚。他用手托住头，为在母亲面前这么大声地说话感到羞耻。她转过身去，好像没听见他说任何话一样。好像他并不在那里。亨利还来不及说一个字，她已经走回了厨房。

亨利转过头，看见父亲已经抱着满满一怀惠子的照片，站到了开着的窗户前。他回头看看亨利，没有表情的面孔也许掩饰的是他的失望之情。然后，他扔掉了那些照片、相册和盒子。它们向地面散落开去，一个个白色的方块飞向下面的巷道，一张张失落的面孔面对着无人的天际。

亨利弯腰捡起那本撕烂的相册。父亲从他手中劈手夺下，把它也扔了出去。亨利听见了碎片撞击路面的声音，潮湿的拍击声。

“她是在这里出生的。她的家人都是在这里出生的。你却并不是在这里出生的。”亨利朝父亲低声说。父亲转过头去，完全无视他的话。

还有几个月他就十三岁了。也许是时候不再做一个男孩，而是开始成为别的什么。亨利穿上外套，朝门口走去的时候，是这样想的。他不能让那些照片留在外面。

他转向父亲：“我要去拿回她的照片。我答应过她，要为她保管它们——直到她回来为止。现在，我要去履行我的承诺。”

父亲指着门：“如果你走出那扇门——如果你现在走出那扇门，你就不再是这个家的成员，你就不再是中国人，你就不再是我们当中的一员，不再跟我有关。”

亨利丝毫没有犹豫。他握住门把手，感觉着手中黄铜的冰凉和坚硬。回过头，他用他所能说出的最标准的广东话说道：“是你逼我的，父亲，”他拉开沉重的门，“我……是美国人。”

再访营地

（1942）

亨利设法保住了惠子的大部分照片。他用外套的袖子擦去了泥水和脏污，在交给谢尔登妥善保管前，把它们放进了楼梯下面的洗衣盆。但从那一刻起，在他和父母居住的小小的砖木结构公寓里，他感觉自己变成了一个幽灵。他们不和他说话。事实上，他们几乎不承认他的存在。他们会相互交谈，好像他不在那里一样。当他们望向他的方向时，他们装作目光穿透了他的样子。无论如何，他希望他们是装的。

开始，他还会若无其事地用英语向他们说话——只是饭桌上的闲聊而已——后来，则变成了用汉语恳求。不起作用。他们用沉默筑就的长城，在他竭尽全力的摧毁尝试之下，仍纹丝不动。于是他也什么都不说了。以前父母的谈话总是跟亨利的教育、亨利的成绩、亨利的未来有关，现在亨利缺席了，他们的谈话也非常少了。他们小小的家里，唯一能听到的声音，就是日报的沙沙声，或是无线电发出的噪声和电流声——播送着关于战争、关于当地配给最新更新、关于民防防空操练的新闻。收音机里从来没有提起过那些被从日本城带出去的日本人——好像他们从来没有存在过一样。

几天后，母亲承认了他的存在，用她自己的方式。她为他洗衣服，给他准备午饭。但她做这一切的时候显得格外漫不经心，之所以这样，可能是为了不违背亨利父亲的意愿。即便做不到实打实的断绝，父亲仍象征性地坚持着要与亨利断绝关系的威胁。

“谢谢。”母亲给他摆上一个盘子和一个碗的时候，亨利说道。可是，当她伸手再去拿一双筷子的时候——

“有客人要来吃饭吗？”父亲放下报纸，用汉语打断了她。“回答我。”他要求道。

她抱歉地看着丈夫，然后静静地移走了餐具，不敢看儿子的眼睛。

亨利自己拿盘子、自己为自己服务的日子从此开始了。他并不会彻底泄气，只是一言不发地吃着，唯一的声音是筷子碰到他只装了一半的饭碗碗沿所发出的。

这种令人怀疑自己耳聋的沉默也延续到了雷尼尔小学。亨利曾想过转回他的老朋友们所在的中国人学校，或是转到山上的贝利·加特泽特小学去，那是一些大一点的孩子们去的一所多种族学校。但他又一次意识到，他必须以某种方式注册，但没有父母的合作，注册便是不可能完成的任务。也许这个学年结束的时候，他可以说服母亲让他转学。不，父亲太为他的奖学金而骄傲了。所以，她永远不会同意的。

于是亨利接受了要在这个地方上完六年级后面两个星期这一现

实。他只能这么做，不是吗？周末的时候，比蒂太太还会带他去和谐营。如果他整个星期都不在这所小学的厨房里干活儿，他周末探望惠子的活动多半会有危险。

星期六到来的时候，亨利渴望着和什么人说说话——无论是谁都行。这一周里他曾试图去找谢尔登，但放学前他没有时间，而放学后，谢尔登又总是已经在刚刚重新开张的黑麋鹿夜总会里演出了。

比蒂太太出现的时候，看上去她刚好是亨利所期盼的健谈者。她边抽烟边开着车，把烟灰弹到窗外，从嘴角吐出烟雾。烟雾总是又被风卷回来，散到他们俩的身上。亨利把车窗摇下了一些，好让腿上放着的礼物不会总是被烟熏到。

除了从伍尔沃斯商店买的一包杂七杂八的东西之外，他还有两个盒子，每个盒子外面都包裹着淡紫色的包装纸，扎着白色的缎带——缎带是他偷偷从母亲的针线盒里拿的。一个盒子里装的是一本速写本、几支铅笔、几把画刷，还有一罐水彩颜料。另一个盒子里装的是奥斯卡·霍尔登的唱片，谢尔登给他的那张。亨利小心地把唱片用纸巾包了起来，以免它受到损伤。

“离圣诞节还早了点。”比蒂太太评论道，把手伸出飞速行驶的货车窗外，弹了弹烟蒂。

“明天是惠子的生日。”

“所以，是？”

亨利点点头，挥走最后一丝烟雾。

“你真有心。”比蒂太太说。亨利刚想说话，又被她打断了。“你知道他们不会允许你带进去这个样子的东西吗？我的意思是说，那里面可能装的是一支枪，或者是几颗手榴弹，谁知道呢——

那些东西也都会好好包装起来，扎上蝴蝶结，那些特别的东西。”

“可我以为，我让她在围栏那里拆开它们……”

“没用的，小家伙，所有的礼物都要由站岗的哨兵拆开。规矩就是规矩。”

亨利拿起腿上那个大一点的盒子，装唱片的那一个，摇了摇，想着是不是要拿下缎带，直接送出去。

“别担心，我来解决。”比蒂太太说道。她也是这么做的。

在皮阿拉普镇的郊外，比蒂太太驶进壳牌石油加油站的停车场。她把车停到靠近后面的一侧，避开了油泵和服务员。服务员疑惑地望着他们。

“带上那些盒子，跟我来。”她吼道，然后刹住车，跳下来，走到这辆仍发动着的货车后部。

亨利拿着那些礼物跟在她后面，看她爬进了货车后部。她拉过一袋五十磅的麻袋，嘴里咕哝着什么，然后把它拉过来向着亨利，解开绳结，猛地扯开袋子。亨利看到里面满满地装的都是嘉禄园大米。

“把东西给我。”

亨利把礼物递给她，看着她把每件东西都塞进一个麻袋里，用大米埋上，然后再系上麻袋。他看着那些袋子，好奇里面还会有什么。他见过她和士兵们交易工具，偶尔还和营地里的人交易。都是些诸如矬子、小锯子这样的木工工具。是为了逃走吗？亨利好奇着。不，他见过老人们在他们的棚屋外面劳作，做椅子，做架子。他们的工具可能就是这样来的。来自比蒂太太的黑市生意。

“嗨，你和那个小日本在那里做什么？”加油站的服务员绕过房子走了过来，他一定对这个老女人和这个亚洲小孩充满了好奇。

“他不是小日本。他是个中国佬——中国人是我们的盟友，所以，走开吧，老兄！”比蒂太太举起塞唱片的最后一只袋子，砰的一声，把它端端正正地靠在驾驶室的背后。

服务员马上就放弃了，匆匆几步朝服务位置退了回去，还无力地挥了挥手：“我只是想帮你们的忙而已。那是我的工作，你知道的。”

亨利和比蒂太太没理睬他，爬进货车里——重新出发。“一个字也别提，你明白吧。”她说。

亨利点点头。在剩下的路途——去往和谐营、穿过营地大门的一路上，他一直没有开口说过话。

在第四区，亨利继续做他分发午餐的常规工作。比蒂太太渐渐胜利了，这里的厨房监管员现在订购的是日本人喜欢吃的主食——大米，除此之外还有豆腐味噌汤，亨利觉得味噌汤闻上去很美味。

“亨利！”

亨利抬起头，看到了站在队伍里的冈部太太。她穿着一条满是尘土的裤子，还有一件绣着一个大大的字母O[1]的毛背心。

“是你让我们不必再吃那些恶心的罐头肉的吗？菜色突然变成了米饭和鱼，而且一直保持了下来——是你的功劳吗？”她微笑着问道。

“我可不能抢这个功，但我很高兴分发给你们的是我自己也愿意吃的食物。”亨利给她盛了一盘米饭和猪排，“我要送给惠子

1　冈部（Okabe）的首字母是O。

一些生日礼物。你能帮我给她吗？”他放下长勺，转身拿起那些礼物，它们就放在他的脚边。

“你为什么不自己告诉她？”冈部太太指指后面的队伍。惠子从人群中探出头来，微笑着挥手。

“好的，谢谢你。你还需要什么东西吗？你的家人还需要什么？我有时候能带些东西进来，通常得不到许可的东西。”

“你真好心，亨利，但我想我们现在情况还好。刚开始，有些男人想要些工具，但现在陆陆续续已经得到了一些。在几个星期以前，就连一把锤子都是无价之宝。现在，每天到处都在锤东西、锯东西，他们为什么不管那些麻烦，真是一个奇迹……”

“什么麻烦？”亨利不太明白地问道。

“他们要把我们转移走了——这里只是暂时的。总不能整个战争期间都睡在马厩里，你说是吧？我也不希望过这样的日子。一个月就已经够遭罪了。几个月后他们要把我们送去更靠近内陆的永久性营地。我们连我们要去的地方是哪里都不知道。得克萨斯州或爱达荷州——可能是爱达荷州，我们更希望是那里，毕竟离家，离我们过去的家近一点。他们甚至可能分出去一部分男人——他们的工作技能在别的地方用得上。他们要让我们自己建造自己的监狱，你能相信吗？”

亨利难以置信地摇着头。

“我们的老地方情况如何？”

亨利不知道该说什么。他怎么能告诉她，日本城现在像是一个幽灵之城？一切都用木板封了起来——打碎的门窗，加上其他各种各样的恶意破坏，造成了一场灾难。

“还好。”他只能这样说。

冈部太太好像感觉到了他的犹豫，她的眼中浮起一片伤悲。她揉了揉眼角，好像眼睛不小心进了灰尘：“谢谢你来这里，亨利。惠子非常想念你……”

亨利看到她露出勇敢的笑容，拿起托盘，消失在人群里。

“Oai deki te ureshii desu！”惠子把身子探过大餐盘，微笑着，简直兴高采烈，“你回来了！”

“我答应过你我会回来的——你看上去也很美。你好吗？”亨利看着她，发现自己有点眩晕，稍稍有点喘不过气。

“真有意思。他们把我们扔到这里，说我们是日本人，但我是第二代移民。我甚至不会说日语。在学校里，他们嘲笑我，说我是外国人。在这里，其他的一些孩子，第一代移民，他们嘲笑我，因为我不会说日本话，因为我不够日本。”

“我很难过。”

“不要难过，这不是你的错，亨利。我来这里之后，你为我做得太多了。我原来很害怕你会忘了我。”

亨利想起了他的父母。想起他们近一周来都不和他说一个字。父亲很倔，固守传统。他并不只是威胁说要和他断绝关系——他做到了。这都是因为亨利无法停止对惠子的想念。母亲是知道的，但不知她是怎样知道的，也许是因为亨利没什么胃口，母亲们都能注意到这一类的事情。心烦意乱的渴望。在真正关心你的人那里，没有什么感觉能隐藏住。但是，母亲仍服从着父亲，亨利现在是孤独的。都是因为你，他想，我希望我能想想别的事——别的人——但我做不到。这就是爱的感觉吗？“我怎么可能忘了你呢？”他回答道。

惠子后面的一个老人开始用托盘敲柜台的金属栏杆，并清了清喉咙。

“我得走了。”惠子说，放下她的托盘。亨利开始往里面盛饭菜。

“我带来了你要的那些东西，还有给你的一份生日礼物。”

“真的吗？”惠子开心地笑起来。

“午餐后一个小时，我们在探访区的围栏那里见面，好吗？”

惠子朝亨利灿烂一笑，然后消失在了人头攒动的餐厅里。亨利继续工作，一份一份地分发食物，直到每一个人都吃上了饭。然后他搬着大餐盘，来到餐具池，用冰凉刺骨的水冲洗它们，想着惠子将会怎样地再次离开——去往未知的某个地方。

这一次，惠子经过一群不同的哨兵，在探访区的围栏处见到了亨利，和他们所计划的一样。围栏沿线有三四群其他的探访者，相互之间都隔着五英尺或十英尺的距离。这样，他们才有了谈话的私密空间——虽然还隔着带刺铁丝网围栏，里面的拘禁者由此和外面的世界分隔了开来。

天色渐晚，阴冷昏暗的天空中，刺骨的寒风伴着浓黑的雨云滚过来。要下雨了。

“他们取消了我们的唱片晚会——天气太糟了。”

亨利看着渐渐黑下来的天，更多的是为惠子感到失望。“别担心，”他说，“还会举行一次的。敬请期待。”

“但愿你不要感到失望。”惠子叹了口气，“你这么大老远地赶过来。我真的很希望能够坐在围栏边，和你一起听。”

“我……不是为了听音乐来的。”亨利说。

他揉揉眼睛，竭力想忘掉她和她的家人很快又要离开的消息。一切都感觉那么危急——而且是决定性的。他用微笑阻止了自己继续想下去：“这是给你的。生日快乐！”

亨利把两份礼物中他买的那份先递给了惠子，小心地从带刺铁丝网的格子间穿过，以免包装的纸被刮破。惠子优雅地接过去，小心地解开缎带，把缎带叠成整齐的一小捆。“我要留着这个。在营地里，这样的缎带本身就像一份礼物。”在亨利的注视下，她把淡紫色的包装纸也小心地叠起来，然后才打开了那个小鞋盒大小的包装盒。

“哦，亨利……”

她拿出了速写本、水彩颜料罐，还有那套马鬃画刷。然后是一套画图铅笔，每一支的铅芯都有着不同的硬度。

“你喜欢它们吗？”

“亨利，我太喜欢它们了。这太美妙了……”

“你是一位画家。与你那么擅长的东西分开，待在这里，简直像是一种耻辱。”亨利说，“你打开速写本看里面的内容了吗？”

惠子把小盒子放在一块干燥的地面上，上周的泥浆已经开始变硬了，这里变成了一片粗糙的荒地。她打开那本小小的手工装订的黑色速写本，读起价签：“1.25美元。”

“噢，这个……”亨利伸手过去，撕下那张文具店的价签，“你不应该看见这个的。看看下一页。”

惠子翻过一页，大声读起上面的题词：“赠惠子，你是我见过的最甜、最美的美国女孩。爱你，你的朋友，亨利。”

她又读了一遍，亨利看到她的眼睛湿润了。

“亨利，我太感动了。我不知道该说什么才好。”

他本来对于在速写本上写“爱你”这个词感到有些尴尬。在用钢笔最终下笔之前的二十分钟里，他一直盯着空白的页面，发愁该写些什么。因为一旦写下，就没法反悔了。“说谢谢就行啦。”

她透过铁丝网看着他。风刮了起来，把她的头发从脸上吹起。远处的山脚下隐隐传来了雷声，但他们俩都没有移开视线。“我想光说谢谢是不够的。你大老远地赶来，给我带来了这个。我知道你的家人……你的父亲……”

亨利低下头，轻轻地呼气。

“他知道了，是吗？”惠子问道。

亨利点点头。

“可我们只不过是朋友而已。”

亨利看着她的眼睛。“我们不仅仅是朋友。我们是同样的人。但他不明白这一点——他只知道把你看成敌人的女儿——他不认我了。我父母这个星期不再和我说话了。但从我母亲的行为能看得出来，她承认我的存在。”这些话如此自然地说了出来，那么平常，连亨利自己都感到惊讶。不过，他家里的沟通几乎一年来都是不正常的；这不过是一次新的、决定性的变化。

惠子看着亨利，震惊万分，眼里全是伤悲：“我很抱歉。我绝不希望这样的事情发生。我感觉太糟了。一个父亲怎么能这么对待儿子——”

“没关系。他和我一开始就不怎么说话的。不是你的错。我希望和你在一起。你第一次到学校来的时候，我就又惊又喜。没有了你，上学都变得不一样了。我……我想你。”

“你能来这里，我真开心。”惠子碰碰围栏上的金属尖刺，“我也想你。”

“我还给你带了别的东西。”亨利穿过带刺的铁丝网把另一个包裹递给她，“这是一个小小的惊喜，这会儿可能用不太上了，因为这糟糕的天气。”

惠子像拆第一个包裹一样小心地拆开了这第二个包裹。“你是怎么找到它的？”她拿起装在褪色的纸套里面的奥斯卡·霍尔登的唱片，惊叹地轻声说道。

“巴拿马旅馆我进不去，全城的唱片又脱销了，幸亏谢尔登给了我这个。我想这是我和他两人送你的。不过音乐会取消了，你今晚不能播放它，真是太糟了。”

“唱片机还在我们的屋子里，所以，我可以播放它，为了你。确切地说，为了我们。”

亨利微笑了。父母，什么父母？

“你想象不到拥有它我有多开心。它让我感觉你好像就在这里，和我在一起——我不是说希望你来这样的地方。但我们过去是没有音乐的。我会每天播放它。”

雷声从头顶上轰隆隆地滚过，毛毛细雨变成了暴雨。开始还只是疏疏落落的雨点，随后就变成了瓢泼般的大雨，倾注而下。亨利把最后一个包递给惠子，那是从伍尔沃斯商店买来的东西，信纸、邮票和用作遮光窗帘的布料。

“你该走了。”他坚持道。

“我不想离开你。我们才刚到这里。”

“这样的天气，这样的地方，你会生病的。快走吧。我下周还会再来的。我会来找你。”

“探访时间结束！”一个裹着绿色雨衣的士兵一边收拾他的文件，一边吼道，“所有人都离开围栏！”雨水在地面上溅起片片涟漪，淹没了他们的声音。

黑沉沉的云朵完全遮没了太阳，天际变得模糊，亨利觉得天色好像突然从六点钟变成了九点钟。昏暗的灰白色光线照亮了地面，地面上重新变得潮湿和泥泞不堪，像这个星期的早些时候一样。

惠子从围栏间伸过手去，握住亨利的手：“不要忘了我，亨利。我不会忘了你。如果你的父母不愿意和你说话，我会和他们说的。我要告诉他们，你为我做这些，是多么了不起。”

“我还会来的，每周都来。”

她解开又系上外套顶端的一颗纽扣：“下周会来吗？”

亨利点点头。

“我会写信给你。”惠子说。当最后的几个探访者列着纵队离开围栏、朝大门走去时，惠子朝亨利挥手道别。亨利是最后离开的一个。他浑身湿透地站在那里，望着惠子走回牲畜展览馆旁边的一间小小屋子，那里就是她的新家。他几乎能看见自己呼出的白气，天气已经变得非常冷了，但他心里热乎乎的。

天色暗了下来，亨利注意到装着机枪的高塔上亮起探照灯来。塔上的哨兵用探照灯上上下下地扫射围栏沿线，照亮了亨利和其他的探访者——他们正经过大门，在泥泞的路面上艰难地跋涉着，往回走去。亨利转身下山，朝着比蒂太太的货车走去。黑暗中，他仍能看见她宽大的身躯在货车后面捆扎空水果箱。她的嘴上叼着香烟，一闪一闪的烟头照亮了她的面孔。

在大雨抽打地面的哗哗声中，亨利听见了营地传来的音乐声。乐声越来越大，挑战着喇叭的极限。这是那张唱片，他们的唱片，奥斯卡·霍尔登的《猫行巷弄中》。亨利几乎能分辨出谢尔登演奏的部分。乐声在夜空中悠扬回旋，比暴风雨的声音更响亮。门边的一个哨兵开始大声喊叫起来："关掉音乐！"探照灯扫射着第四区的房子，像一只吓人的眼睛，搜寻音乐的源头。

转　移

（1942）

亨利忧心了一整个夏天的新闻终于确定了。他早就知道，这只是时间问题。惠子将被转移到内陆。

和谐营一直都只是一个临时性的营地，等永久性的营地建好的时候，它就会停止使用——永久性的营地将远离易于成为轰炸或入侵目标的海岸线。在沿海地区，每一个日本人都有可能成为间谍——他们能够追踪到军舰和海上供给线的动静。所以，把这些日本人送到越靠近内陆的地方越好。这样我们才会更加安全——那还是亨利的父亲真正和他说话的时候告诉他的。没什么大不了的。虽然他们小小的广东巷公寓里弥漫着可怕的沉默，但父亲的那些话还在他的耳朵里回响。

惠子已经养成了每周给他写信的习惯。有时候她会写上希望他和比蒂太太能偷偷带进营地里去的物品清单。有微不足道的东西，比如一份报纸，也有重要的东西，比如忘带的唱片或者出生证明的复印件。有的时候是实用的东西，比如牙粉或者肥皂。营地里，什么都短缺。

能不能拿得到惠子的来信，亨利一开始并没有把握。父亲会撕烂来自和谐营的任何信件或者便条，这一点亨利是清楚的。然而，是母亲先整理信函，每周看到那封来信后，她都会把它塞到亨利的枕头底下。她一个字都没说过，但亨利知道是她。她尽了最大的努力去做一个服从丈夫的妻子，尊重丈夫的意愿，但她同样也关心她的儿子。亨利想要谢谢她。但即便是在私底下，要表达他的感激之情也是没有礼貌的——那相当于要她承认她打破了亨利的父亲定下的规矩，承认她是有罪的。所以亨利同样一字不提。但他真的很感激母亲。

惠子最近的一封信上说，她的父亲已经离开了。他自愿报名去了靠近俄勒冈州边境的爱达荷州米尼多卡营。他愿意去服劳役——建设营地、餐厅、居住区，甚至学校。

惠子提到过她的父亲过去是一名律师，但现在，他和医生、牙医以及其他的职业人士一道劳作着——现在他们都成了劳工，每天拿着微薄的薪水，在酷暑中挥汗如雨。很显然，他们的辛苦是值得的。自愿报名的所有男人都希望今后能尽量离他们过去的家近一些。而且，他们得到了许诺，一旦营地建好，他们的家人就会过来和他们团聚。另外的一些家庭被拆散了，有的人去了得克萨斯州，有的人去了内华达州。至少冈部一家还将会团聚在一起。

亨利知道时间不多了。这个星期六可能会是他最后一次去和谐营。这将是他最后一次见惠子的机会，此后要再见她，可能要等很久很久。

亨利进第四区已经有十多次了，在厨房，在餐厅，或者在探访者围栏处，隔着带刺的铁丝网，和惠子，有时候还有她的父母聊天；周围是五六组其他的探访者，一整天这里都人满为患。但他从没有进过真正的营地，那片巨大的区域，那片曾是本州核心集市的阅兵场地。现在，在烦躁不安的囚犯们成千上万次的践踏之下，那里是一片灰尘满天（偶尔是泥泞不堪）的田地。

今天会是不同的一天。亨利对这个地方的种种奇特之处已经习惯了。在大门口巡逻的警卫犬，架着机关枪的高塔，甚至随处可见的背着上了刺刀的来复枪的士兵，现在这一切都似乎很正常。但今天，在餐厅里完成例行工作的时候，亨利心里谋划的是去看惠子。不是在围栏那里，他要进营地，他要去找她。

于是，当大部分的囚犯都吃上饭的时候，当排队的人渐渐稀少的时候，亨利借口上厕所离开了那里。另一个帮厨的人会接待那些零星迟来的人。他还没有看到惠子来这里。她总是来得比较晚，这样她才可以慢慢地和亨利说上一会儿话，而不至于耽误队伍后面的人吃饭。

亨利回到厨房，从后门走了出来，刚好从比蒂太太身边经过，她正叼着一支烟，和一个后勤军士说着话。不知道她有没有注意到他，反正她什么也没说，其实她本来就很少说什么。

亨利没有去厕所，而是绕着房子走了一圈，混进了一群日本囚犯中。他们正朝着一座巨大的战利品谷仓走去，那里现在成了一个临时的住所，估计住了三百个人。他把“我是中国人”胸章塞进了口袋里。

如果我被抓住了，亨利想，他们可能永远也不会让我来这里了。比蒂太太将会怒不可遏的。可如果惠子离开了，我也不愿意再来这里了，所以，那有什么大不了的呢？无论怎样，这都将是我在和谐营度过的最后一个周末——惠子也一样。

不知道那些日本男女对于有个中国男孩跟着他们回到住地是不是感到奇怪，反正他们什么也没有说。他们只是用英语和日语相互交谈，聊着即将到来的转移——在营地的各个区里，这样的谈话简直是一模一样的。就在下个星期了，亨利现在已经确定了这一点。

走近第四区大部分人居住的那座巨大的房子，亨利惊讶于这里的生活已经变得多么正常。祖父模样的老者坐在自制的椅子上，抽着烟斗；小孩子们玩着跳房子游戏和四角球游戏；一群群的女人排成一长串洗着衣服；贫瘠的土地上居然开辟出了小小的花园，一些女人正在给花园除草。

亨利从房子正面的入口溜了进去——那是一扇巨大的、滑动式的谷仓门，一直是开着的，好让闷热的谷仓内能吹进点凉爽的风。里面是一排排的小隔间，大部分隔间的门口都用绳子临时挂起了帘子，好保护一点隐私。亨利发现有些幸运的隔间是带窗户的，可以吹到风。而不走运的那些，他们只能凑合了。亨利听到人声嘈杂中，什么地方有人在吹笛子。他吃惊地发现，越往里走，笛声越弱。每个隔间里都住着一家人。明显，这些新来的住户们已经清理干净了这些隔间，闻上去并没有马或牛的臭味。真的连一点那样的臭味也没有，这着实让亨利感到非常惊讶。

亨利沿着一排排临时住所中间的过道走下去，不知怎样才能找到惠子或她的家人。有的隔间门口挂着标志或者横幅——是用日语或英语写成的，或者两种语言都有。但更多的隔间上什么也没有。

这时，他看见了一个帘子上面的横幅，他明白，这就是惠子住的地方。横幅上用英语写着："欢迎来到巴拿马旅馆。"

亨利敲了敲这间隔间上的一根木条。然后又敲了敲，用日语说道："你好。"

"谁呀？"帘子后面传来日语的问话。亨利意识到了这句话的意思。这是惠子的声音。她什么时候学会说日语了？亨利自己又是什么时候开始学会用日语说"你好"的？

"旅馆里还有空房吗？"他问道。

里面安静了。

"可能有，不过你不会喜欢的，地下室的浴室最近人满为患。"

她知道是他。

"我只是路过而已，如果你们有房间的话，介意我停留一小会儿吗？"

"我来问问经理。没有，对不起，我们客满了。如果你愿意的话，可以去两座房子开外的猪棚。我听说他们有非常好的房间。"

亨利走开几步，故意弄出响得夸张的脚步声："好的，谢谢你的建议，祝你愉快……"

惠子拉开帘子："有个男孩曾经追我追到了火车站，不顾四处都是当兵的，跟他比起来，你太容易放弃了！"

亨利转过身，回到惠子站的地方，然后朝整座房子看了一圈，把它的样子记了下来："你的家人在哪里？"

"弟弟一直耳朵疼，妈妈带他去看医生了，我爸，你知道的——他一个星期前就离开了。他在爱达荷州的营地盖屋顶。那将是我们的下一站。我一直想要旅行，我猜这是个好机会。"亨利看到惠子的脸色变得严肃，“你赶来了这里，你已经越界了，不是吗，亨利？”

亨利只是看着她。她穿着黄色的裙子和凉鞋，头发用白色的缎带扎了起来，那是亨利给她的生日礼物上的缎带。一绺绺黑色的头发垂落在脸侧——来和谐营之后，她的脸晒黑了不少。

他耸耸肩：“我能站在这里，就已经破坏了太多的规矩，不过没关系的……”

“我就快离开这里了，你自然是知道的，对吧？”惠子问，“你收到我的信了。你知道的，我们都要离开了。”

亨利点点头，心里十分伤悲，但不想表现出来，他怕那样会让惠子感觉更糟。

“他们下个星期要带我们去米尼多卡。其他的区已经有一些家庭乘巴士去了那里。我真希望你能和我们一起去。”

“我也希望。”亨利坦承，“如果可以的话，我会去的。别说你没想过这一点。”

“是想过你同我们一起去，还是我同你一起离开？”

“都可以，我希望。”

“我没地方可去了，亨利。日本城已经不存在了。我必须在这里，和我的家人在一起。你也必须和你的家人在一起。我能理解的。我们没有多大的不同，你知道的。”

“我没有什么回家的必要了，但我也不能跟你们走，虽然我考虑过怎么想办法混进来——要混进来，跟着你们走，会是多么容易的事情。但我是中国人，不是日本人。他们会发现的。每个人都会发现的。我隐瞒不了自己是什么人。我的父母也会发现的，他们会知道我去了哪里。我们会陷进一大串麻烦里面，最后完全束手无策。”

“那你一路赶来这里是为了什么？难道是比蒂太太和你一起来的吗？”惠子问道，目光扫视着一排排的隔间。

我该怎么说呢？亨利想。我能说出什么重要的、影响非凡的话？“我只是必须来见你。我要告诉你，我深深地为我在学校第一天的做法感到抱歉。”

“我不明白……”

“我害怕你。老实说。我担心父亲会说什么，会做什么。父亲告诉了我那么多的东西——我已经不知道如何思考了。我一个日本朋友也没有，更不要说……”亨利说不出口“女朋友”这几个字眼，但他逐渐减弱的声音已经足以让惠子明白他的意思。

惠子面带微笑，抬头仰望着他，栗棕色的眸子里全是专注。

“我要说的是，这可能会是我们最后一次在一起的机会了——在很长时间内都不会再见了。我是说，我们不知道你什么时候才会再回来，或者你是不是还会再回来。我是说，有些议员希望把你们都送回日本，无论战争是胜是败。”

“没错。”惠子点点头，“我会一直给你写信的——你希望我这么做吗？你的父亲知道我写信给你吗？”

亨利摇摇头。他伸出手去，把她的手拉进自己的手里，感觉她柔软的皮肤，看着她纤细的、因为在营地里劳作而有点脏的手指。

“很抱歉给你的家庭造成了那么多的麻烦，”惠子说，“我可以停止给你写信，如果这样做可以让你在家过得好一些的话。”

亨利长长地呼了口气：“我很快就十三岁了。在故国的时候，父亲在我这个年纪，已经离开家，开始全职做工了。我已经够大了，可以为自己做决定了。”

惠子靠近了他一些：“什么决定，亨利？”

他思索着该怎么说。他在雷尼尔小学的英语课上所学到的，都不能用来描述他现在的心情。他看过那样的电影，英雄抱住姑娘，音乐声越来越强。他强烈地渴望能够用自己的双臂揽住她，抱着她，这样是不是就能阻止她离开。可在他从小长大的家庭里，最强烈的情感表达，也通常不过是点点头，或偶尔的一个微笑。他曾经以为所有的家庭都是那样的——所有的人也都是那样的。直到他遇见了惠子和她的家人。

“我……这个……”亨利吞吞吐吐。

我在做什么？我应该让她走，这样她才能和她的家人在一起——和她自己的群体在一起。我应该放手让她往前走。

“我会想你的。”他说，放开她的手，把自己的手揣进口袋里，盯着脚尖。

惠子愕然：“那是当然了，亨利。”

接下来的一个小时，亨利待在那里，听惠子讲着各种琐事。比如父亲给弟弟做了什么样的玩具，又或是和那个整夜打呼噜又放屁的老太太睡得太近多么糟糕——老太太自己居然一夜都不会醒。时间过得飞快。他们再也没有提到想念彼此或是他们的感受。他们待在一起，甚至是单独待在一起，但他们好像仍站在探访者围栏那里——亨利在一侧，惠子在一侧——中间隔着锋利的铁丝网。

陌生人

（1942）

回家的路途比往日沉默。亨利最后一次望着窗外，注视着落日。注视着农田退去，波音公司的厂区出现，巨大的建筑物上覆盖着伪装网——徒劳地想让整个厂区逃过敌机的轰炸。亨利没有说一个字，比蒂太太好像是出于同情，也没有说一个字。她让他沉浸在自己的思绪中。他想的全是惠子。

所有的囚犯都被送到更靠近内陆的营地去之后，和谐营将重新改作华盛顿州露天集市，正好赶上秋收季节。亨利很想知道，今年去集市的人，走在战利品谷仓里，夸赞着那些俘获来的牛群的时候，会不会有不一样的感受。他想知道，是否有人还会记得，两个月前，整户整户的人就睡在这里。成百上千的人。

可现在怎么样呢？惠子几天后就将启程去爱达荷州的米尼多卡营。俄勒冈州边界附近山脉中一个小小的囚犯劳动营，他想，比得克萨斯州的水晶城要近，但仍像隔着一个世界那么远。

他们的道别很中规中矩。在他决定要放手让她走之后（他提醒自己，这是为了她好），他就一直和她保持着礼貌的距离，不想让他俩中的任何一个为难。她是他最好的朋友。说实在的，不只是朋友，远远不止。一想到她要走，他就心如刀绞，但若要告诉她他的真实想法，然后再看着她走，这不是他那小小的心脏能够承受的。

于是，他说了再见，微笑并挥手，甚至没有拥抱。她把头扭向一边，用手背擦着眼睛。他做了最好的选择，不是吗？父亲曾说过，人生中最艰难的抉择，不是对与错之间的抉择，而是好与最好之间的抉择。最好的选择就是让她走。亨利就是这么做的。

但他的心里充满了疑惑。

让他感到惊讶的是，没有一个人注意到他离开了。或者，确实有人注意到了，但没人关心，没人说什么。真正的情况是，和谐营的居民们就要离开了，营地里的工人们、士兵们，都想回到自己原来的生活中。他们已经完成了他们的职责，他们已经准备好一劳永逸地洗干净曾参与过这桩丑陋事件的双手。

比蒂太太细心地把车停在唐人街上距亨利家住的公寓一个街区的地方，让亨利下了车。她以前从没这么做过。

“我想这事就这样了，”她说，“这个夏天，不要惹麻烦——也不要换学校。我希望这个秋天还会在厨房里看见你，明白吗？”比蒂太太让车的引擎空转着，在仪表板上的一个豆袋椅烟灰缸里掐灭了一支烟。这个烟灰缸是她为预防货车烟灰缸过满而准备的。

“我会小心的。希望你能听到关于你父亲的消息。我想他现在一定过得不错。”亨利说，他想着比蒂太太的父亲，还有弗林特城市号汽轮上的全体工作人员——在德国某处被囚禁起来的商船船队，像惠子和她的家人一样。

比蒂太太微微地笑了，点点头：“谢谢你，亨利。你真有心。我很肯定他会坚持下去的。你也一样。”她费力地给车挂上挡，然后又看了一眼亨利，“惠子也一样。”

他目送着她驾车远去。货车在坎坷不平的街道上一路颠簸，她把手伸到窗外，挥了挥，随后转过街角，看不见了。街道上很宁静。亨利倾听着，想听见谢尔登在杰克逊街演奏的声音，但他只听到了卡车的隆隆声、刹车的尖啸声，还有远处一条狗的吠叫声。

他走上台阶，穿过走廊，来到他家所在的公寓门口，闻到空气中有蒸饭的味道。他到家的时候，门半开着，灯光照了出来。有一个人影在移动，是一个年长男人的轮廓，但不是他父亲。

亨利走了进去。母亲坐在餐桌边，拿着一块手绢在抽泣。她的眼睛红红的，鼻子已经哭得通不了气。亨利看见那个男人脖子上挂着听诊器，于是马上认出了他。是卢克医生，在南国王街上营业的少数几个中国人医生之一——他也上门出诊。上次亨利在学校“从秋千上摔下来”（实际上是挨了查斯·普雷斯顿的揍）导致脑震荡之后，他曾来过。当时亨利吐了，并晕了过去，母亲马上就打了电话给医生。但亨利没什么大碍。母亲虽然流泪了，但情绪也还好。可这一次，她看上去吓坏了，她的身子在发抖。亨利知道大事不妙。

“亨利——你的母亲正说到你。你比我上次来的时候长大了不少啊。”卢克医生彬彬有礼地用中国话说道，但他也很紧张。他不打算告诉我的是什么？亨利想。

亨利的母亲离开椅子，跪倒在地上，紧紧抱住亨利，紧得让亨利感到了疼。

“发生了什么？父亲呢？”亨利问道，在心里猜测着答案。

她撑起身子，擦去泪水，她轻松的语调与她所说的消息并不相称：“亨利，你的父亲中风了。你明白那是什么吗？”

亨利摇摇头。但他模糊地想起了鱼市那个说话滑稽的魏老头，他只能用右胳膊去掂量捉到的鱼。

“亨利，是非常严重的中风。”卢克医生说，他把手放在亨利小小的肩头上，“你的父亲很坚强，很倔。我想他能挺过去的。但他需要休息——至少休息一个月。而且他简直没办法说话。他以后会慢慢地能说一点，但现在，对我们来说会有一段艰难的时期。特别是对于他来说。”

亨利只听到了“他简直没办法说话”。父亲在能说话的时候，也几乎什么都不说。在过去的两个月里，他一个字也没有对亨利说过，哪怕是一句晚安，哪怕是一声喂，或是一声再见。

“他会死吗？”亨利只想起来问这个，他连说话的声音都变了。

卢克医生摇摇头，但亨利明白了什么。他看看母亲。母亲看上去吓坏了，她什么也没有说。她能说什么呢？

“为什么会这样？……怎么回事？”亨利问母亲，也是问卢克医生。

“事情就是这样，亨利。”卢克医生回答道，“你父亲做了那么多的工作，他不是年轻人了。以前在中国的时候，他的日子过得很苦。那些苦日子会让人的身体衰老得更快。而现在，他又是那么忧心，忧心战争……”

一阵内疚的浪涛冲倒了亨利。他被这种情绪淹没了。母亲拉住他的手：“不是你的错。别想这个了。不是你的错——是他的错，你明白吗？”

亨利点点头，好让母亲放心，但他的内心忍受着煎熬。他和父亲几乎没有什么相似之处。他从不理解他。但是，他只有这么一个父亲，他这辈子只有这么一个父亲。

“我能看看他吗？”亨利问。

亨利看见母亲望向卢克医生。医生犹豫了一下，然后点点头。在父母的卧室门口，亨利闻到了焚香的味道，还有某种消毒水的味道。母亲打开角落里的一盏小灯。亨利的眼睛适应过来后，他注视着父亲，看上去父亲是那么小，那么虚弱。他躺在那里，像是床的一个囚犯——被子严实地捂着他急促地、不规律地呼吸起伏的胸口。他面色苍白，一侧的脸是浮肿的，好像它曾经历了一场战斗，而另一侧脸只是站在一旁袖手旁观一样。他的胳膊放在身边，掌心朝上。床柱上挂着一瓶透明的液体，用一根长管子连到他的手腕上。

“过去吧，亨利。他能听见你说话。”卢克医生说，把他往前推了一下。

亨利走到床边。他很害怕触碰父亲会伤害到他，或是把他推得离死神更近。

“没事的，亨利，我想他是愿意知道你在这里的。”母亲轻轻地搂住亨利紧张的肩头，握住他的手，把他的手放到父亲虚弱无力的手指上，“说点什么，让他知道你来了。”

说什么？我现在能说什么呢？用什么语言说？亨利从衬衫上拿下“我是中国人”胸章，放到床头柜上，旁边好像是父亲的药。各种各样的棕色玻璃瓶，有一些上面的标签是英文的，而另一些是草药汤，上面的标签是中文的。

亨利看到父亲睁开眼睛，眨了两下。亨利不知道那张病怏怏的、没有表情的脸的后面隐藏着什么。但是，他知道自己必须说的是什么。“对不起。”他用广东话说道。他感觉到母亲的手抚着他的脸庞，那是母亲在安慰他。

父亲抬眼看着他，艰难地想要活动不听使唤的身体，可哪怕是动一下嘴，都要付出巨大的努力。他竭力地喘息着，想要发出声音，似乎都不能完成。最终，他用手指抓住了亨利的手，但太轻了，亨利几乎感觉不到。他的嘴里滑出一个词：“生人。”

在广东话里，这是“陌生人”的意思，也就是说：“我不认识你。”

十三岁

（1942）

一个月后，亨利长大了，至少他感觉如此。他满十三岁了，两代人以前，中国的许多劳工在他这个年纪就已经离开故土，开始在美国寻找金山——寻找财富。也是在他这个年纪，父亲找到了一份工作，父亲认为这个年纪的男孩已经是男人了。这个年纪的女孩也是女人了，包办婚姻常常就是在十三岁这么早的时候定下的——女孩受的教育一般也就到这个年纪为止了——当然，只有那些结得起婚的人才会这么做。

亨利的生日并没有怎么大肆庆祝。母亲做了年糕，她一般只在特别的节日，如过年的时候，才会做这种糯米甜点。他的大家族中的婶婶和堂兄妹们过来吃了一顿饭，菜色是豆豉鸡和蚝油菜心——都是亨利爱吃的。有钱的金婶婶给了亨利一个利是封，里面装着十张崭新挺括的一美元钞票，这是他一次性收到的最多的钱。她也给了亨利的母亲一个。母亲说了很多感谢的话，但没有打开它。这时候亨利才意识到，如今父亲卧病在床，可能是金婶婶和她的丈夫赫伯在帮助支撑亨利的家。

亨利的父亲要么躺在床上，要么坐在轮椅上，由母亲推着在公寓里走，或是停在收音机前，或是偶尔停在窗户前，让他能够呼吸一些新鲜空气。他什么也不和亨利说，只和亨利的母亲耳语，母亲则是一切都尽可能地顺着他。

偶尔亨利会发现父亲在看他，但一旦被发现，父亲很快会转过头去。亨利想说点什么，他为自己的不听话、为自己导致了父亲虚弱的身体状况而感到内疚。但从某种意义上说，他是他父亲的儿子，他也一样倔强。

惠子已经走了一个多月了。她是8月11日随和谐营的最后一批囚犯一起离开的，目的地是米尼多卡。她再没有写信来。当然，没人能肯定这到底意味着什么。也许那里没有邮寄服务。或者，也许亨利说的那次再见的意思太明显了，她已经把他放到一边，朝前看了。她永远地忘掉了他。无论怎样，他是如此想念她，想到心痛。

特别是在学校，秋期开学了。还有两年亨利才能去加菲尔德高级中学上学。他听说那儿没有种族歧视，大多数的中国人和黑人孩子都去那儿。和雷尼尔不同，那里有多种族组成的班级。而在雷尼尔，他又一次成为唯一的一名非白人学生。午餐时，他还是在厨房里和比蒂太太一道工作。她从来没有提起过惠子。

亨利很少再见到查斯了。自从在日本城恶意破坏房屋被抓住后，他就被雷尼尔开除了。据说他现在上的是贝利·加特泽特小学，那是蓝领工人的孩子上的一所学校，他还是在那里欺凌弱小。偶尔亨利会在城里见到他和他的父亲一起，但也仅此而已。他会朝着亨利龇牙咧嘴地笑，但亨利不再怕他了。亨利想，查斯现在的样子将会是他这辈子的样子，痛苦而且失败。另一方面，亨利仍感觉他没有得到足够的教训。

放学后的工作也让亨利感到空虚，回家的路也那样孤寂。他所能做的只有想念惠子，想着有她在身边的时候，他曾多么快乐。还有他说再见的时候，看着她擦眼泪，他的心里是何等麻木和伤悲。他后悔看着她走，但他更后悔没有告诉她自己是多么在意她。她对他来说有多么大的意义。他的父亲是一个可怕的交流者。在反抗父亲的愿望和父亲的方式之后，他憎恨自己和父亲并没有太大不同这一事实——不管在哪方面。

亨利追随着谢尔登清晰的萨克斯乐声和这些天来总陪伴着他演出的雷鸣般的掌声，又一次孤单地走回到唐人街的黑铁拱门处。谢尔登是在南杰克逊街附近的小夜总会里演出。奥斯卡·霍尔登现在因为公开演讲反对日本城居民所受到的对待，名字出现在了一张警方的监视名单上，很难得到演出机会。这就是说出你的想法的代价——失去让人听到你的歌声的能力。一场悲剧，亨利想。不，不仅仅是悲剧，这是犯罪，偷走了他的能力。他的唱片已经脱销，在某种程度上成了值得收藏的东西，即便是一阵子。

“有那边的什么消息吗？”谢尔登看到亨利，用下巴指了指东边，爱达荷州的方向，米尼多卡的方向。

亨利摇摇头，努力掩饰自己内心的沮丧。

“我去过爱达荷州，没那么糟糕。几年前，在执行禁酒令期间，我有个堂兄越过州界运酒去过波斯特·福尔斯。那里很美，那里的大山啊什么的都很美。”

亨利无精打采地坐在路沿上。谢尔登把他的空午餐桶递给他。

“噢，我已经很久不被别人叫‘年轻人’了，不过，孩子，”他说，“我能在你的眼睛里看到他。我知道你想努力换上一副勇敢的面孔——那副面孔可能连你妈妈也没见过。但是我，亨利，我这辈子见过太多的不幸了。我知道你的感觉，你的感觉很糟。”

亨利飞快地偷看了谢尔登一眼：“什么？有那么明显吗？”

“我们都感觉到了，孩子。看到所有人被那样地集中起来，对有的人来说，那是足以延续一辈子的伤心。在这里，在这个所谓的国际区——你、我、菲律宾人、正在来到这里的韩国人，甚至一些犹太人和意大利人，我们都感觉到了。但你，你所受到的伤害跟我们不一样，你看着她走了。”

“是我让她走的。”

“亨利，无论你让不让她走，她都是要走的。不是你的错。”

“不——*是我让她走的*。虽然我送走了她，可我甚至没有真正地说一句再见。”

谢尔登用手指按着萨克斯上的键，两人沉默了一会儿。“那么，你找些笔和纸，写信给她——”

亨利打断了他：“我连她的地址都不知道。是我让她走的，她连信也没有写给我。”

谢尔登噘起嘴唇，长长叹了口气，合上他的萨克斯盒子，坐在亨利身边冰凉的水泥路沿上。“你知道米尼多卡在哪里，对吧？”

“我能在地图上找到它……”

“那我们去看她吧——他们那里一定有探访时间，就像在皮阿拉普镇时一样。我们俩跳进*神奇大狗的肚子里*，去看她吧。”

“神奇大狗……”

“灰狗长途巴士，孩子！要我一个字一个字地写给你看吗？我们去乘巴士。我现在别的没有，时间倒多得很。我们找个周五出发，周日就回来了，你几乎不会耽误学校的课或别的什么。”

“我不能那么做……”

“为什么，你现在十三岁了，不是吗？在你爸的眼中，你已经是个男人了。你能做出男人的决定，做你要做的事情。要是我就会那么做。”

“总之我不能离开母亲，而且我父亲怎么办？”

“他怎么办？”

“总之我不能离开他。如果他发现我去爱达荷见一个日本女孩，他的心脏会彻底罢工的……”

“亨利。”谢尔登看着他，从来没有这么严肃过，“你爸爸有他自己的心脏问题，那不是你的错。从他还在中国的时候，从他还在你这个年纪的时候起，他就在自己的脑子里、在自己的心里打起了这场仗。你不能为你还没出生的时候的事情负责。你明白我的意思吗？”

亨利站起来，拍拍屁股上的灰：“我要走了。回头见。”他努力挤出一个微笑，然后朝家的方向走去。

谢尔登没有再说什么。

他是对的，亨利想，我已经到了为自己做决定的年纪了。但是爱达荷州，太远了，太危险了。我有什么权利像那样跑掉，去一个我从来没去过的地方？如果我出了什么事，谁来照顾母亲？父亲卧病在床，我现在是家里的男人。我甚至必须退学，去工作，来养家糊口。而且，跑掉也是不负责任的。他越想，越意识到钱不是问题。在和谐营工作挣的钱足以支付他的路费，来自金婶婶的意外收获可以支付其他费用。

不，我不能那么做。现在那么做不现实。

亨利回到家时，父亲在床上，好像睡着了。自从中风后，他打鼾都不像以前那么响了。现在他做的任何事情都好像只是过去那个他的苍白的影子。除了他的责难，像聚光灯一般照着亨利。不管在哪里，亨利都能感觉到。

母亲跟在他后面走上楼来，端着一篮子洗好的衣物。那些衣物是刚从和巷子里其他人共用的晒衣绳上取下来的。“你有一张生日卡。”她用广东话说。她从围裙口袋里取出卡片，递给亨利。那是一个明黄色的信封，稍微有点弯折，有点脏。亨利认得那邮票。

光看字迹，亨利已经知道卡片是谁寄来的了——来自米尼多卡，来自惠子。她没有忘记他。

他看着母亲，有点不知所措，但没有辩解。

“没关系。”她说，端着洗好的衣物走开了。

他甚至等不及回房间再打开它。他就站在那里，小心撕开了口，读起里面的信。页面的顶端，用铅笔和钢笔画着一个小小的生日蛋糕，涂着水彩。上面写着：“生日快乐，亨利！我不想让你走，但我知道我就要离开了，所以你还能怎么做？我不想给你的家人带去麻烦，或者让你和你爸的关系变得更糟。我只是想让你知道，我在想着你。比你所知道的更想你。”

剩下的是关于营地生活的内容。他们在那里怎样有了一所学校，她的父亲怎么样。到了每天摘甜菜的时候，他的法律学位没有帮上什么忙。

信的最后写着："我不会再给你写信了。我不想打扰你。也许你父亲是对的。惠子。"

亨利一次次地读着最后一行，他的手指在颤抖。他看着母亲，母亲现在在厨房里，用余光看着他。她把手放到嘴唇上，看上去很担心。

亨利朝她挤出一个微笑，然后回到自己的房间。他开始数整个夏天存下的钱，还有金婶婶给的红包。他在衣橱顶端找到一个旧行李箱，把足够几天穿的衣服和干净内衣放了进去。

走出房间，他感到自己与刚才走进来的那个人完全不同了。母亲看着他，完全一头雾水。

他提着箱子朝门口走去："我要去公交车站。我几天后回来。不要不睡觉地等我了。"

"我知道你会做正确的事情。"坐在开往瓦拉·瓦拉镇的灰狗巴士上，谢尔登微笑着说，"我知道你有这种潜质——我从你的眼睛就看出来了。"

亨利只是望着窗外，看着西雅图的城市街道变作碧绿的小山，绵延着伸向华盛顿州东西部之间的山隘。他找到谢尔登的时候，他手里的行李箱就是他的朋友所需要的唯一的提示。谢尔登只说了一句："我去拿我的帽子。"随后他们二人就把东西放到一起，朝公交车站走去。在那里，他们买了两张去爱达荷州杰罗姆镇的往返车票，那是离米尼多卡营最近的一个镇。每张票的价格是十二美元——亨利要拿夏天工作攒下的钱给谢尔登买票，但谢尔登拒绝了。

“谢谢你跟我一起来。你不用付钱，我够——”

“没事，亨利，我出城从来没出够。”

亨利很感激。内心深处，他想省下足够的钱。至少足够三张返程票的钱。他要叫惠子和他一起走。他会把他的胸章给她，努力在探访时偷偷把她带出来。在这个时候，无论什么都是值得一试的。她可以待在金婶婶在灯塔山的房子里，这是他的想法。金婶婶不像他的父亲，她对于她的日本邻人没有疑虑。有一次，她自己这么说的，这让亨利很惊讶——总之，她更宽容，更包容。这是个风险很大的赌博，但这也是他在目前的情况下最后的、最好的希望。

“你知道这个地方在哪儿吗？”谢尔登问。

“我知道皮阿拉普镇的和谐营是什么样的。只要我们走得足够近，我们不会不知道它在哪里的。”

“你怎么能这么肯定——”

亨利打断了他。“应该有九千人被关在那里，那就像一个小城了。要找到营地不会成问题，问题是怎样在那么多人中间找到惠子。”

谢尔登朝一个戴皮毛帽子的沮丧的老女人吹起口哨。她回过头来，朝他皱了皱眉头。

亨利不介意坐在巴士的后面。但出于某种原因，谢尔登好像很怨恨这一点。他不时地发牢骚，说这里是西北部，不是南方腹地，巴士司机没有权利在他和亨利上车的时候用大拇指戳向巴士后部。不过，他们还是去了。走这么远，去一个不了解的地方，已经是潜在的麻烦了。坐在最后一排的好处就是，不会有人在他们后面瞪着他们，问问题。亨利几乎陷进了汽车后部的角落里，望着窗外。那些朝后看的眼睛根本无法与谢尔登对视。

“如果我们到了那里，没人愿意租地方给我们过夜怎么办？”亨利问道。

“我们会有办法的。我又不是第一次露天睡觉了，你知道的。”

尽管谢尔登态度乐观，亨利还是有着非常现实的担忧。在所有的日本人从班布里奇岛疏散之前，惠子的叔叔和他的家人曾经想在更靠近内陆的地方重新定居——在那些地方，日本人受到的审查要少一些。有的日本家庭被鼓励自愿离开。有的人甚至认为这样做可以阻止监禁。问题是，没有人愿意向离开城市的那些日本家庭出售汽油，或者租给他们一间屋子。即便确实是空着的地方，也拒绝了他们，或在他们走下汽车的时候，就挂上停止营业的标志。惠子的叔叔只到达了华盛顿州的韦纳奇市，就不得不返回，因为没有人愿意给他加油。他回到了西雅图，和其他人一样，被集中了起来。

亨利想着要在外面睡觉，庆幸自己带了多余的衣服。九月带来了多雨和寒冷的天气，至少在西雅图是这样。谁知道每年这个时候的爱达荷州是什么样子?

六小时后，他们抵达了瓦拉·瓦拉镇，这是一个以苹果园闻名的农场小镇。亨利和谢尔登有四十五分钟的午餐时间，然后他们就要再次上车，前往双瀑市——然后再前往爱达荷州的杰罗姆镇。他们认为，从那里就能去米尼多卡营了。

刚走上人行道，亨利马上感觉到了不自在。好像全世界的眼睛都在看他，还有谢尔登。这里视线所及，没有一个有色人种，连一个印第安人也没有。亨利本以为在这样一个以印第安部落命名的小镇上一定会见到印第安人的。事实上，他们遇到的都是沉默寡言的白人，所有的人都好像在留心他们。尽管如此，没有人表现出不友善。他们只是看着他和谢尔登，同时继续做自己的事情。亨利不安地玩弄着他的“我是中国人”胸章。谢尔登说：“我们去找点东西吃。不要和他们对视，听到了吗？”

亨利知道谢尔登不是西雅图本地人；他是在塔科马长大的，但出生在亚拉巴马州。他的父母在他五六岁的时候就带着他离开了南部，显然，他看到的已经足够多了，所以绝不想再回去。他仍把成年男子和小男孩称作“先生”，或者触一触帽子，称呼“夫人”。但除此之外，他对南方没有一点留恋。从谢尔登对于瓦拉·瓦拉街上的人的快速反应来看，在伯明翰市他也是这样做的。

“我们去哪儿？”

谢尔登看着商店和餐馆的橱窗：“我不知道——也许这里没有我想的那么糟。”

“糟，什么意思？”

“我的意思是，看看吧，你自己就能看出来。没有人真正注意我们。我也没看到橱窗里有‘仅供白人’的标志。”

他们沿着街道往前走，擦肩而过的路人好像都注意到了他们，但他们没有把孩子拉到自己身边，而只是向他们挥手致意。这就更让人困惑了。

他和谢尔登最终驻足的地方是马库斯·惠特曼旅馆——它一定是镇上最高的一座建筑——的大门口。在那里能清楚地看到里面有一个咖啡店。“你怎么想的？”亨利问。

“这儿一定不错。我们走进去，点一些东西带走吧。”

“打包带走？”

“没有任何必要去冒险，亨利，我们已经走了这么远——”

“有什么能帮助二位的吗？”这位年长的绅士一定是从他们身后的马路过来的。他的问题让谢尔登站得笔直，亨利则躲到了谢尔登的身后。“你们二位不是本地人，对吗？”

亨利紧张地吞着口水。

“不是的先生，我们只是路过。事实上，我们这就要回我们的巴士去了……”

“这个，既然你们已经来到了这里，不如上去喝杯什么暖暖身子吧。”亨利看到这个男人扭过脖子，望了望街道尽头的公交车站，“看上去你们还有点时间。欢迎来到瓦拉·瓦拉镇，希望你们还会回来看我们。”他递给亨利和谢尔登一个小册子，碰碰帽子，“愿主保佑你们。”

亨利看着他走远，心里很困惑。这是什么地方，他好奇着。他认为我是日本人吗？他看看自己的胸章，然后抬头看谢尔登，他正一边挠头，一边浏览那本小册子——脸上是虽然惊讶却放心的表情。那本小册子来自一所基督复临安息日会教堂，亨利知道这个组织为被囚禁的日本家庭提供了慈悲慷慨的援助。他们自愿充任教师和护士。原来，这里有一个更大的会众群体，甚至有一所私立的教会大学。

他和谢尔登匆匆地吃了一顿咖啡和烤面包的午饭。吃饭时，他们环视周围，和其他的人做眼神交流。并不是每个人都流露出了害怕的神色，有的人甚至也朝他们微笑。

他们轻松地找到了营地——不过亨利觉得这种方法有点让人感到黯然。和谢尔登在杰罗姆镇下车后，亨利不由自主地注意到了一个巨大的标志，上面写着“米尼多卡战时再安置中心——18英里”。有许多人在登上卡车和汽车，他们都要去往爱达荷州的第七大城市。

谢尔登整理了一下帽子：“再安置中心——他们把这儿搞得像是商会在帮助人们建立新家似的。”

“那里现在是他们的新家。”亨利说。

一个戴护士披肩的女人摇下一辆蓝色轿车的车窗。“你们俩一定是去营地的。要乘车吗？”她问道。

亨利和谢尔登对视了一眼。有那么明显吗？好像公交车站的每个人都有理由北上。他们俩一起用力点头。

“如果你们要乘车，后面的那辆卡车是装载游客的。”

亨利指向一辆巨大的平板式装干草的卡车，上面装着临时的长凳和晃晃悠悠的上车踏板：“那辆卡车？”

“就是它。如果你们要去的话，最好快点，他们不会等太久的。”

谢尔登碰碰帽子，抓起行李箱，用胳膊肘推了一下亨利：“谢谢你，夫人——我们非常感谢你。”

他们走到卡车后面，爬了上去，坐到一对修女和一名牧师身边，他们正在用像是拉丁语的话交谈，偶尔夹杂着一些日语对话。

“看上去好像比你想的要容易，”谢尔登说，把箱子放到两脚间，“也比你想的要大。”

亨利点点头，环视四周。视线所及，他是唯一的亚洲人，更不要说在卡车上。但他是中国人，中国是美国的盟友——而且他是美国公民。这必然是有价值的，不是吗？

朝地平线望去，亨利能看到五英里外的营地。一个巨大的石头烟囱矗立在干旱的、尘土飞扬的田野上。这片田野已经展现出了一个小城市的规划，一切好像都处于建设之中。即便是从远处，亨利也能看见那已经搭建起的一排排巨大的建筑物框架。

谢尔登也看见了。“那一定有一千英亩，轻轻松松。”他说。亨利不知道那是多大，但是，确实很大。

“你能相信吗？”谢尔登问，“好像从斯内克河上突然升起了一座城市。在这么靠近北部的地方，一切都无比干旱、贫瘠，现在他们竟然要把所有的人都扔在这里。”

亨利瞪着那片不毛之地。没有树，没有草，没有花，连低矮的灌木也几乎没有，只是一片勉强维持生存的土地。防潮纸做成的营房，点缀在干旱的沙漠上。还有人。成千上万的人——绝大多数好像都在建筑物上干活，或者在田地里摘棉花、土豆或甜菜。就连小孩子和老人也在尘土飞扬的犁沟里弓着身子干活。每个人都在积极地劳作。

卡车笨重地驶过一段坑坑洼洼的路面，刹车一阵尖啸后，卡车嘎吱嘎吱地停住了。乘客们下车的时候，那些营地工人们被指引向一个方向，探访者们被指引向另一个方向。亨利和谢尔登跟着一小群人涌进一间石头砌成的探访室。风吹过来，亨利闻到了空气中的沙土味道，皮肤也感到了沙粒的摩擦。这片土地干旱、令人焦渴，但空气中有种难以名状的味道，有香草的味道，还有将要到来的大雨的味道。来自西雅图的亨利对这种味道是再熟悉不过了，一场暴风雨就要来了。

在屋里，他们听到了一通关于可以和不可以带进、带出营地的东西的讲话。像烟和酒，只能少量带进去，但像指甲锉这样明显无害的东西却是被禁止的。“我想，一把巨大的钢丝钳是绝对没可能带进去的。”亨利偷偷对谢尔登说，谢尔登只是点点头，摸了摸脑袋。

即便一个中国男孩出现在这里是不太正常的事，但在米尼多卡营来来往往的闹哄哄的人群中，几乎没有人注意到他。即便是亨利自己也对此感到十分惊讶，他起初还以为自己会被刺刀指着，带进营地去。他们怎么做得到？有成千上万的囚犯要处理。每小时都有更多的巴士运来更多的囚犯。营地还在喘息和蹒跚，寻找它的节奏——带刺铁丝网围栏后的一个正在成长的社区。

“希望你能在我们离开前洗个澡。”谢尔登看着窗外说道，“因为他们在那边挖的正是下水道。”

亨利闻闻自己的袖子，又是汗味又是霉味，和巴士上的味道一样。

谢尔登用一块手绢擦着额头：“再有几个月的时间，他们才能用上热水和抽水马桶。”

亨利看着在烈日下劳作的那些日本人。这让他庆幸自己和谢尔登是在室内排队。三十分钟后，他们才得到许可，以探访者的身份登了记。终于，一个档案管理员查看起营地记录，看冈部一家是否已经抵达了。

“他们是教友派信徒。”谢尔登对亨利说，用头点着工作人员的方向。

“和卖燕麦粥的那个人一样？”

“差不多。他们反对战争。现在，他们自愿到营地来，教书，充当护士或是职员——至少我听说是这样。这里大部分的白人都是教友派信徒。不过这里是爱达荷州，所以可能他们中有一些是基督复临安息日会信徒。一样的，我想是这样。”

亨利偷看着桌子后面的白种女人。她看上去像是贝蒂·克罗克——平凡，朴素，愉快。

女人从文件上抬起头来，微笑着说：“冈部对吗？他们在这里。另外还有很多家叫冈部的，不过我想我找到了你们要找的那家。”

谢尔登拍拍亨利的肩膀。

“朝前走，去那间探访室，”她用手指着那边，“他们会帮助你们完成探访的。这个营地组织得像一个城市，有街道和街区。通常，是用信函和传呼电话的方法安排探访的。电话只有从中心办公室才能打出去，否则就会派一个信使去营地的那个区域，贴一张告示在那家人所分配到的营房外面。”

亨利竭力想跟上她所说的，他眨着眼睛，用手蹭着前额。

“至少要一天的时间。”她说，“因为大部分的孩子都在临时的教室里，大人们在营地里干活。”

“干什么活？”亨利好奇地问，他想起了在营地外面劳作的那些人。

“就是干活。不是收甜菜，就是建筑。女人们也有许多办公室的活要做。”她说的时候叹了口气，回到了面前的那堆文件上。

亨利填了一张探访惠子的纸条，他们告诉他，惠子住在第17街区——距离米尼多卡营的这一侧不太远。他想给她个惊喜，于是只写了“探访者”，没有填姓名一栏。充当信使的居然是一个走路有点跛的年长日本男人，他拿过纸条，走了出去。

“可能会花上一点时间了。”亨利说。

谢尔登点点头，看着一群群的探访者拖拖沓沓地走进走出。

亨利坐在一张硬长椅上，一侧坐的是一位抱着几盒赞美诗集的老人，另一侧坐的是一对年轻人，他们带着几篮梨子。亨利望着谢尔登，看他无聊地捏指关节，心里多么希望他带来了他的萨克斯管。“谢谢你陪我来。”他说。

谢尔登拍拍亨利的膝盖：“这是我需要做的。就是这样。你爸知道你来这里了吗？”

亨利肃然地摇摇头：“我告诉了母亲我要离开几天。她一定知道的。我想她并不知道我在这里，但她知道的已经够了。我并不是说她喜欢这样做，但她确实让我走了，而且什么也不问——她所能做的仅此而已了，我想，这是她帮助我的方式。她会一直担心的，但她没事。我也没事。我必须来。我可能再也见不到惠子了，我不希望我在和谐营所说的，或没说的，成为她从我这里得到的最后的消息。”

谢尔登看着人们来来去去：“你还有希望，亨利。等着瞧吧。可能需要一段时间，但总是有希望的。”

这个“一段时间”持续了有六个小时，他和谢尔登等啊，等啊——有时候在石头探访室里面，有时候则在外面踱来踱去。雷雨云已经滚了过来，天色变得昏暗，其实离黄昏还有好几个小时。

最后，亨利拍着行李箱，看着一个写着探访时间到五点半为止的标志。“快到回去的时间了。我们留下了我们的信息。她一定还没看到它。”但我们明天还会来的，她很快就会发现它的，他想。

外面，密集的、大滴大滴的雨点落到干涸的土地上，也敲打着那些临时搭起的屋子和还没建好的军营的铁皮屋顶，奏响一片悠扬的鼓点声。人们四散寻找着避雨的地方。亨利想着那些防潮纸做的屋顶和没建好的屋子。他希望那些地方都是空的，他希望营地里的居民住的都是建好了屋顶的那一排排房子。

“那边有一辆载游客的巴士。”谢尔登用一只手指着，另一只手扶着头顶上用来遮雨的箱子。这场雨已经变成了倾盆大雨。雷声朝远处滚去，但没看到闪电。天还没那么黑。

亨利努力想象着惠子现在在做什么。和其他日本小孩一起从学校回家。那该是多么奇怪的一群人啊——有的只会说英语，有的只会说日语。亨利想着惠子和她的家人住进只有一间屋子的营房，挤在一个管式火炉旁取暖，雨水从屋顶上的洞滴进下面的桶里。他想象她在播放他们的奥斯卡·霍尔登唱片。她会想到我吗？她会像我现在想她一样想我吗？*她会吗*？不，亨利对她的思念太深，以至于看到了西雅图街道上的她，听到了她的声音。纯真的、小小的身影。闪着光，说着纯正的英语，像现在一样，在暴风雨的滚滚雷声中，喊着他的名字。好像她就在那里一样，好像她从不曾离开一样。他多么喜欢听她叫他的名字！

亨利。从他们在厨房见面的那天开始。*亨利*。到他无助地看着她和她的家人登上开往和谐营的火车的那可怕的一天。*亨利*。最终，当他说再见，让她走，不想把事情弄得更复杂、而想做个好儿子的时候，她用他从没见过的有所保留的、谨慎的方式说了*再见*。

那声音这些周以来一直萦绕在他的耳边。

“亨利？”

她在那里。站在雨里，站在已经关门的石头砌成的探访室的外面，站在紧锁的大门和一排排带刺铁丝网的后面。她穿着那条黄裙子和一件灰色的毛衣，湿答答的衣服从她小小的肩头垂下来。她跳过泥水坑，奔到围栏边。“亨利！”她的手里握的是信使传递过去的那张皱巴巴、湿漉漉的纸条。

亨利的眼睛全湿了，他用衣袖抹去脸上的雨水，把手伸过他们倚靠的围栏，握住她的胳膊。他的手滑了下去，拉住她的手——虽然下着冰凉的雨，她的手却温暖得令人难以置信。从带刺铁丝网的空隙之间，他的额头压上了她的。他们靠得如此近，惠子眨眼的时候，亨利几乎能感觉到她的睫毛。尽管雨水沿着他们的脸颊滚落，浸湿了他们的衣领，但他们的亲近让他们的脸差不多还是干的。

“你来这里做什么？”她眨掉顺着一绺湿发滴进她眼里的雨水。

“我……我十三岁了。”亨利不知道除此之外他还能说什么。

惠子没有说话，只是把手伸过铁丝网，用胳膊搂住他的腰。

“我离开了家。我来这里见你。我年纪够大了，可以为自己做决定了，所以我和谢尔登乘上了一辆巴士。我有事情要告诉你。”

亨利低下头，惠子栗棕色的眸子里好像反射着九月灰色的天空中某种看不见的东西。某种从内心开始焕发热量的东西。

“对不起……”

“对不起什么？”

“我没有说再见。”

“你说了再见……”

“不是用我该说的方式说的。我太担心我的家人，担心所有的事情。我糊涂了，我不知道自己想要的是什么。我不知道该怎么说再见。”

“所以你赶了这么远的路，来到这里，只是要对我说再见？”惠子问。

“不是。”亨利说，内心有点触动。冰凉的雨浇在他身上，但他已经感觉不到了。他用手温柔地搂住她的腰时，他的夹克被带刺铁丝网钩住，挂烂了。他的手指摸到了她湿透的毛衣。他向里面靠着，额头压着冰凉的铁丝网。不知那里是不是有什么尖锐的东西，他已经感觉不到了。当惠子也靠过来的时候，他只感觉到了惠子的脸颊，被雨淋湿的脸颊。

“我来是为了这个。”亨利说。这是他的初吻。

谢尔登·托马斯

（1986）

亨利从雨中走进炉底石疗养院的回廊，这是西雅图西区的一家疗养院，离方特勒罗伊轮渡码头不远，这个轮渡码头是连接西雅图和瓦申岛的。埃塞尔过世后，他来得更勤了，反正他有大把的时间。

炉底石疗养院是西雅图西区一所比较好的疗养院，反正在亨利看来是好的——他现在在疗养院方面是专家了。在他不喜欢的那些疗养院方面，他更是专家。那些冰冷的、灰色的地方——像他竭力不让埃塞尔住进去的那些州立机构。那些小窗户的、煤渣砖砌成的建筑，人们聚在那里，孤独地等死。相比之下，与其说炉底石疗养院是一家养老院，不如说它更像一幢纯朴的狩猎人小屋。

入口处装饰着用鹿角制成的枝形吊灯。不错的风格，亨利想，他沿着熟悉的路朝一边的侧厅走去。他没有在护士台停步，直接走到了42号房间，轻轻敲响门。门上方的名牌写的是，“谢尔登·托马斯”。

没人应门，亨利把头探了进去。谢尔登在抬高的病床上半竖立地睡着。曾经结实的面颊，在吹萨克斯的时候曾像气球般鼓起的面颊，如今满是褶皱，皮包骨头。他的手腕上打着点滴，软管沿着他的上臂，绑在他饱经风霜的、皱纸袋般的皮肤上。一根透明的塑料管绕过他的耳朵，挂在他的鼻子下方，把氧气输进他的肺里。

一个年轻护士走到亨利身边，拍拍他的胳膊。她可能是新来的，亨利不认识她。“你是他的朋友还是家人？”为了不打扰谢尔登，她轻声在他耳边问道。

这个问题像一根美丽的弦一样悬在那里，在空气中鸣响。亨利是中国人，很明显谢尔登不是。他们看上去完全不像，一点也不像。“我是他的远亲。”亨利说。

这个答案好像已经够了。“我们就要叫醒他，让他吃药了，”护士说，“所以这是探访的好时机。他也可能很快就会自己醒过来。如果你需要什么的话，我就在外面。”

亨利半关上门。除了他的老朋友身上连着的各式各样监视器上面亮的红灯，房间里唯一的照明是一盏熔岩灯，顶端有个亮紫色的蝴蝶结。窗帘是拉开的，多云的午后，微明的光线照射进来，温暖了整个屋子。

墙上一个落满灰尘的镜框里装着一张45转的金唱片，那是20世纪50年代后期谢尔登的乐队录制的单曲。旁边还有谢尔登和他的家人——子辈和孙辈的照片。浴室门上，还有从天花板悬挂下来的电视下方的墙上，点缀着用蜡笔和记号笔画成的图画。床头桌上放着一小堆照片和活页乐谱。

亨利坐到床边的一把旧椅子上，看着一张新的生日卡。谢尔登上周刚过完七十四岁生日。

众多监视器中的一个哔哔地叫起来，然后又安静了。

亨利看到谢尔登先是张开嘴，无声地打了个呵欠，然后睁开眼睛，眨了眨，适应了一下光线。他看到了亨利，仍旧是露出金牙的咧嘴微笑。“好，好……你来这里多久了？”他问，伸出手去，摸了摸光秃秃的头顶，抚平残余的白发。

“刚刚到这里而已。”

“已经是星期天了吗？”谢尔登醒悟过来一般问道，在病床上挪了挪身子。

埃塞尔过世后的这几个月来，亨利养成了在星期天的下午来到这里，和谢尔登一起看海鹰队橄榄球比赛的习惯。谢尔登会在一名护士的帮助下坐到轮椅上，他们两人一起去大娱乐室，那里有一台巨大的投影电视。但近几个星期，谢尔登一直没什么力气，所以现在他们只在这间安静的屋子里看比赛。偶尔亨利会偷偷带进来一包香辣鸡翅、伊瓦尔海鲜店的蛤肉羹或其他谢尔登爱吃的东西——护士通常不允许他吃这些。但今天他没有带这些。

今天不是有海鹰队比赛的星期天，他带来了和以往不同的东西与谢尔登分享。“这周我来早了。”亨利大声地说，好让谢尔登不用戴上助听器也能听见。

“什么啊，你认为我撑不到星期天了吗？”谢尔登笑起来。

亨利只是对着他的老朋友微笑：“我找到了一样东西，我想你一定喜欢。多年来我一直在找的一样东西——你也一直在找的一样东西。”

谢尔登瞪大了带血丝的眼睛，望着亨利，他松弛的面颊上露出生气勃勃的惊愕神情。亨利很久没有看到他这样的神情了。

“亨利，你是要给我一个惊喜吗？”

亨利微笑着点点头。他知道，奥斯卡·霍尔登的那张老唱片对于谢尔登来说同样意义重大。也许原因不同，但它对他们两个来说，都意味着全世界。1942年，是奥斯卡·霍尔登让谢尔登有了第一次登台的机会。战争结束，夜总会重新开业后，他又跟着霍尔登表演了一年的时间。几年后，奥斯卡过世，他组建起了自己的乐队。奥斯卡帮助他赢得的街头认同，令他获得了许多长期演出的机会，他甚至与当地的一个音乐厂牌签订了一份金额不大的录音合同。

“好了，我不会变年轻的，圣诞节快到了。”谢尔登说。

“现在我找到它了，但有个问题——在你能够播放它之前，它还需要一点点修复。”

“没关系。”谢尔登说，用颤抖的手指轻触前额，“每晚我都在脑子里奏着那首歌。我听得到。我在那里的，你记得吧？”

亨利把手探进包里，拿出那张78转老唱片。它仍放在最初的封套里。他把它拿给谢尔登看。谢尔登伸手去摸索桌上的老花镜时，亨利又把唱片标签上的字读给了他听：“奥斯卡·霍尔登与……”

“午夜蓝调。”谢尔登抢着说。

亨利把唱片递给了老朋友。谢尔登将唱片捂在胸口，闭上眼睛，好像在听某处，某时，很久很久以前，奏起的音乐声。

等　待

（1942）

亨利醒来时，发现自己躺在地板上一张肮脏的、填充着稻草的垫子上。他听到雨水从屋顶上漏下来，滴滴答答地滴进一个半满的洗衣盆里。盆子所在的位置是作为冈部家起居室那间屋子的正中间。他的右边，有个用帘子分隔开的区域，一边睡的是惠子和她的弟弟，一边睡的是惠子的父母。

他能听到惠子的母亲在轻微地打鼾，伴随着雨水敲击在铁皮屋顶上的砰砰声，构成一种让人放松的、旋律优美的声音，让亨利感觉自己仍在梦中。也许他实际正躺在家里自己的床上，窗户的下面是广东巷，尽管母亲希望他关窗户，窗户还是啪的一声打开了。亨利闭上眼睛，吸了口气，他闻到了雨的味道，但不是西雅图带着腥味和咸味的空气。他在这里。他赶到了米尼多卡来。他甚至走得更远，他来到了惠子的家里。

她不想让他走，他也不想走，于是他和惠子在探访室的另一边见了面。所有的一切都设计了防止人逃走的功能，却并不防止人溜进去。让亨利感到十分惊讶的是，他并没有花太大的力气。他告诉谢尔登，明天再同他会合，谢尔登虽惊讶却十分赞同，然后，他从一群抱着课本、担任老师的教友派信徒手中拿过一叠书，跟着他们，经过守卫身边，走了进去。这是他这辈子头一次享受到被白种人当成是日本人——他们中的一员——的好处。

亨利翻了个身，揉揉眼睛，呵欠打到一半就呆住了。惠子躺在她的床上，面朝着他，下巴撑在胳膊和枕头上，正盯着他看。她的头发乱蓬蓬的，一些垂到脸上，一些直立着，但看上去还是那么好看。她微笑起来，亨利这才缓过神来。他不敢相信自己在这里。他更不敢相信的是，她的父母竟然允许他待在这里。要是他的父母，可能早就把他扔出去了。但她说没关系，确实是这样。对于能在临时的住处，在带刺铁丝网、探照灯和机枪塔的包围下，接待一位客人，她的父母好像很高兴，甚至怪异地感到很荣幸。

惠子进屋的时候，亨利几乎不敢迈进门去。她的父母很困惑又很高兴亨利能够大老远地赶来这里，然而，他们看上去好像并不是太惊讶。他推断是因为惠子一直没有忘记他，而且事实上，可能刚好完全相反。

他换了一头睡，这样可以离惠子更近一些。他面朝她躺下去的时候，用手工缝制的棉被裹住了自己。她离他只有几英尺的距离，他看到她拨开了遮住眼睛的头发。

“我昨晚梦到你来看我了，”惠子轻声说，“我梦到你因为想我，所以大老远地赶来了。在我醒来的时候，我确定这只是一个梦，可当我抬头望去的时候，你就在那里了。”

“我不敢相信我会在这里。我不敢相信你的父母——”

“亨利，这不是我们两个人的事。我以为是，但他们并不是根据你戴的胸章来认识你这个人的。他们是从你的所作所为、你的一点一滴来认识你的。你不顾你的父母来到这里，这告诉了他们——还有我，很多。他们首先是美国人。他们不是把你看成敌人，而是把你看成一个人。”

这些话是一种奇怪的慰藉。这就是接受吗？接受就是这样的感觉吗？他不习惯这样的亲密感，他感到不适应、手足失措，就好像用左手写字，或是把裤子穿反了一样。他看着熟睡的惠子父母。他们待在这个湿冷的地方，好像比亨利自己的父母待在温暖舒适的家里更加平和、宁静。

“我今天必须离开。我和谢尔登今晚要赶一趟巴士。”

“我知道。我知道你不能永远地留下来。别的家庭会告发我们的。我们没办法永远把你藏在这里。”

“你能保守一个秘密吗？”亨利问。

惠子坐了起来。这一定勾起了她的兴趣，亨利想。她把枕头放到腿上拍了拍，用毯子裹住肩膀，伸出两个手指：“以名誉担保。忠诚的朋友。”

“我来这里想的是要偷偷把你带出去，而不是你偷偷把我带进来。”

“那你要怎么做到呢？”

“我不知道。我猜，我想的是给你我的胸章，像在火车站——”

“你是最可爱的，亨利。我也希望我可以，我真的希望如此。但你回到家，就真的有大麻烦了。如果你带着我回家，你真的会有大麻烦。我们都会被扔进监狱的。

“那么，你想知道一个秘密吗？”

亨利喜欢这个游戏，他点点头。

“我会去。所以不要叫我，因为我会和你回去的。我会想尽一切办法。”

亨利受宠若惊，更是感动。他领会了她的意思。

“那我想，我会等着你。”

“我会给你写信。”惠子说。

“糟糕的局势不会永远持续下去，对吧？”

他们都转向窗户，透过被雨水淋湿的玻璃，看着附近的屋子。惠子脸上的笑容消失了。

“我不在乎多久。我会等着你。”亨利说。

惠子的母亲停止了打鼾，微微动了动，醒了过来。她看看亨利，有一阵子的困惑，然后灿烂地微笑起来：“早上好，亨利。做一天囚犯的感觉如何？”

亨利看着惠子：“我一生中最美好的一天。”

惠子的脸上重新浮现出笑容。

和惠子一家吃的早餐是米粥和白水煮鸡蛋。不花哨，却能吃得很饱，亨利迅速爱上了它。冈部家好像很高兴能住进比皮阿拉普露天集市那摇摇欲坠的马厩要结实得多的地方。惠子的母亲沏了一壶茶，惠子的父亲读起了一份营地内印刷的报纸。要是不看单调的环境和他们朴素的衣着，他们与其他的美国家庭没有什么两样。

“不必总是去餐厅了，这是不是挺好的？”亨利竭力在饭桌上用英语做礼貌的闲谈。

“在下雨的日子里，这样当然好。”惠子的母亲停下咀嚼，微笑着回答。

“我还是不能相信我在这里。谢谢你。”

“我们这里现在差不多有四千人了，亨利，你是我们的第一位客人，我们很高兴。”冈部先生说，“下个月应该还会有六千人来到这里，你能相信吗？”

一万人？亨利无法想象这么巨大的数字：“有那么多人，他们就不怕你们接管了营地吗？”

冈部先生为他的妻子又斟上一杯茶：“啊，这是一个非常复杂的问题，亨利。也是我思考过的一个问题。这里可能只有两百名哨兵和军队人员——而我们的人那么多。就算只数男人，我们这里也有一整个团。你知道是什么让我们不那么做吗？”

亨利摇摇头。他完全不知道。

“忠诚。我们仍然忠于美国。为什么？因为我们也是美国人。我们不同意他们的做法，但我们会用服从来显示我们的忠诚。你明白吗，亨利？”

亨利只是叹了口气，点点头。他太了解那个概念了。有着切身的了解。服从是忠诚的标志，是敬意的表达，甚至是爱的举动，在他家里，这是一个老生常谈的话题。特别是在他和他的父亲之间。但现在不是那样了，是吗？是我导致了父亲的中风吗？那是由我的不服从造成的吗？不管亨利怎么样推理，他也无法让自己相信答案是否定的。他的负罪感挥之不去。

“但对他们来说，就连这样都还不够。”惠子的母亲补充道。

"从某种意义上说，是的，"冈部先生说，啜了口茶，"有传言说，战时再安置局计划让十七岁以上的男子签署一份对于美国的效忠誓言。"

"为什么？"亨利困惑地问，"他们怎么能把你们放到这里，还期望你们宣誓效忠于他们？"

惠子插话进来："因为他们希望我们为他们去打仗。他们想征发男兵去与德国人作战。"

在亨利看来，这与他父亲送他去上一所全白人的学校、戴着一个"我是中国人"胸章一样没道理。

"而且我们会高兴地去的。我会去的。"冈部先生说，"我们大多数人在珍珠港刚遭到轰炸后都自愿提出了参军。大部分人都被拒绝了，许多人当场受到了攻击。"

"可你为什么愿意那么做，你为什么愿意去？"亨利问。

冈部先生笑了："看看你的周围，亨利。和我们住在公园大街上的时候不一样了。只要有任何事情可以帮助减轻我的家人遭受的苦难，受到的监视和侮辱，我都愿意做。我们大多数人都愿意做。更重要的是，对于某些人来说，我们能够证明我们是美国人的唯一方法就是为了美国而流血——无论我们受到了什么样的待遇。事实上，正因为我们受到了这样的待遇，所以，这样做才更加重要。"

亨利开始理解和体会到了那个由不公正和矛盾织就的复杂网络中的情感："他们打算让你们什么时候去打仗？"他问。

冈部先生不知道，但他猜想会在营地建成后不久。一旦他们干完了这里的活，就可以被用到其他地方了。

"关于打仗的事情就说到这里吧，亨利，"惠子的妈妈打断了他们，“我们得想想今天怎样把你弄出去。”

“没错，”冈部先生说，“你这么大老远赶来这里追求惠子，我们感到很荣幸，但这里是一个非常危险的地方。我们已经习惯了这里，所以那些士兵们对我们来说不算什么。可是，在我们到达这里之前一个星期，这里发生过枪击。”

亨利的脸色有点发白，他感觉自己脸上的血都流走了。他不太确定是什么让他这么紧张：他来到这里被视为一场正式追求中的一部分（他想应该是这样的），还是有人被枪击。

“呃，我想我还没请求许可……”亨利说。

“离开？”惠子的母亲说。

“不。许可我追求你的女儿。”亨利再次提醒自己，他现在已经和父亲与母亲订婚时的年纪一样大了，“我可以吗？”

亨利感到有点不自在和奇怪，并不是因为他感觉自己还十分年轻，而是因为他从小到大都知道这样一个中国传统：两家人之间要由一个人来充当中间人。传统的求婚涉及两家之间相互交换礼物和订婚信物。现在那一切都是不可能的。

冈部先生赞许地看了他一眼，亨利一直希望自己能从父亲那里看到这样的眼神。“亨利，在你对我女儿的爱意上，你表现出令人难以置信的光明磊落，而且你一直在帮助我们一家。你得到了我完全的许可——如果在我家地板上睡觉还不够算是许可的话。”

亨利精神抖擞，简直不敢相信自己请求了什么和听到了什么答复。忧心起父亲的时候，他痛苦地做了个怪相，但他看到惠子在桌子那边向着他微笑。她伸过手来，给亨利斟了一杯新鲜的茶，端给了他。

"谢谢你。谢谢这一切。"亨利仍有些晕眩地啜饮着茶。冈部一家是如此随和、悠闲，如此美国。即便是提到他们在米尼多卡营遇到的可怕事情的时候，也仍是如此。

"那枪击是怎么回事？"亨利问。

"哦，那个啊……"冈部先生说这话的样子，让这件事显得更加奇怪。它明明是一件坏的事情，可他对于生活中的苦痛已经如此习以为常。住在这里一定会让人变成这样的，亨利想。

"一个男人。我想他的名字是冈本。他是去拦一辆走错了方向的建筑卡车，结果就被击中了。是一个担任护卫任务的士兵开的枪。当场击毙了他。"冈部先生努力克制着自己，说道。

"他怎么样了？"亨利问，"那个士兵，不是被击中的那个人。"

"没什么事。他们对他处以了罚款，因为他未经授权使用政府财产。就这样。"

亨利感到所有的人都沉重地沉默下来。

"什么使用？什么财产？"过了一会儿，他问道。

冈部先生一时说不出话来，他看了一眼他的妻子，深深吸了口气。

"那颗子弹，亨利，"惠子的母亲讲完了这个故事，"他受到了罚款，因为他未经授权使用了杀死冈本先生的那颗子弹。"

再　见

（1942）

因为是星期六，惠子不用上学，又因为有亨利这个非常特别的客人在，惠子的父母允许她今天不做家务——仅此一次。所以，在惠子的母亲洗衣服和缝补，惠子的父亲帮助新来的家庭搬进他们的街区的时候，亨利坐在屋外的台阶上，和惠子聊了大半个下午。如果营地里还有更安静、更浪漫的地方，他们会找到的。但这里没有公园，连一棵比矮灌木高的树都没有。所以他们只好肩并肩、脚碰脚地坐在水泥街区里。

“你什么时候离开？”惠子问。

“五点三十分的哨声吹响的时候，我就和那些志愿者一起离开。我会在大门那里和他们挤到一起，戴上我的胸章，希望能够出去。谢尔登会在那里等我，所以至少有人为我做证。”

“如果你被抓住了怎么办？”

“那也不会有多糟糕，不是吗？我就可以留在这里，和你在一起了。”

惠子微笑起来，把头靠在亨利的肩膀上：“我会想你的。”

“我也是，”亨利说，“但我会等你，等到这一切结束。”

“如果需要很多年呢？”

“我也会等。另外，我需要时间找到一个好工作，存下钱来。”亨利简直不敢相信自己正在说什么。一年前，他还在雷尼尔小学的厨房里工作。现在他说的是要照顾某个人。听上去，是那么“成熟”，甚至有点吓人。当他们都在围栏外面的时候，他甚至没有真正和惠子约会过。但订下一桩婚事需要花一年甚至几年的时间。在他的家里，父母常争论是否该按照传统给亨利找一个媒人，不过什么都没定下来。他们会让他和美国女孩约会吗？现在父亲那么虚弱，一切都没关系了。尽管亨利有负罪感，但从现在开始，他必须为自己做决定。他会跟着内心的意愿走。

“你会等我多久，亨利？”

“有多久等多久，我不在乎父亲说什么。”

“如果我变成老妇人了呢？”惠子笑着说，“如果我一直在这里待到变老、头发变白——”

“那我会给你拿一根手杖来。”

“你会等我吗？”

亨利微笑着点头，拉起惠子的手。他甚至连看都没看，他们的手好像自己就放到了一起。在那片多云的天空下，他们度过了一天中的大部分时间。亨利抬起头，估计着雨势，但带着寒意的风把云都吹往营地的南边去了。不会再下雨了。

时间一小时一小时地过去，他们谈着音乐、奥斯卡·霍尔登，还有当惠子一家回到西雅图时，生活会变成什么样。亨利不敢告诉她日本城已经消失。一座座建筑，一个个街区，已经完全变了，被售卖一空，重新改建了。他不知道在他们出去之前，有多少东西（如果有的话）能够剩下。巴拿马旅馆和日本城的其他部分一样，已经用木板封起来了，像一个昏迷的病人一样沉睡着——你永远不知道他们会不会坐起来，还是越睡越沉，永远也不会醒来。

在米尼多卡营里工作的夜班志愿者们来换班的时间到了，亨利再一次和惠子的家人说了再见。就连惠子的弟弟都好像对亨利带有一种向往之情。我猜，连他都知道我和外面世界有联系，那是他得不到的一种自由，亨利想。

他拉着惠子的手，一直走到离志愿者们出去的大门尽可能近的地方，再往前走就会被看见了。他们站在一幢小屋后面，等着工人和传教士的队伍经过这里，那时候亨利就可以混进人群里，朝大门走去了。他希望谢尔登会在大门外面等着他。

“不知道什么时候才能再见到你。这次来见你，我把我的钱都花得差不多了。”他告诉惠子。

“不要再来了。就等着吧，还有写信。我就在这里——你不要担心我。我在这里很安全，而且总有一天会出去的。”

亨利紧紧地抱住她，感觉她小小的胳膊搂着他的肩膀。他把头靠过去，在秋天清凉的空气中，感受着她面颊的温热。他低头望向她的眼睛，他们的额头挨在了一起，他看见她的眼里反射着天空中缓缓飘过的云朵。他把头朝左边侧去，她也一样，两人的唇间印下一个轻轻的吻。他睁开眼时，看到的是眼中满含笑意的她。他再一次抱了抱她，然后把她放开——朝后退去，挥着手，本想尽量不要笑得太明显，但他忍不住。

我爱她。亨利因为这念头而停下了脚步。他甚至连那是什么、或者意味着什么都不知道，但他感觉到了，在他胸口燃烧着——他的心中充满感动。别的一切好像都不重要了。闷不作声地朝带刺铁丝网大门涌去的那群营地工人，不重要了。上面高塔里的机枪，不重要了。

亨利开始挥手，然后不由自主地脱口而出“我爱你”，并慢慢放低了他的手。她站的位置离得有些远，已经听不到了，或者，可能他并没有说出声，但她已经知道了。她用手摸摸心脏的位置，再指了指亨利，从口型上看，她说的是同样的一句话。亨利微笑起来，点点头，转过身，朝大门走去。

愤怒的一家

（1942）

在回家的漫长车程中，亨利陷进座位里，很少说话。他想象着自己给父母造成的担心，真的感觉很差。但他是非去不可的。所有后果他会自己承担。他心里有种奇怪的、持续的慰藉感，因为他知道他再不会更严重地辜负父亲了。不会了。他还能怎样令他失望呢？他还能怎样控制亨利以示惩罚呢？

可是母亲。他担心她。他在枕头上另留了一张纸条给她。留下这小小的东西，是为了让她不要担心——不要太担心。他在纸条上告诉她，他要去看望惠子，有个朋友会陪他一起去，如果顺利的话，他会在星期天晚上晚一些的时候回到家里。他衣橱上的存钱罐空了，所以她会知道，他有足够的钱支付路费。但他长这么大，从来没在外面过过夜。这会让她非常担心，尤其是，父亲还生着病。

亨利离开西雅图的时候，曾想象自己与十三岁离家的父亲有同样的感受。害怕，兴奋，又困惑。对于父亲而言，十三岁离家是一件值得骄傲的事情，可是，在心底，亨利却感到了极大的空虚和伤悲。现在，在回家的车上，他知道了父亲的感受。伤痛而孤独——但仍需要去做该做的正确的事。对父亲来说，是助中国的事业一臂之力。对亨利来说，是助惠子一臂之力。

终于，他和谢尔登在西雅图的公交车站说了再见。尽管已经在车上睡了一整天，亨利仍感到筋疲力尽。

“你回家去不会有问题吧？”谢尔登问。

亨利打了个呵欠，点点头。

谢尔登看着他，担忧地抬高了眉毛。

“我不会有事的。”亨利再次向他保证。

谢尔登伸了个懒腰，说道：“谢谢你，先生，祝你今天过得愉快。”然后提着箱子，沿着南杰克逊街的方向，朝家走去。

亨利向谢尔登保证过不会有事。但现在，走在通往公寓的台阶上，他意识到，这里不再有家的感觉了。它好像变小了，更约束人了。但他知道，他当初就是从这里离开的。

门没有锁。是个好兆头。

里面漆黑一片，静悄悄的。他们小小的家里闻起来总是潮潮的，混杂着蒸饭的味道和父亲最爱的骆驼牌香烟燃烧的味道。母亲也抽这种烟，但没有父亲抽得多。父亲病倒后，这件事情上有了变化。他抽烟的能力消失了，他也失去了抽烟的欲望。他剩下的意志好像就在于否认亨利的存在和在地图上关注中国的战争。

只有厨房里的一盏小陶灯还亮着，那是母亲许多年前在玉芬工艺商店做的，那时亨利还没有出世。在亨利出世前，她过着那样不同的一种生活。他很想知道，如果他离开的话，母亲会不会回到那样的生活里。灯的旁边放着一小盘食物，凉了的米饭和鸭肉做的腊肠。是亨利最爱吃的。

亨利抬头望去，父母的房门紧闭。亨利不知道哪一个更让他惊讶，是母亲留下这样的一顿晚餐给他，还是她没有坐在这里等他，准备揪住他的任何一个借口不放。

静寂得让人有些发呆。

他抓过一双筷子，端起那盘食物朝自己的房间走去，把他的小箱子也放在了房间里。他往床上看去的时候，发现那里放着一套巨大的黑色西服，不禁愣了一下，心生疑惑。地板上放着一双棕色皮鞋，看上去大了两码。西服外套的剪裁明明是西式的，口袋上却有螺旋状的刺绣图案，是母亲做的——现代，又加了一点东方的风格。保持现代世界中的一种存在感。

突然他被一个念头击中。*父亲死了*。

亨利长这么大，从没穿过这么好的西服。他所穿过的最好的衣服是一次又一次穿去雷尼尔小学的那些。他每隔几天穿一套，尽全力保持整洁，然后母亲会用手洗干净这些衣服，然后晾干，好让他可以再次穿。尽管他在学校因为太穷买不起其他的校服而遭到了无情的取笑，可在母亲看来，儿子的形象确实是头等大事。

亨利摸到这套西服的高档面料时，意识到它不是白色的。如果他穿着这样的一套西服去参加父亲的中式葬礼，母亲肯定会坚持要他这个亲生儿子穿上传统的颜色。白色才是葬礼的颜色，不是黑色。这套西服绝对不行。

亨利打开门，走过走廊，来到父母的房间。他朝里偷看，看到母亲在睡觉，也看到了父亲的轮廓。他还听到了父亲刺耳的呼吸声，和三天前他离开时比起来，没有变好也没有变糟。父亲没死。亨利舒了口气，心中的内疚感减轻了一点，多了点隐约的轻松。

回到自己的房间，亨利坐在床上，看着西服，吃着已经凉了的晚饭。腊肠是甜味的，很有嚼头，也很新鲜。一定是母亲在他不在家的时候做的。嚼到最后一口时，他看到西服外套内侧贴胸口袋里，一个小小的信封露出了一角。

他伸过手去，打开外套。这衣服看上去对他来说太大了。这是母亲的一贯做法。不管什么东西都要为长个子留下富余。不管什么东西都要能穿很久。

他拉出信封，摸着上面的标签，"中国共同航运公司"——这是一家轮船公司。亨利不用打开信封就已经知道里面是什么了。是船票——回中国的船票。

"那是给你的。是我和你的父亲给你的。"母亲穿着一件花睡袍站在门口，用他熟悉的广东话对他说。他已经整个周末都没说广东话了。"日本被打败了，"她说，"中国军队把日本军队永久地赶出了南方。你的父亲已经决定了，你现在就回广东去。去上完在中国的课程。"

亨利站在床边，面对着母亲。在乘车回家的路上，他听到了关于瓜达康奈尔岛战役的最新报道。但他的父母，永远是站在中国的立场上来看待和日本的战争的。他们打的是一场不一样的仗。然而，亨利现在已经十三岁了，在父亲眼中，这是成为男人的年纪。而同样是在父亲眼中，亨利已不再是他的儿子。可现在，父亲给了亨利他最希望亨利得到的一样东西——回中国，一个亨利从不了解、从没去过的地方的机会，和他从没见过的亲戚们生活在一起。

在父亲看来，这是他所能给予亨利的最珍贵的东西。尽管亨利害怕这一天的来临，但他的内心有想去的意思，至少，在他回来的时候，他能够理解是什么造就了父亲如今的样子。

但亨利有更深一层的理解。“他这样做，是为了把我和她分开。”他说。他观察着母亲的脸，想从她的表情、她的反应中找到证据。

“这是他的梦想。他工作、积蓄这么多年，就是为了给你这个。他是为了你才这么做的。这样你才能知道你来自哪里。你对他冒犯得还不够吗？”

这些话很重。但亨利过去已经痛过了。“为什么是现在？”

“军队……日本人……终于安全了……”

“为什么是现在？为什么是今天？现在去那里并不会更安全。日本军舰已经在华南击沉了一半的船只。为什么我知道这一切？因为我长这么大，从他那里听到的只有这些！”

“这是他的家。你是他的儿子！”母亲反驳道，她的声音并没有大到吵醒亨利的父亲，但她的话中有种亨利从没见过的力度。母亲一直在亨利和父亲的冲突之间游走，坚定地站在亨利和父亲之间的中立地带。现在，她开始展示她的意志了。她爱亨利这个儿子，这一点亨利毫不怀疑，但她没有选择，她必须尊重丈夫的意愿。亨利的父亲虽然卧病，几乎不能说，不能动，但他仍是一家之主。

“我不想去。这是他的梦想，不是我的！我是在这里出生的，我都不会说他出生的那个村庄的方言。我不适应那里，就好像我不适应他送我去的那所全白人的学校一样！难道我做得还不够吗？”

“做得还不够？你确实做得够多了！你站到了敌人的一边。中国的敌人——也是美国的敌人。我们是盟国。他们是敌人。你成了他的敌人。可他还为你做这件事。为了你！”

“不是为了我，”亨利静静地说道，“我也不会为他做这件事。”说出这些话的时候，他自己都几乎相信了。几乎。但看着母亲——泪水沿着她的脸庞滑落，愤怒和沮丧让她开始发抖——他知道，他的行为对父亲造成的影响，会一直困扰着他。

亨利低头看着西服，手工缝制，造价高昂。船票也很昂贵。他完全不知道他要去哪里，他要留在哪里，多久。看着哭泣的母亲，如今她正日夜照顾病重的丈夫、他病重的父亲，亨利感到自己的决心在崩塌。也许十三岁的他，从年纪上说还逃不脱来自家庭的痛苦和压力。也许他永远逃不脱。

“我什么时候动身？”这句话从他的嘴里滑落出来，好像升起了一面投降的白旗。他想着惠子，每一刻都感到离她越来越远，仿佛他的心已经登上了海船，朝着闷热的南海，越驶越远。

“下个星期。”母亲低声说。

“多久？”亨利问。

他看到她踌躇了。很明显她也很难回答。她要送他走，满足丈夫的心愿，让她唯一的儿子离开。亨利抬头看着她，心里仍是不愿意走。

“三年，或者四年。”

沉默。

亨利仔细地考量着。说实话，他不知道惠子什么时候才会回家来，如果她会回家的话。毕竟，她有什么家可以回？也许战争会永无休止地持续下去。也许她会被送回日本。一切都是未知的。可是，四年？不能想象。亨利从来没离开过父母四天。“我……做不到。”

“你必须做到。你没有选择。已经决定了。”

“我会决定的。父亲从家里离开的时候，父亲为自己做抉择的时候，也是在我这个年纪。如果我去的话，那会是我自己的选择，不是他的。”亨利说。他感觉到了母亲的挣扎——想要遵从丈夫的意愿，又不想失去儿子。“我的选择，不是他的。不是你的。”

“我怎么和他说？你要我怎么说？”

“告诉他我会去，但不是现在。要等战争结束之后。等她回来。我告诉过她，我要等她。我许下了诺言。”

“但是，可能好多年之内，你连见都见不到她。”

“我会每个星期给她写信。”

“我不能告诉他——”

“那就像我这些年做的那样。什么也不说。”

她用双手撑着头，揉着太阳穴，前后晃着：“你和你父亲一样倔。”

“是他把我变成这样的。”亨利讨厌说出这一点，但事实如此，不是吗？

信

（1943）

亨利写信给惠子，告诉她，他的父亲想要在这个错误的时间送走他。把他送回中国，送回那个父亲从小长大的小村庄，就在广州外面。亨利在那里还有远亲。他从没见过他们。有些甚至没有血缘关系，但正如父亲用他半吊子的英语形容的，他们是“一条藤上的瓜”。他们在同样的地方出生。他们有同样的想法。村里的每个人都可以看成是家里人。而且，他们期盼着有客人从美国来——亨利听父亲说过，他若回去，将会受到热烈的欢迎，还有许多诸如此类的事情。他还是有些想回去的。但另一方面，他又坚决不希望接受父亲给他的这种横加摆布式的安排。

而且，现在他不能走。惠子和她的家人可能会需要他，营地外他们认识的人太少了。只有他能帮助他们。

让亨利感到惊讶的是，惠子认为他应该去。为什么不去？在她刚从米尼多卡营寄来的信中，她这样问道。她是一个囚犯，他们已然分开了，应该利用这段时间，她说——亨利应该利用这段时间，去完成学业，有太多太多的父母都期望自己在美国出生的孩子能有这样的机会。

亨利倔强地拒绝向父亲的意愿屈服。父亲根本不会接受惠子，而且他已经与亨利断绝关系了。亨利不能不理会这一点。所以他留了下来，继续学习，拿他的奖学金。

他也给惠子写信，每周都写。

白天，亨利待在学校，帮助比蒂太太；无事可做的晚上，他就在南杰克逊街上来来回回闲逛，听着这个城里最欢快的爵士乐音乐家的演奏。有时候，他还能赶上奥斯卡·霍尔登和谢尔登的演出。其他的夜晚，他则待在家里，给惠子写信。

惠子会回信给亨利，还寄给他她在营地里画的速写，甚至还有她得到许可走出围栏时在营地外画的速写。营地完全建好之后，原先严厉的规则稍稍松动了一点——惠子所在的女童子军团得到了走出围栏外、过一晚露营生活的许可。真令人惊讶，亨利想。囚犯竟然得到许可到外面去，只要能自愿回来。可那是他们的家所在的地方，而且，他们还能去哪里？

至少她让自己保持着忙碌。亨利也是，沿着南国王街，走到永祺面粉厂旁边的老邮局。时间一个月一个月地过去，他已经养成了每周去一趟邮局的习惯——一个充满了期盼的习惯。

“寄一封信——大陆运输，谢谢。”亨利说，递过去一个小信封，里面装的是昨晚写给惠子的信。

总在柜台后面工作的是一个瘦得出奇的女孩子，在亨利看来应该和他年纪差不多——大概十四岁的样子，黑头发，深褐色的皮肤。他想，她可能是被指派到唐人街的邮递员的女儿，用中国式的方法帮衬她的父母。“又寄一封？这封走大陆运输，没错吧？这样会贵一些——这次是十二美分。”

她给信贴上邮票，亨利则从口袋里拿出零钱数给她。他不知道要说别的什么，同样的这件事，他已经做过好多次了。他完全知道下一步是什么，他已经看到了这个年轻职员眼中的失望。

“对不起，亨利。今天没有你的信。也许明天到？”

已经三个星期没有收到惠子的信了。他知道军事函件比所有的国内货物更有优先权，而且他的信还是寄给有着一个日本姓氏的人的——更何况进出那个监狱营地的邮件一直就慢得臭名昭著。但这很让人苦恼，几乎令人心碎。以至于亨利开始把所有的信件都改成大陆运输——这是一种特别的巴士服务，邮费是普通邮寄的十倍，但能够更快地到达。至少他听到的说法是这样。

可是，还是没有来自米尼多卡营的只字片语，没有惠子的只字片语。

回家的路上，亨利碰到谢尔登刚结束在南杰克逊街头的一场下午演出。

“我本以为你这些天是在黑麋鹿夜总会演奏？”亨利在每天把午餐交给谢尔登的地方停下脚步，问道。

“还在。还在，那是一定的。门票售罄的演出比以前更多了。奥斯卡在晚上安排了密集的演出，现在更多，因为许多白人都把他们的商铺迁到这几条街来了。”

亨利肃然地点头表示赞同，看着日本城剩下的一切。大多数商铺都被贱卖了，被冻结的商铺则被本地银行查封，不动产被转售营利。由本地日本人开办的银行提供资金的商铺是最后倒闭的，但最终还是倒闭了，因为银行的所有者被送到了米尼多卡、曼赞纳、图尔湖这样的地方，银行自身都破产了。

“我想，我就是喜欢偶尔带着我的萨克斯管来这里回想。想过去的那些好日子，你明白吧？”谢尔登朝亨利挤挤眼睛，可亨利笑不出来。那些日子已经过去了，一切都不一样了，我不一样了，亨利想。

“看上去你好像是空着手回家的？”谢尔登像是在问，又像是在说一个事实——仿佛这样做，能够让悲伤地从邮局走回家的亨利感觉好一点。

“我不明白。我以为我们会写越来越多的信。这样想有错吗？我知道她很忙。她上一封信里说，她在上学，在做运动——还成了年鉴的编写人员。”亨利耸耸肩，“我只是认为，她不会这么快就忘了我。”

“亨利，她不可能忘了你。我向你保证。也许只是有更多的事情要做，更多事情耽误了时间，一万个日本人都挤到了那一个地方。想想你们以前一起待在那所白人中产贵族学校的时候，她都在忙些什么。”

“至少我们在一起。”

“至多你们在一起——那是件美妙的事情。”谢尔登说，“别担心，她总有一天会回来的。要有信心，继续给她写信。告诉你吧，时间和空间是很难对付的。从南部来到这里，这一点我深有体会。人与人的关系是一个难题，很难维持，但不要放弃，会有好结果的——事情总会朝好的方向发展，等着瞧吧。”

“我真希望自己能像你那样希望满满的。”亨利说。

“我所拥有的就只有希望了。希望能让你熬过漫漫长夜。现在你快跑起来，回家去，照顾好你的妈妈——祝你今天过得愉快，先生！”

亨利挥手和他说再见，心里想着是不是要再努力去见她一次。然后，他想着惠子现在的生活会是什么样子。她终于和跟她长得相似的日本孩子们一起去上学了，那该有多美妙。一个完整的社区在沙漠里成长起来了。也许对她来说，待在那里比和我待在一起更好？也许她的情况变好了。也许。

“好消息，亨利。”年轻的中国职员拨开挡住眼睛的头发，双手递出那个破破烂烂的信封，“看上去她终究还是在意的。”

亨利抬起头，拿过那封信，轻轻地嘘了口气。“谢谢。”他只能这么说。上次收到信已经是三个星期之前的事情了。他变得紧张，有时甚至害怕自己收到的是一封“亲爱的约翰”信——应征入伍的士兵往往会收到这样令人恐惧的分手信。

他把那个信封拿在手中，不知道该不该拆开它。他走到外面，转过街角，在最近的一个公共汽车站那里找到了一张长椅。

他打开信封，深深吸了口气，又缓缓地吐出，同时展开了信纸。他马上注意到了日期，是上个星期。似乎邮件偶尔也能够准时到达。

“亲爱的亨利……”

不是“亲爱的约翰”信。是惠子真心诚意写成的一封普通来信——把亨利带到了营地里日复一日的疯狂的生活中：所有的男人是怎样被要求签署效忠誓言，这将让他们有资格服兵役．参加对德作战。有的人，比如惠子的爸爸，很快就签好了，他们急于证明他们的忠诚。有些人则抵制这样的做法，拒绝签署；他们中最严重的被带出营地，囚禁到了其他地方。

这封信中一点也没提到亨利写给她的信，只说她非常想念他，希望他一切都好。

那天晚上，亨利又写了一封信给她，第二天就寄了出去。

这一次，他一个月后才收到回复，信中，惠子好像比以前更烦恼，更忙。在等待的过程中，他又给她写过两封信，但他看不出她回复的是哪一封信。或者，有封信丢失了？

亨利渐渐了解到，不在一起的时候，时间是制造距离的高手——比分隔开他们的大山大河和时区更加有力。那是真实的距离，让你痛，让你停止满脑子胡思乱想。心中的渴望太强烈，关心也变成了一种痛。

年　月

（1945）

在从邮局回家的路上，亨利绕过南国王街的街角，撞到了查斯身上。亨利比上次见查斯的时候整整长高了一英尺，所以他意识到，他已经不用再平视这个过去的仇家了。事实上，他需要俯视一两英寸。查斯看上去又小又弱，尽管他要比亨利重二三十磅。

面对面的时候，查斯所能说出口的，只有一句不怀好意的哈啰，连微笑都没有。亨利回瞪着他，尽量让自己显得冷淡、有威慑力。相形之下，查斯看上去软弱而迟钝。他先示弱了，走到一边，让亨利先过。

“我父亲还是会拥有你的女朋友，亨利。”亨利走过的时候，查斯低声含糊地说道，正好让亨利能听得见。

“你说什么？”亨利抓起查斯的胳膊，把他转了一个圈。这个举动把他们俩都吓到了。

“我父亲还是要买下日本村剩下的房子，等你女朋友从那个耗子洞一样的集中营回来的时候，她已经没家可回了。”他甩开亨利，后退几步，并非威胁，而是可怜又生气地说道，“那么，你怎么办？”

亨利心里一阵刺痛。他让查斯走开了，看着查斯摇摇摆摆地走远，走上山坡，绕过街角，消失在视线中。亨利望向日本城的街上剩下的一切，没多少了。仍留下的只有一些大型建筑，它们太贵了，不容易卖掉，比如巴拿马旅馆。它立在那里，仿佛是一个鲜活的社区。其他的建筑，几乎没有一个不是面目全非的，有的内部彻底损毁了，有的被拆除，还有的则被改成了中国人或是白人的商铺。

亨利简直不敢相信时间已经过去了两年。对于父亲来说，这是不断发生空袭和战争的两年——从中印半岛到硫黄岛。对于亨利来说，这是不停写信给惠子的二十四个月，偶尔会收到一封回信，也许已经隔了好几个月。她对他的关心已经变淡了。

他每次去邮局都会见到那个职员，她每次都用在亨利看来混合了同情和钦佩的表情看着他。“她一定是一个对你来说非常特别的人，亨利。你从没有对她感到过绝望，对吗？”这个职员对于亨利的了解并不多，她只知道他写信的习惯和他的专心一意。也许，每个星期亨利空着手离开邮局时孤寂的模样，让她察觉到了他的心中因空虚而导致的剧痛。

亨利想过再做一次巴士旅行。像谢尔登所说的那样，回到神奇大狗的肚子里，乘长途灰狗巴士经过瓦拉·瓦拉镇，去米尼多卡。但他放下了这念头。他需要帮母亲做事，而惠子，从他收到的寥寥几封信中来看，她似乎一切都好。

在早期的一些信中，惠子曾想要了解发生在西雅图的所有新情况，学校的，原来那个社区的。亨利慢慢地把真相透露给了她——她曾称为家的那个地方，已经不剩什么了。她好像永远都不会相信，它会在如此短的时间内消失掉。她是那样爱这个地方，这个充满了回忆的地方。它怎么能不见了呢？他怎么能开口告诉她？

当她问："老社区现在成什么样子了——还是荒弃着吗？"他只能说："变了。新的商铺搬进来了。新的人也住进来了。"她好像知道那意味着什么。似乎并没有人关心日本城剩下的那些东西有什么遭遇。两年前查斯的恶意破坏，最后免于处罚——法官甚至可能都没有听说这件事。亨利在这条新闻上保守了秘密，同时，他还一直向惠子报告南杰克逊街上的爵士乐场景。奥斯卡·霍尔登是怎样再次在黑麋鹿夜总会里举行演奏会。谢尔登是怎样成为乐队的常驻乐手，甚至演奏了几首自己的曲目。生活在向前走。美国快赢得这场战争了。据说欧洲战场上的战斗会在圣诞节前结束，接下来是太平洋。然后，惠子可能就会回家了？回哪里？亨利并不知道，但他知道他会一直在这里，等候。

在家里，亨利客气地和母亲说话，而母亲好像把他看成了一家之主，因为他十五岁了，已经开始挣钱接济家里。他在民记烧烤店找到了一份兼职，不过他并没有感觉自己帮上了多大的忙。尤其是当他这个年纪的其他孩子都虚报年龄应征入伍，到前线去作战的时候。但这至少是他可以做的。他置母亲最大的意愿和父亲的期望于不顾，仍待在家里——中国的学业，就让它等着吧。只能是这样。他答应了要等惠子，这个誓言是他立志践行的，不管要花多少时间。

父亲还是没有和他说过话。自从中风之后，他跟谁都很少说话了。后来他又轻度地中风过一次，他的声音比说悄悄话大不了多少了。每当有关于菲律宾或硫黄岛的战事报道的时候，母亲仍会为父亲开关床边的收音机。自从铃木首相宣布日本要战斗到最后一刻以后，太平洋上的每一次战斗都可能将战争引向日本本土，这是一件具有震慑力的任务。新闻结束之后，母亲又会为他读报纸，并汇报分布在唐人街的各个会馆的资金筹措活动。她告诉他，国民党已经把他们的办公室扩展成了一个前哨基地，在那里，可以印刷宣传民族自豪情绪的传单去散发，并进行各种资金筹措的努力，好为在中国抗战的各路军队提供军火和物资。

偶尔亨利会坐下来，对着父亲自说自话。他所能做的也只有这个了。父亲连看都不会看他一眼，但亨利确信，他的耳朵是闭不上的。他只能听——他太虚弱，所以也不能靠自己的力量挪动身体。所以，亨利轻声地说，而父亲则总是望着窗外，假装没有在听。

“今天我遇到查斯·普雷斯顿了。你还记得他吗？”

父亲一动不动地坐在那里。

“他和他的父亲几年前来过。他的父亲来寻求你的帮助，想要买下那些空着的大楼——在日本人走后剩下的那些。”

尽管父亲完全没有反应，亨利还是继续说着：“他告诉我，他们要买下日本城最后剩下的那些楼——甚至可能包括北太平洋旅馆，甚至可能包括巴拿马旅馆。”尽管父亲不太能说话了，而且很虚弱，但他仍是秉公堂和中华公所里举足轻重的人物。他的年纪和健康状况甚至让他在某些圈子里更受敬重——在这些圈子里，荣誉和尊重必须赋予给那些付出了许许多多的人。亨利的父亲为战争筹措到了那么多的资金，他的意见如今仍是至关重要的。亨利常见到商界成员来到这里，想要获得父亲对于附近地区商业规划的祝福。

“你认为他们不会允许查斯家——普雷斯顿家——买下巴拿马旅馆的，是不是？”亨利曾希望那座旅馆能够保留着不被出售，直到惠子回来，或者至少由中国人的股权买下来。但很少有人有那么多钱买得起而且觉得值。

亨利看着父亲，这么多月来，父亲第一次转过头来，有意和他对视。这就是他需要知道的。在父亲积攒起力量挤出一个不怀好意的微笑之前，亨利已经知道了。事情已经在进行中了，巴拿马旅馆将被卖掉。

亨利不知道该怎么去解释。他等惠子已经等了将近三年了。他爱她。如果需要的话，他还可以继续等下去。但同时，他希望，在她回来的时候，除了他自己，还有别的什么——她过去生活的片段，她童年的片段，在那里等她。有她曾在速写本里画的某几个地方。有那些对她来说意义重大的记忆。

在巴拿马旅馆见面

（1945）

晚饭后，亨利帮着母亲把在广东巷里晾的衣服拿到楼上，然后坐到他们老式的爱默生收音机边，听《德士古明星剧场》，一个综艺节目——不是他父亲总听的新闻节目。当母亲把父亲坐的轮椅推到起居室里他的那把旧的读书椅旁边时，亨利抬起头看了一眼。她的耳朵后面别着一朵新鲜的星火百合，那是亨利早些时候在市集上给她买的。

“调到你父亲的节目。”她用广东话恳求道。

亨利只是关小了音量，然后咔嗒一声彻底关掉了收音机。

“我需要和他谈点事情，重要的事情，你介意吗？”亨利尽量礼貌地问道。母亲举了举手，走开了。他知道，她认为他的这些自说自话完全是白费力气。

父亲看了亨利一阵子，随后沮丧地看着收音机，仿佛亨利是个要债的，或是一个因停留得过久而招主人讨厌的客人。

“我会打开的。”亨利看着收音机说。他关掉它，是为了确保父亲不受干扰地听他说话。“我只是想先谈点事情。”他的手里，拿着中国共同航运公司的旅行收据——他回中国的船票钱。

亨利在两人间留下了一段沉默的时间。在对他们破碎的父子关系做出宣判的终了时，留出了这一段时间。

“我会去。”这几个字撞击着空气，亨利不太确定父亲是否在听。他把旅行信封拿给父亲看：“我说，我会去。”

父亲抬头看着儿子，等待着什么。

亨利考虑了父亲送他回中国完成学业这件事。现在他已经大了一些，在那里待的时间可能只有一年或两年。乘汽轮做越洋旅行，重新开始生活，远离能让他想起惠子的一切，似乎也不错，总好过在南国王街拥挤的街道上像一把拖布一样走来走去。

他的内心还是有些憎恨向父亲屈服。父亲是那样倔强，那样固执。但亨利越想，越觉得这件糟糕的事情中，未尝不会有好的一面。

“我会去，但有个条件。”亨利说。

现在他是真的吸引到了父亲的注意，尽管是虚弱无力的。

“我知道巴拿马旅馆正待出售。我知道谁想买下它。因为你是市中心的商会里的长者，我知道你在这件事情上是有发言权的。”亨利深深吸了口气，“如果你能阻止它的出售，我会按你想的去做，我会去中国完成我的学业。我在西雅图念完这个学年，就乘八月的汽轮去广州。”亨利察看着父亲瘫痪的脸上的表情，中风已剥夺了他太多的东西。“我会去。”

父亲的手在膝头上开始颤抖，歪着的头在虚弱的脖颈上正了起来。他的嘴唇颤抖着试图发出声音，几年来都没听他说过话的亨利终于听到了。“多谢。”然后他问，“为什么？”

“不要谢我。”亨利用中国话说，“我不是为了你才这么做的。我是为了我自己，为了那个女孩，你恨的那个。你的愿望实现了。现在我有我的愿望。我希望那座旅馆留下来。不卖。”亨利并不是很清楚为什么。也许他知道？那座旅馆对于他来说是一个鲜活的记忆。那又是父亲希望它消失的一个地方，所以让它空着，未尝不是切合了父亲的想法。至少他心里的天平平衡了。亨利会去中国。他会重新开始。也许，如果那座老旅馆还在的话，日本城也可以重新开始。不是为了他，不是为了惠子，只是因为它需要一个地方起步。也许在将来，在战争结束之后，在他和惠子的悲喜交织的记忆被埋藏很久之后，他还能有一个提醒他的地方。一个在将来还会为了他而留在那里的位置标志。

第二天，亨利寄了最后一封信给惠子。她已经六个月没有写信来了。六个月前，她只是说她有多么热爱在那里上学，多么热爱参加舞会和正式的舞蹈。她的生活忙碌而充实。她好像不需要他了。

然而，他还是想见她。实际上，他的愿望很重要，可能真的会实现。谁知道呢，也许他还可以和她共度一小段时光。据说，许多家庭最早会在一月获得释放。既然米尼多卡是一个以“忠诚的拘禁者”而著称的营地，惠子可能现在已经出来了。如果不是的话，她也会很快回家的。德国已经战败。两个战线上的战争很快都会结束。

亨利好几个星期没写信过去了，但这封信是不一样的。

这封信不仅是一个再见——它是一个分别。他祝愿她能过上快乐的生活，他告诉她，他将要在几个月后启程去中国。如果她能够很快回来的话，他要与她见面，最后一次。在巴拿马旅馆前。亨利选择了三月里的一个日子——还有一个月的时间。如果她快要回家了，她就可以及时赴约。如果她还在营地里，需要写信回来，也还有时间。这是他所能做的。毕竟，他还爱着她。他已经等了她两年多了。再多等一个月，又能怎样呢？

职员接过信，贴上十二美分的大陆运输邮票。“希望她能知道你有多在乎她。希望你告诉她。”她拿起信封，虔诚地放在一堆要寄出的信上，“希望她值得你等待，亨利。这么多个月来，我看着你在邮局进进出出。虽然她并没有如你希望的那样经常写信来，但她仍是个幸运的姑娘。”

也许永远也不会写来了，亨利想，用微笑掩饰着他的伤心：“这可能是你最后一次见到我了，因为这是我写给那个地址的最后一封信。”

职员看上去有点沮丧，好像她一直在看的一部肥皂剧出现了转折，转向了不好的剧情：“哦……为什么？我听说各个营地都已经在四处送人们回去了。她可能很快就会回家，回西雅图的，对吗？”

亨利朝窗外望去，望见的是唐人街熙熙攘攘的街道。即便人们已经在离开营地，也并没有几个回他们最初的家。因为他们的家已经不在了。另外，没人会租房子给他们。商店也仍然拒绝向他们出售货物。日本人在日本城不再是受欢迎的人。

“我想她不会回来的。”亨利说，转向邮局职员，微笑了一下，“我想我也不会再等了。几个月后，我要去广州完成学业。是时候向前看了。不应该再朝后看。”

“完成在中国的学业？”

亨利点点头，但好像在道歉。为了屈服，为了放弃。

“那你的父母一定会很骄傲——”

亨利打断了她：“我不是为了他们这么做的。不管怎样，认识你很高兴。”他挤出一个礼貌的微笑，朝门口走去。回头看的时候，他发现那个年轻职员的脸上不只是悲伤。有些事情注定不能长久，亨利想。

一个月后，亨利和他说过的一样，在巴拿马旅馆的台阶上等待着。从这个高处看去，景色完全变了。那些纸灯笼、宇治理发店和相知照相馆的霓虹灯，都不见了。它们原来所在的地方如今变成了普利茅斯服装店和瀑布餐馆。但巴拿马旅馆仍留在这里，像一个壁垒，抵制着不断上升的投机式发展的浪潮。

亨利拂拂西服裤子，整理了一下领带。穿着外套太热了，所以他把它抱在了膝头上，偶尔把风吹散到脸庞上的头发拂到一侧。这套西服——父亲给他买的，母亲给他改过的——现在穿起来刚合身，他总算长大到能穿它了。不久，他就要穿着它，出发去中国。去和亲戚们一起生活，上一所新的学校。在那里，他又将成为特殊的一个。

亨利坐在那里，看着挽着胳膊闲逛的一对对年轻情侣，不由得允许自己思念起了惠子。几个月前，在开始收不到她的信的时候，他就把那样的感觉推到了一边。他知道，时间和空间并不总会让心灵缅怀——有时候恰恰相反。每当想到惠子不会再回来，或者更令人恐惧、然而又更现实的可能性——她忘掉了他，继续过自己的生活——亨利就会不再那么担心，而是变得绝望。放学后，他有时候独自一人，有时候和谢尔登一起，沿着梅纳德大街走下去，观望曾经生机勃勃的日本城如今还剩下什么。他曾经在那里度过的那些时间，送惠子回家，坐在那里，看她在速写本上涂抹或勾勒——好像已经是上辈子的事，是别人的人生。他真不觉得她会出现。但他必须试一试，给出最后一个高贵的姿势，这样，当他登上轮船的时候，他知道他已经给出了他的全部，才能无悔地离开。最后一个希望。他所拥有的也只有希望。像差不多三年前冈部先生带着家人乘火车离开时说的那样：希望足以让人战胜一切。

他的西服口袋里装着父亲的银怀表。亨利把它拿出来，打开，凑近去听它急促的、滴答滴答的声音，想确认它没有坏掉。是好的。已将近正午了，正午就是他说过他会在这里等待的时间。他看着自己在怀表的抛光晶体表面上反射的模样。他看上去长大了，更成熟了。他看上去很像青年时期的父亲，这让他感到惊讶。时间一分一秒地过去，他听到远处的波音公司吹响了午间笛声，几乎同时，托德造船厂的午餐时间信号也顺风传来。

时间到了，又过了。他的等待完成了。

这时他听到了脚步声。女式高跟鞋敲击路面响起的清清楚楚的嗵嗵声。一个长长的、瘦瘦的影子覆上台阶，挡住了怀表表面上反射出的他的模样。秒针和时针重合到一起，十二点整。

她站在那里。一个年轻的女人，穿着好看的黑色皮鞋，露着小腿，长长的蓝色百褶裙在早春清凉的空气中飘来荡去。亨利不敢抬头看。他等得太久了。他屏住呼吸，闭上眼睛，听——听熙熙攘攘的街道上的声音，汽车呼啸而过，摊贩们在闲谈，附近某个街角有萨克斯管响着如泣如诉的声音。他能闻到她的茉莉花味的香水。

他睁开眼睛，抬起头，看到了一件短袖衫，白底，有小小的蓝色斑点和珍珠色的纽扣。

他望向她的脸，看到了她。有一瞬间，他看到的是惠子的脸。她长大了，长长的黑发拢到一侧，化着一点淡妆，让她线条柔滑的脸庞显得轮廓分明。这是他以前从没见过的。她走到一旁，阳光照进了亨利的眼睛，他赶紧眨了眨眼。她再次挡住那强光，亨利又看到了她。

不是惠子。

他看清楚了。她年轻又漂亮，但她是中国人，不是日本人。她把手里拿着的一封信递给他："对不起，亨利。"

是那个职员，邮局的那个年轻女人。两年多来，亨利在邮局进进出出，寄信去米尼多卡，总是和她打招呼。亨利以前从没见过她穿成这个样子。她看上去是那么不一样。

"这封信退回来了。没有拆。是上个星期的事。上面写着'退回发件人'。我想，她可能已经不在那里了……或者……"

亨利拿过信，研究着那个丑陋的黑色退信戳。它就盖在他用最好的笔迹深情写下的地址上。油墨淌在整个信封上，像一条条的泪痕。他把信翻过来的时候，发现它已经被打开过了。

"对不起。我知道我不该那么做，但我心里太难过了。想到你坐在这里，等着一个永远不会来的人，我讨厌这个念头。"

亨利因为失望而有些发呆，同时又有一点困惑："所以你就来到这里，给我带来这个？"

他注视着她的眼睛，用他以前从没尝试过的方式看着她。他注意到她看上去是那样痛苦。"事实上，我是来给你这个的。"她递给亨利一束星火百合，上面系着一条蓝色的缎带，“我不时见到你在市集上买这种花，我想，它们应该是你最喜欢的。也许，应该换别人送给你了。”

亨利有点目瞪口呆。他接过那些花，看着每一朵，闻着那馥郁的香气，感受着它们在他手中的分量。他情不自禁地注意到了她那诚挚的、充满希望的和怯生生的微笑。

“谢谢你。”亨利心里涌起感动。他的失望消失了。“我……我连你叫什么名字都不知道。”

她的笑容变得灿烂：“我叫埃塞尔……埃塞尔·陈。”

日本投降日

（1945）

五个月。亨利已经和埃塞尔约会五个月了。

她是加菲尔德高级中学的二年级学生，和她的家人住在山坡上的第八大道。亨利的父母很快就喜欢上了她。从许多角度来说，亨利都感觉埃塞尔是他的第二个机会。他希望，甚至祈祷惠子能回来，或者至少写信来解释一下她去了哪里，为什么。一无所知的痛苦和失去她的痛苦几乎是一样的——因为他永远也不知道到底发生了什么。他想，也许生活是复杂的吧。然而，他又以某种奇怪的、深情的方式，希望无论她在哪里，和谁在一起，都能生活得幸福。

另一方面，亨利现在和埃塞尔在一起了。当然，和以往一样，他偶尔会和谢尔登在一起。亨利还是怎么也忘不了惠子。事实上，每天早上醒来的时候，他都想着她，为他所错失的而感到心痛。接着他又会提醒自己想着埃塞尔，想象着有一天，多年后的一天，他能够真正忘掉惠子，忘掉一天、一周、一个月，也许更久。

南国王街和梅纳德大街转角处的一张公园长椅上，他和谢尔登坐在那里，沐浴着八月午后温暖的阳光。他的朋友不再经常到街头演奏了。他在黑麋鹿夜总会的固定演出足以养活他自己。而且，街道也和从前不同了，谢尔登抱怨道。他甚至沿着码头海岸区往北走，想找到新的街角，为新的旅客演奏，但他的心思已经不在那里了。现在，他属于夜总会。

“亨利，我会想念在这附近见到你的那些日子。”谢尔登说，剥开一颗咸干花生，把壳扔到街上，把袋子递给他的朋友。

亨利抓了一把。“我会回来的。这里是家，就在这里。我要回中国去，学到所有我能学的，见一些久违的亲戚，但那里的我不是真正的我，这里的我才是真正的我。这里是我的家。真不敢相信，再过一个多星期，我就要出发去南中国，去一个全是我从没见过的亲戚的村子，连他们的名字的读音我都发不正确。”

“你感觉到了讽刺的意味，对吧？”谢尔登问，嘴里吐出一片花生壳。

“我在等她——等惠子——而现在，我难道要让埃塞尔等我？我知道，这没有什么实际意义，但她说她会等，我也相信她。她会等。我的父母都喜欢她。我有多讨厌在这样的情况下看到父亲那么高兴，他就有多高兴。但他做了他该做的那部分。我告诉过他，如果他想要我去中国，就得帮我一个忙作为回报。他遵守了他的诺言。现在他无时无刻不想说话，但我不知道……”

“关于你爸？”

“我们在同一个屋顶下生活，但已经有两三年不说话了。至少他不和我说话，不承认我的存在。但现在，他想要回他为之自豪的儿子。我不知道我该怎么想。所以，我让埃塞尔和他说话，好像效果不错。”

谢尔登剥开另一颗花生，摇着头，在扔掉花生壳之前舔掉了上面的盐：“说到……”

亨利抬起头，看到埃塞尔跑着横穿街道，融进车流中。

他们是从亨利在巴拿马旅馆等待的那天开始约会的。她会给他买午餐，他会给她买晚餐。虽然上的是不同的学校，但他们还是尽可能地多见面。星期六的时候，他们整天都待在一起——挽着胳膊沿着码头海岸区散步，坐6路公共汽车去森林公园，在浅水池塘里趟水，在动物园里追跑。他们在史密斯塔的顶层——三十五层上分享了他们的第一次亲吻，看着太阳从城市边缘落下，照亮了海港和远处朦胧的大山。亨利在钱包里保留了那里的门票，一张五十美分的皱巴巴的票根，它能提醒他想起那个完美的黄昏。

但是，有一个地方亨利从没带埃塞尔去过，那就是黑麋鹿夜总会。他甚至从没提到过奥斯卡·霍尔登接待倾慕者，和谢尔登曾作为后备乐手演奏的这个烟雾缭绕的地方。那里对亨利而言是特别的回忆，是他不能轻易分享的东西。谢尔登从没问起过这一点。他好像不需要任何解释就能理解。

亨利站起来的时候，她用胳膊搂住了他，紧紧地抱着他，摇着他，看上去疯狂而欣喜。

“嘿……嘿，什么事这么着急？我错过什么事了吗？怎么了，你还好吧？”见她上气不接下气地说不出话来，亨利问道。

“嘘……”她拉着亨利的手，只能说出这些。她简直有些歇斯底里，放纵着自己的狂喜。“听！听！你能听到吗？”她伸出手去，也拉住了谢尔登的手。

亨利望向街道，惊呆了。南国王街上所有的汽车都停了下来，静止不动。有的正好停在通往第七大道的交叉路口中央。人们从商店和写字楼里涌出来，朝街上跑去。

亨利听到远处，四下里，都有铃声在响，接着汽车都鸣响了喇叭。停泊在终点处的通勤渡船响起粗声粗气的雾号声。从开着的窗户和店面里传出大声的呼喊和欢笑。不是空袭演练的时候哀鸣的警报声。不是在屋顶高声鸣响的刺耳、吓人的号角声，而是欢呼声——像波浪般高声响起，涌入唐人街、国际区、整个西雅图的所有地方。

消息从一个人传到另一个人，从一幢屋子传到另一幢屋子，从一个街区传到另一个街区——日本投降了。亨利的视线所及，每个地方的人们都潮水般涌向街头，在停着的汽车车顶上跳舞。成年男子像小男孩般尖叫着，成年女人，即便是清心寡欲的中国女人，都坦然地淌下喜悦的泪水。

谢尔登拿出他的号角，把安上簧片的吹口放到嘴边，吹出尖啸的声音，昂首阔步地在南国王街中央一辆送牛奶的卡车和一辆警车中间走来走去。那警车的警灯正转着慢悠悠的圈。

埃塞尔用胳膊搂着亨利。他低下头，吻了她。所有的人都在这么做，就连陌生人也相互拥抱和哭泣。还有人端出了一杯杯的酒，一杯杯的其他东西。

在内心深处，亨利早已知道战争很快就要结束了。每个人都知道，每个人都感觉到了。他曾好奇过他会有什么样的感觉。高兴？轻松？他曾好奇过，日本投降后，父亲会做些什么来打发时间。接着，他再次想到，战争会在父亲的头脑中继续。中国的战乱还将继续，父亲的也一样。

尽管在雷尼尔小学拿了这么多年的工读奖学金，在每天早上上学路上被那群中国孩子叫了这么多年“白鬼”，如今，庆祝着历史上最伟大的一次胜利，亨利从没有比现在更感觉自己是美国人。这种愉快既纯粹、意想不到，又带有一点宁静。这是一个快乐的结局，意味着一个全新的开始。所以，当埃塞尔最终放开他，她的嘴唇因为亨利的吻而仍旧湿润、柔软，这些话像一个秘密的供认一般说了出来。不管怎样，它是讲得通的。不管怎样，它是合宜的。即便亨利过去曾经有过怀疑，那些疑问也已经被鸣响的教堂钟声和欢呼的、哭泣的人群冲掉了。

“埃塞尔……”

她捋顺头发，拉拉裙缝，努力让自己在这个狂热的时刻中看上去镇定一些。

“你愿意嫁给我吗？”亨利刚说出这句话，脑子里就响起了警报声。这样的话不是可以说着玩的，他心里充满了紧张。他不后悔这样问，他只是有点惊讶他这么做了。毕竟，他们还年轻。但是，许多从日本来的照片新娘比他们还小。而且，一周内他就要启程去中国了。他至少要去两年的时间，她说过她会等他。现在，她有值得等的东西了。

“亨利，我可以起誓，你刚刚叫我嫁给你了。”

爵士乐手们开始从南杰克逊街上的俱乐部里涌上街头，有人在欢呼，有人在自发地即兴演奏。

“是的。我现在要问你：你愿意嫁给我吗？”

她一言不发。她的眼中，西雅图历史上最快乐的一天给她带来的泪水，因为一个全新的理由，再次淌了下来。

“这是答应，还是拒绝？”亨利问道，突然感觉自己赤裸而脆弱。

而埃塞尔，则好像有了灵感。亨利看到她在警官下车阻止她之前，爬上了一辆警车的车顶。转向街上的人群，她大喊：“我要结婚了！”人群欢呼起来，男男女女们端起酒杯，为她庆贺。

她在警官的帮助下爬下了车顶。看着亨利的眼睛，她点点头。“我答应，”她说，“我答应，我会等你……是的，我答应，我愿意嫁给你。所以，快点回来吧，我可不能无休止地等下去。”

就在这一刻，在这个对话发生的时候，亨利的脑子里，一切都安静了下来。人群、号角、警报声，都静了下来。他第一次注意到人群中有几个日本家庭。他们竭力不引人注意地做着自己的事情。他们不太走运地与输了的一方有关系，或者因为不可控的不幸境况，来自城里错误的一侧。在过去的几个月里，一些日本家庭，实际上是许多日本家庭，曾陆陆续续回到这里。但他们发现，他们的财物所剩无几，而他们重新开始的机会更少。即便有美国教友会——一个帮助日本家庭寻找住处和租赁房子的组织——的援助，留下来的仍然非常少。

就在这个忙里偷闲、静静忧伤的时刻，亨利看到了他最想看到，也最怕看到的。街的对面，一双漂亮的栗棕色眼睛直直地注视着他。他在它们里面看到了什么？他说不清。悲伤和愉快？还是他投射了自己内心的东西？她一动不动地站在那里：比以前高了——头发也长多了，随着夏天凉爽的微风，在她的肩头飘拂。

亨利揉揉眼睛，她就不见了，消失在了充塞着街道的欢庆人群中。

那不可能是惠子。要不然，她会先写信来的。

亨利沿着人行道往家走，街上到处都是人们随手扔下的彩色纸带。他好奇父亲会如何对待这条新闻。他知道，母亲可能会准备一顿盛宴，在定量配给的时期里，值得庆祝的事情是那样稀少。但是父亲，谁知道呢？

在心里，在亨利安静的脑海里，他还是无法逃脱关于惠子的记忆。关于那些如果。如果他说了什么不同的话，会怎么样？如果他叫她留下来，又会怎么样？

但他不能忘记埃塞尔的爱，她的真诚的感情。此时的她正沉浸在婚约的欣喜中，紧紧地搂着亨利，无私地献出她全部的心意。

转过街角，亨利抬头看着他家位于广东巷的公寓的窗户——下周他就要离开它去中国了。他正想着母亲在和他分别的时候会怎样强忍伤悲，就听到了母亲在叫他的名字。事实上，是大喊。和街上其他人的欢呼庆祝不一样——是别的事情。

“亨利，你的父亲……”亨利看到她在打开的窗户里疯狂挥手，那是她讨厌他不关上的那扇窗。

他跑了起来。

跑过街道，跑上公寓的台阶。埃塞尔一边努力跟上他，一边喊叫着让他继续。她知道，比亨利知道得更早。她和亨利的父亲待在一起的时间远远多于其他任何人，除了亨利的母亲。

在和他父母居住的公寓里，亨利又一次看到了卢克医生。他正在关上他的黑包，看上去消沉而沮丧。“对不起，亨利。”

“发生什么了？”

亨利冲进父母的房间。父亲躺在床上，面色苍白。他的腿蜷成不可思议的角度，膝盖以下僵直而毫无生气。他的胸部随着呼吸咯咯起伏。房间里唯一的另外一个声音是母亲的哭声。他用胳膊搂住她，她紧紧抱住他，拍着他的侧脸。

“他时间不多了，亨利，”医生悲伤地解释道，“他想见你最后一面。他一直撑着在等你。”

埃塞尔气喘吁吁地赶到门口，看到未来公公的这个样子，她露出伤痛的神色。她轻拍着亨利母亲的胳膊，亨利母亲脸上的表情渐渐转为木然接受。

亨利坐到他那曾经专横跋扈的父亲的旁边，如今的他已然只剩下一具脆弱的躯壳。

“我在这里，”他用中国话说，“你可以安心去了，先人们在等你……你不用再等我了。日本投降了——下周我就回中国去。而且，我会和埃塞尔结婚。”即便这些话对于谁来说是惊喜，在这个时候也没有人表现出来。

父亲睁开眼睛，看到了亨利。“我做俾你。”一句广东话在他艰难的呼吸中吐了出来。意思是，我这样做是为了你。

亨利是这时候明白的。父亲不是在说送他回中国，也不是在说他娶埃塞尔的计划。父亲迷信，他想安心地去，这样他在另一个世界中才不会烦恼。父亲在坦白。

“是你安排的，对吗？”亨利说这话的时候是平静而屈从的，面对临终的父亲，他感觉不到愤怒。他想要有愤怒的感觉，但和父亲不一样，他不允许自己被敌意困住。“你利用了你在各个会馆里的地位，安排了这件事，让我的信无法送到惠子手里。她的信也永远送不到我手里。这是你做的，是吗？”

亨利看着父亲，他知道父亲随时会撒手人寰，把这个没有解答的问题留给他。但是，父亲最后吸了一口气，长长地吸了一口气，然后确认了亨利的猜测。带着临终的最后一口气，他点点头，又说了一遍：“我做俾你。”

亨利看到父亲望着天花板，睁大了眼睛。他的嘴里吐出一口长长的、缓缓的气息，胸口咯咯作响。在亨利看来，父亲最后一次闭上眼睛的时候，神色几乎是惊讶的。

他的母亲抱住埃塞尔，两人都哭了起来。

亨利无法看向他们任何一个。他离开父亲身边，朝窗外望去。日本投降带来的兴奋还飘荡在空气中，人们在街上闲逛着，寻找地方去继续他们的庆祝。

亨利不想庆祝。他想尖叫。但他什么也没做。

他冲出父母的房间，冲出大门，经过悲痛的卢克医生身边，跑下楼梯，径直奔向国王街——南面，梅纳德大街的方向，过去的日本城的方向。

如果他在街上看到的真的是惠子，她会去那里，去拿回她的东西。

他先跑到了她过去的公寓，她三年前搬出的那个公寓。那附近的公寓，现在都租给了意大利人和犹太人家庭。没有她的影子。在一片庆祝和狂欢的人群中，没有人注意到沿着街道奔跑的亨利。他看到的每个地方，人们好像都是那么快乐，那么满足，和他内心的感觉刚好相反。

他不停地寻找着，但他能想到的唯一可以去的地方是巴拿马旅馆。如果她的家人把他们的一些财物存在了那里，那么他们就必须去取回他们的东西，不是吗？

他沿着南华盛顿大街一路跑去，经过了过去的日美出版大楼，现在那里是罗斯福联邦储蓄与贷款银行。亨利看到了巴拿马旅馆的台阶，它的前面，孤零零站着一个工人。旅馆又一次用木板封起来了。

它是空的，亨利想。

当他扫视街道，搜寻日本人面孔时，他所能做的，只有屏住呼吸，同时忍住对父亲的愤怒。他寻找着冈部先生，想象他穿着军装的样子。惠子的最后一封信中说，他最终获准入伍了。亨利曾读到，米尼多卡营有上千人加入442团，与德军作战，他一定是其中一员。一名律师。他们把一名日本律师送去法国与德军作战。

亨利想喊惠子的名字。想告诉她，是他的父亲，不是她和他的错。一切可以重来，她不必离开。但他开不了口。好像在平静的湖面上惹起涟漪一样，有些事情最好不要打破它的宁静。

亨利朝前走着，走到了街边。他知道，如果他再朝旅馆走一步，就会伤埃塞尔的心。他知道，她不应该受到这样的伤害。

他转过身，重新开始呼吸的时候，看见埃塞尔站在那里，也许十英尺之外，在拥挤的人行道上分出了一条路。她一定在担心我，亨利想。他想象得到她是怎样追着他跑出来的，因为亨利的父亲而那样难过，因为亨利而那样难过。她走近他，但保持了一点距离，好像不知道亨利需要的是什么。亨利知道。他拉起她的手，她这才放松下来，她的眼里噙着泪水。这一天之内的情绪波动太大了。不知她是否曾有过疑心，或者好奇，反正她什么也没说。在亨利的信件丢失问题上，不知她是否有过无心的参与，反正她从未说起过。但亨利知道她的心——她太单纯，所以不会被父亲的戏剧化事件给缠上。她只是让亨利自己去感受一切，从不探问。当他需要她的时候，她总会在那里。

亨利和埃塞尔一起走回了家，他知道，他还有很多事要做。他必须帮助母亲筹备葬礼。他必须为回中国的旅程收拾行李。而且，他必须找到一个合适的订婚戒指。这是他会带着某种悲伤去做的事情。

他会做他一直都在做的事情，在悲苦中发现甜蜜。

坏唱片

（1986）

亨利已经一个星期没有儿子的消息了。马蒂没有打电话来借钱，甚至没有突然跑过来洗衣服或是给他的本田车打蜡。亨利想着自己的中国儿子，他和白人女朋友订婚了，而且开着一辆日本车到处跑。亨利的父亲一定正在坟墓中感到头晕。想到这里，他微笑了一下，一小下。

马蒂的宿舍里没有装电话，每次亨利想要找马蒂的时候，他们过道里的公用电话总是一直响却无人接听

所以，在去过神户公园之后，亨利走到国会山的南端，来到西雅图大学的贝拉明学生宿舍，经过前台。前台保安正忙着学习。亨利走到电梯里，按下了“六”——顶层。亨利很高兴儿子在上高年级之前从四层搬到了上面；“四”不是一个吉利的数字。在中国话里，“四”和“死”读音相近。马蒂并不相信父亲这种根深蒂固的迷信，但不管怎样，亨利还是很高兴。

亨利走出电梯的时候，礼貌地微笑着，差点撞上两个刚洗完澡回来、穿着浴袍的女生。

“老爸！”马蒂在走道那头大喊道，“你来这儿干什么？”

亨利慢慢地朝儿子的房间走去，路过两个用购物车推着一桶啤酒的年轻人，还有一个抱着一捧洗好的衣服的女生。

“你还好吗？你从没来过这里。”马蒂用眼睛询问着亨利，说道。亨利站在门口时，感觉自己与这里格格不入，而且太超龄了。“我是说，我在一周内就要毕业了，而现在你出现在这里——这是每个人都在放松休息的时候。你会认为所有那些辛辛苦苦挣来的学费都在这里浪费掉了。”

“我只是顺路过来给你这个。”亨利递给儿子一张小小的感谢卡，“是给萨姆[1]的。谢谢她给我们做晚饭。”

“哦，老爸——你没必要……”

“拜托了。”亨利说。这是埃塞尔过世后，他第一次试图探望马蒂。在马蒂大学一年级的时候，埃塞尔的健康状况还允许她偶尔出去一次，所以她坚持亲自给马蒂送看望包裹。而亨利则从来没有单独来过。

环视马蒂的房间，他看到惠子的速写本摊在桌上，亨利没说多少话。他不喜欢在马蒂面前谈起惠子的东西——仿佛他因找到它们而引起的兴奋和愉快会损害埃塞尔的形象。太快了，这实在太快了。

“我为萨曼莎所说的感到抱歉，老爸，关于找惠子的事情。她只是有一点被那个时刻吸引了——你明白我的意思吗？”

1　萨姆（Sam）：萨曼莎（Samantha）的昵称。——编者注

亨利明白，可以理解。巴拿马旅馆的那些财物引起了一些本地历史学者的兴趣。可以预期的是，它们会引起某种迷恋和关注。

“她人很好。”亨利说。

“那她说得有道理吗？”

“关于把那些速写本还给他们真正的主人——”

“不，关于去了解她是否还活着，她会在哪里。”

亨利看着马蒂的书架。那上面放着一套中国茶具，还有一套陶瓷碗，那是他和埃塞尔的结婚礼物。它们已经旧了，有了缺口，坚硬的外层釉下面到处都是裂缝。

“我有过机会。”

“什么，在战争的时候？她被从你的身边带走了。她不想离开，你也不希望她走。爷爷所做的、所说的，他干预的方式——你怎么能全盘接受呢？”

马蒂有一个老式的电饭煲放在窗户边的桌子上冒着热气。出于小心的习惯，亨利把它从墙边拿开，拔掉了插头，好让它冷却。他看着儿子，不知该怎么回答。

“你们本可以在一起——”

亨利打断了他，在一张毛巾上擦着手：“我有过机会。*是我让她走的*。她离开了。但也是我让她走的。”他把毛巾搭在最近的门把手上，他的手擦干净了。这些年来，他那么多次地想过惠子。甚至包括埃塞尔朝着最后的终点走去的那漫长、缓慢的旅途中，那些空虚、孤独的夜里。他几乎不能抱着她，因为她是那样痛；当他这么做的时候，她又因为太多的药物治疗，已经不知道他在那里了。他独自走过了一条艰难、悲苦的路，就像他还是个小男孩的时候，不得不走路去雷尼尔小学和从那里回来一样。惠子——他多希望那些时刻她能陪在身边。但我做出了我的决定，亨利想。我本可以在战争结束后找到她。我本可以伤害埃塞尔，拥有我想要的。但那好像是不对的。在当时是不对的。在过去的这些年里都是不对的。

“我有过机会。”他说，从一辈子的渴望中退了出来，“我有过机会。但有时候，人生并没有第二次机会。你要珍惜的是你所拥有的，而不要总惦记着你错失的，日子才能朝前过下去。”

亨利看到儿子在听。这么多年来，马蒂好像第一次愿意聆听，而不是争论。

“就像我们找到的那张坏唱片一样，”亨利说，“有些东西补不回来了。”

炉底石疗养院

（1986）

在炉底石疗养院寂静而设施完备的过道中，亨利不敢让自己跑起来。奔跑好像是在公然挑战这家古雅精致的疗养院所拥有的那份气定神闲。而且，他可能会撞到某个老太太和她的助步车。

老——一个多么富有相对意味的词。只要想到马蒂即将结婚，他就会感觉自己老了。在埃塞尔过世的时候，他也感觉自己老了。然而，在这里，他却感觉自己像个小孩子，可能会因为在过道里奔跑而受到批评。

亨利接到电话，得知谢尔登的健康状况恶化，他连外套、钱包都没顾得上拿，只是抓起钥匙就冲出了家门。在开车过来的路上，他几乎没有减速，闯了两个红灯。以前他也接到过这样的电话，已经习惯了各种各样的假警报，但这次他有了更多的认识。当死神就坐在那里等候的时候，他认出了它。在听过埃塞尔呼吸上的变化、意识状态的转变后，他明白了这一点。现在，在探访他的朋友时，他知道，终点不远了。

谢尔登好几次突然生病，几乎都是源于他大半生未得到治疗的糖尿病。在他开始好好照顾自己之前，在他去正确的大夫那里接受治疗之前，他的身体已经出问题了。

“他怎么样了？”亨利在最近的一个护士台前停住脚步，指着谢尔登的房间问道，那里，一个护士正推着一台透析机从房间里出来。没有用了，亨利想，他们正在搬走他身边所有的东西。

护士台那个胖嘟嘟的红头发女护士看上去和亨利的年纪差不多，她看看她的电脑屏幕，然后重新看着亨利：“快了。他的妻子刚才还在这里——她现在去叫其他家人了。有意思。在多次的小中风之后，你把那些探望者都赶走，好让他们得到休息，希望他们能够尽快康复。但当时间到来、临近的时候，除了家人和朋友，他们还需要什么呢？时间到了，我想。”

亨利从她的眼中看到了真诚的关心。

他敲敲半掩的房门，溜了进去。他从铺了地砖的地面上轻轻地走过，看着那一排通常是连在谢尔登身上的仪器——它们中大部分都已经拔掉，被推到了一个角落里。

亨利在朋友身边的一把转椅上坐了下来。他的朋友被支撑起来躺在那里，这样他呼吸起来会更容易些。他的头歪向一侧，靠在一个枕头上，面对着亨利，鼻子周围垂着一根细细的透明管。氧气的嗞嗞声是房间里唯一的声音。

谢尔登的床边放着一台CD播放器。亨利把音量调小，然后按下了播放键。弗洛伊德·斯坦迪福那流畅的博普爵士乐旋律充满了这安静的空荡荡的房间，就像沙漏里缓缓淌下的流沙。每一秒的流逝，都意味着剩下的时间更少了。

亨利拍着朋友的胳膊，当心着连接到他手背上的点滴管。他注意到他手上有斑斑点点的结痂，这些结痂是他的治疗状况，还有最近刚移走的那些软管和监视器留下的景象。

谢尔登睁开了眼睛，眼皮忽闪，下巴左右动着。他发现了亨利。亨利为朋友感到难过——但当他看到谢尔登床边的那张坏唱片的时候，这种难过减轻了不少。

我经历了太多次这样的情况，亨利暗自想。先是陪着我的妻子那么多年，现在是我的老朋友。太快了。这是一世的光阴，但对于每个人来说，这仍然太快了。埃塞尔的过世给了亨利太多的悲痛和难过，现在又轮到这里了。

他看到了谢尔登眼中的困惑。他记得这种空洞的目光——不知道自己在哪里，不知道自己为什么在这里。

“家……是回家的时候了。”谢尔登一遍又一遍静静地说着，听起来几乎是在哀求。

“这里现在就是家。我想明妮会带着你的其他家人回来这里的。”

亨利认得谢尔登的第二任妻子明妮，好多年了，但他没有如自己所希望的那样常去拜访他们。

“亨利……修好它。”

“修好什么？”亨利问，他的心里对于曾经陪伴着埃塞尔走过最后那几个艰难的星期，突然生出古怪的感激之情。那些经历，让现在这艰难的交流显得似乎正常。接着，亨利看到了谢尔登在看什么——那张碎成两半的老式78转黑胶唱片。“那张唱片。你希望我修好那张奥斯卡·霍尔登的唱片，是吗？”

谢尔登闭上眼睛，陷入了沉睡。这种忽醒忽睡的状态是他目前的身体状况导致的。那样沉重的、困难的呼吸。接着他又醒了，睁开了眼睛，神志重新清楚，好像醒过来迎接新的一天。

“亨利……”

“我在这儿……”

“你在这儿做什么？今天是星期天吗？”

“不是。”亨利看着他的老朋友，微笑着，努力让自己看上去很愉快，“不是，今天不是星期天。”

“太糟了。怎么总在一星期的中间来看我。一定是我最后演出的时间了，嗯，亨利？”谢尔登稍稍咳嗽了一下，努力想让他疼痛的肺部照常工作。

亨利看着他的老朋友，他还是那么高，那么威严，即便躺在那里奄奄一息，也仍然如此。亨利看着床边的滚轮床头柜上那张坏掉的老唱片：“早些时候，你叫我修好它。我想你的意思是修好这张坏掉的老唱片，也许可以找个什么地方将它复原……”

亨利看着谢尔登，他不太确定在这种状态下，谢尔登是否还记得几分钟前他们俩的对话。

“我想，是时候修好它了，亨利。我说的不是那张老唱片。如果你能把那些碎片拼到一起，重新放出音乐，那么，你应该那么做。但我说的不是唱片，亨利。”

亨利看着那张奥斯卡·霍尔登的唱片——他过去曾多么希望，它还留在那家古旧的旅馆布满尘灰的地下室里。

谢尔登探过身来，拉住亨利的手。亨利感觉那苍老、枯瘦得只剩一层棕色皮肤的手指还是那么有力。“我们都，”谢尔登停了一下，然后缓了口气——“知道，你为什么一直在找那张老唱片。一直都知道。”他的呼吸缓慢下来。“修好它。”谢尔登最后一次这样说道，然后又睡着了，他的话消失在氧气轻微的咝咝声中。

票

（1986）

亨利走进巴德爵士乐唱片店的时候，闻到了巴德最喜欢的香草味烟草的味道。这位店主正在抽烟，叼着一个旧烟斗，看着一份被咖啡弄脏的《西雅图周报》。他放低报纸，朝亨利点了点头，斜斜烟斗，那烟斗摇摇欲坠地挂在他的嘴角。和往常一样，他看上去至少晚了三天没刮胡子。店里播放的音乐中，一个女人唱着甜腻腻的老式情歌。海伦·休姆斯？20世纪30年代的？亨利不能确定。

亨利的胳膊底下夹着一个棕色的纸袋子，里面是那张坏掉的奥斯卡·霍尔登唱片。多年来，亨利一直在巴德这个店里搜寻着它。当然，对于从谢尔登的房间拿走它，他感到有点不妥，但老朋友已经睡着了，而且在他醒来的时候，他也已经越来越糊涂了。安静的清醒已经让位给了困惑和混乱的时刻。就好像他的老朋友亨利闲逛着想要修好坏掉的东西一样。那张唱片？亨利他自己？不知道。

在这么多年后，亨利仍渴望听到碎掉的这两半黑胶唱片里刻的歌——也许，谢尔登也希望最后再听上一遍。亨利完全不知道该怎样修复古董唱片，但巴德永远在那里。如果说有人能给亨利指出正确的方向，那一定是巴德。

亨利走到柜台前，把袋子放到满是裂纹的玻璃展柜上。展柜里摆放着的都是脆得不能触碰的旧的活页乐谱、黑胶唱片、蜡片。

巴德放下报纸："你来还东西吗，亨利？"

亨利只是微笑着，欣赏着店内音乐中那个女人的最后一节歌唱。他通常喜欢听的是粗哑的男高音，但偶尔却会听正在播放的这种哀怨的、仿佛被白兰地酒浸过的歌声，听上一整夜。

"亨利，你没事吧？"

"我有东西要给你看。"

巴德压实烟斗："我怎么感觉这跟主干道上那家破产的老旅馆有关系？"

亨利把手伸进袋子，拿出那张唱片。它仍装在最初的封套里，拿在手中沉甸甸的。封套里唱片上贴的标签清晰可见，一行黄色的、褪色的印刷字体，"奥斯卡·霍尔登与午夜蓝调"。

亨利看到巴德一脸困惑地笑起来，这个老人原本眼皮下垂的眼睛睁大了，前额上深深的皱纹舒展开来，像一张灌满了风的船帆。他抬头看看亨利，然后又看看那张唱片，好像在说："我可以碰它吗？"

亨利点点头。"请吧。它是真的。"

"你在那里找到了这个，是吗？你从没放弃过寻找它，是吗？"

从未放弃。我知道我终究会找到它的。"这么些年来，它一直在那里，等待着。"

亨利看着巴德把唱片拿到手中。裂开的两半朝不同的方向垂下去，只有平展的标签把它们连在一起。“噢，不——不不不。你不能这样跟我开玩笑，你没有吧，亨利？它是坏的，对吗？”

亨利点点头，耸耸肩表示他的歉意：“我在想，也许它需要你的帮忙。我想找到一个能进行某种修复工作的人。”

巴德的样子好像是发现自己中了彩票，却只能够兑换虚拟货币。兴奋，却毫无用处。“如果它不是彻底碎成两半，你还可以把它送到某个地方去，在那里，他们可以用激光录出里面的每个音符。不需要用传统的唱针去读它，即便是钻石唱针。它再也经不起刮擦和碰撞了。他们可以把录在上面的每一点音调都抓出来，为你存储成数字化的格式。”巴德摸着他的前额。那些皱纹又回来了。“对这样一张彻底断裂的唱片，你什么也做不了了，亨利。她一旦走了，就永远不会回来了。”

“他们不能把它粘起来或者……”

“亨利，她走了。它再也播不了了，再也发不出那样的声音了。我想，我热爱拿着它的感觉，它属于博物馆或者别的什么地方。一小片历史，一定是这样。尤其重要的是，要不是它，那些知道实情的人永远都不能确定地知道，这张唱片是不是真正录制过。”

巴德知道。在内心深处，亨利也知道。有些东西就是无法放回一处了。有些东西永远修不好了。两个碎片不再能组合成许多的东西。但是，至少他还拥有这些碎片。

亨利走回了家。可能有两英里多的路，走过南国王街，绕过来，朝着灯塔山走，俯瞰着国际区。开车，或者坐车，都要容易许多，但他就是想走路。他的孩提时代在这附近留下了太多足迹，每走一步，他都在试图回忆原来这里是什么样子。他走过马路，来到了南杰克逊街，看着那些过去是乌班吉夜总会、摇摆椅夜总会甚至黑麋鹿夜总会所在地的楼房。拿着那张唱片在身侧，看着如今的西法斯特银行和全西旅行公司毫无特色的店面，他努力回忆着他曾在脑海里一遍一遍演奏的那首歌。

都忘掉了。他只能想起一点点副歌，旋律已经全部忘了。但他忘不了她，忘不了惠子。他怎么会告诉她，他愿意等她一辈子。每年夏天，他都会想起她，但他从没对任何人说起过她，包括埃塞尔。当然更不可能告诉马蒂了。他性急的儿子每年都那么渴望去皮阿拉普集市，而亨利总是说不行，其实是有原因的，令人痛苦的一个原因。亨利几乎没和任何人分享过的一个原因，除了谢尔登，而这个老朋友也极少会提起它。现在，谢尔登也很快要走了。西雅图一个小社区的另一个早期居民，可没人还记得西雅图曾有过那样的一个小社区了。好像萦绕在一片空地上的幽灵，因为那里的建筑消失已久了。

亨利沿着肮脏的、到处是垃圾的街道走了长长的路，筋疲力尽地回到家中。他把外套挂起来，走到厨房去倒了一杯冰绿茶，然后来到他曾和埃塞尔共同居住的卧室。

令他感到惊讶的是，他的床上放着他最好的西装。像多年前一样地放在那里。他那双黑色的旧皮鞋擦得锃亮，放在地板上，旁边是他的一个旧行李箱。有一瞬间，亨利感觉自己又回到了十五岁，回到了他和父母居住的那间古旧的广东巷公寓里，看着全套的旅行家当，不知要去往何方。一个遥远的未来。

亨利翻开西服外套的前襟，梦幻般地看到胸口口袋里放着一个票夹，这让他困惑不解，甚至汗毛倒竖。坐到床边，他把它拿了出来，打开来。里面是去纽约市的一张往返机票。不是去广州，而是去另一片遥远的土地，一个他从未去过的地方。

“我猜你已经找到了我的小礼物。”马蒂站在门口，拿着父亲的帽子，有着老气横秋的帽边的那顶。

“大部分的子女都把年迈的父母送进疗养院，你却要把我送到这个国家的另一边去。”亨利说。

“不仅如此，老爸，我要把你送回到过去的时间里。”

亨利看着那套西服，想着他自己的父亲。他只认识一个曾提到过纽约的人，但她永远也不会回来了。她在很久很久以前就离开了，仿佛是上辈子的事情。

“你要把我送回战争年月吗？”亨利问。

“我要送你回去，找回你错失的。送你回去，找回你放手的。我为你感到骄傲，老爸，我感激你做的一切，特别是你对妈的照顾。你已经为我做了一切，现在轮到我为你做点什么了。”

亨利看着那张票。

“我找到她了，老爸。我知道，你对妈一直都忠贞不贰，可你从未这样对待自己。所以我为你做了。为你收拾好了行李。我要送你去机场，你要去纽约……”

“什么时候？”亨利问。

“今晚。明天。随时。你还有地方要去吗？”

亨利拿出一块已经锈蚀的银色怀表。它已经不准了，需要经常校正。他弹开它，重重地叹了口气，又啪的一声合上。

上一次，当别人给他摆出一套西服、一双皮鞋和一张去远处的票的时候，亨利拒绝了离开。

这一次，亨利拒绝留下。

谢尔登的歌

（1986）

谢尔登剩不了多少时间了，亨利清楚地知道。他的朋友的身体状况正在恶化，去纽约找惠子的渴望必须暂时搁到一边。已经四十年了，他可以再多等一小会儿——他必须等。

在炉底石疗养院，谢尔登快活地接待了不断到来的探访者——家人、朋友、过去的同事，甚至还有几个本地的忠实歌迷，他们铭记着他在西雅图一度兴盛的爵士乐历史中的地位。

但现在，他的大部分祝福者来了又走了。他们已经向他们爱的这个人献出了他们最后的敬意。只有他的家人还留在这里，还有来自谢尔登的教堂的牧师，在竭力抚慰他的家人。

“他怎么样了？”亨利问明妮，一个比这个老萨克斯手小十岁的满头银发的女人。

她拥抱住站在门口的亨利，然后放开了他，但仍紧紧抓着他的胳膊肘。她布满皱纹的眼睛肿胀着，因为哭泣而满眼血丝，她的面颊还是潮湿的。“不会有多久了，亨利。我们知道。我知道。我们已经做好了准备，让他拥有他的宁静，不用再忍受任何痛苦。”她说。

亨利感觉自己的嘴唇在颤抖，这让他自己都感到惊讶。他强忍着没有说话，站得更直了一些，不想让自己的泪水增加明妮的悲伤。

“这是你做的吗？我是说，这音乐？这唱片？”

亨利感觉很糟。他带来了那张唱片，现在每个人都知道它不见了。他紧紧地把它夹在了胳膊下面，外套下面，好让它不会被西雅图空气中的毛毛雨沾染。“我……我可以解释……”

“不需要解释，亨利，我是说，”她搜寻着正确的措辞，“这太让人惊叹了，像是一个奇迹，真的。听。你能听到吗？在我听来，它是一个奇迹。”

四十年来，亨利第一次听到了它。谢尔登的房间里播放的，正是他初次在黑麋鹿夜总会听到的那首他久已遗忘的歌。他和惠子分享的那首奥斯卡·霍尔登的歌。他们的歌——但也是谢尔登的。它正播着，大声而清晰。

亨利走进房间，看到一个女人站在那里。他的心告诉他，那是惠子，她充满爱心的微笑那么灿烂。但那是萨曼莎，她坐在一台便携式的旧唱片机边，许多年前在公立图书馆里能看到的那种盒式的唱片机。上面旋转着的，是一张完好无损的黑胶唱片，奥斯卡·霍尔登遗失已久的经典，《猫行巷弄中》，他献给亨利和惠子的歌。

谢尔登无意识地躺在那里。如果说生命与命运为他准备的下一个阶段之间有一个灰色的真空地带，此刻他正在那里。他的身边是一群孩子，他们中的许多亨利都见过。还有一些，这些年里他和谢尔登在一起的时候，谢尔登自豪地和他分享过他们的照片。

“我喜欢爷爷的唱片。”一个小女孩吐露着心声。亨利估计她大约只有六岁，可能是曾孙女。

“太美妙了，亨利。”萨曼莎说，她微笑着，明亮的眼睛是湿润然而又充满希望的，“我们把这唱片放进去，第一次播放的时候，你真该看看他的微笑。他好像这么多年来，一直都想要听到它，需要听到它。”

“但是……”亨利拿出他放在外套里的那张坏掉的唱片，“哪里来的？”

“她寄过来的。”萨曼莎带着一种热烈的崇敬说道，像一个小演员敬畏一个即将登上舞台的主演，“马蒂找到了她，她住在东海岸。她问起了你，问起了每个人，包括谢尔登。她知道以后，马上寄来了这张唱片。你能相信吗？她这么多年来一直保存着它，你所知道的圣杯还在。”她递给亨利一封信，“这是给你的。”

亨利犹豫着，不太相信自己所听到的。他小心地撕开信封。读着惠子的话，他感觉自己好像在梦游一般。

亲爱的亨利：

我祈祷你在收到这封信的时候仍有好的身体和精神，身边有好朋友。特别是谢尔登，我希望这张唱片能给他带去安慰。事实上是我们的唱片——它属于我们大家，对吗？但更重要的是，它属于你和我。我永远不会忘记在火车站看到了你的脸，不会忘记站在雨中的带刺铁丝网围栏里面的感觉。我们是怎样的一对！

你在播放这张唱片的时候，我希望你想着好的事情，不要想不好的事情。想着事实，不要想着误会。想着我们在一起的时间，不要想着我们分离的时间。最重要的是，我希望你会想着我……

亨利用颤抖的手叠着信纸，却无法继续叠下去。那天，在巴拿马旅馆满是尘灰的地下室，对于找到的东西的真实本质，他揭示起来很艰难。他原本感觉，那好像会破坏他在儿子心中的印象，或者破坏儿子的母亲在儿子心中的印象。但最终，和亨利所拥有过的那么多父子时刻一样，他错了。马蒂希望他快乐。对亨利来说，惠子已经在漫长的岁月中失去了联系。可对马蒂来说，不过是在电脑上查找几个小时，打几个电话，就找到了她。尽管过了这么多年，可她仍活着，一切都好，住在纽约市。

亨利微笑着伸出手去，拉住萨曼莎的手。“你真令人惊叹，”他努力寻找着措辞，“马蒂做得好，令人惊叹地好。”

亨利坐在床边，看着谢尔登。他把手放在朋友的胳膊上，看着他咯咯地呼吸。他的身体正在衰退，每次呼吸都那样艰难。他看上去很热，发着烧，他的身体失去了调节自身温度的能力。他在燃烧自己。

亨利看着临终的朋友，听着唱片，等待着他四十年都没有听过的一段萨克斯独奏。乐队的声音减缓，尖厉的旋律响起时，谢尔登睁开了眼睛。他抬头看着，好像在注视着亨利。

谢尔登的嘴动了，他使劲想说出话来。亨利凑了过去，把耳朵贴近他嘴边，听他的轻声细语：“你修好了它。”

亨利点点头："我修好了它。"*而且很快，我就要修好一切。*

三小时后，明妮坐在身边，一辈子的家人和子孙们环绕在旁，谢尔登再次睁开了眼睛。亨利在那里，马蒂和萨曼莎也在。播放的音乐是奥斯卡·霍尔登和午夜蓝调的曲子，回荡在房间的每个角落。这位曾经在南杰克逊街上贡献乐声，为一代人的欢乐而演奏的音乐家，缓缓呼出最后一丝气息，轻声奏响了他的人生之曲的最后一个音符。

亨利看到谢尔登闭上双眼，身体变得轻飘，好像要用整个身躯挥出一个缓缓的再见。

伴着正在播放的明快旋律，亨利轻声对朋友的灵魂说："谢谢你，先生，祝你今天过得愉快。"

纽 约

（1986）

亨利从没去过纽约。哦，当然，也许在梦中去过一两次。但在完全清醒的情况下，那是一个他多年来常常想起，却从未允许自己去过的地方。那里似乎隔着一个世界。不仅仅是跨越国家或是在另一侧海岸，而是地平线以外、消失在另一段时间里的某个地方。

从拉瓜迪亚机场乘出租车出来的四十美元的车程中，亨利一直把那张完好的奥斯卡·霍尔登唱片放在大腿上。它在谢尔登的葬礼上播放过。在从西雅图飞过来的飞机上，他一直用手拿着它——这是他唯一的随身行李。无论他走到哪里，它都会成为话题。

当他解释这张唱片的来历、它独一无二的历史，还有当时的生活境况时，人们总是滔滔不绝地表达着他们的惊讶。就连飞机上坐在他身边的那个年轻的、飞去纽约做生意的金发女郎，都不敢相信他手里拿的是如今世上仅存的可以播放的一张。她忘记了被拘禁起来的那些日本人是怎样的悲惨。她惊讶于巴拿马旅馆的幸存。一个装满个人物品、珍贵记忆和被遗忘的财富的地方。

“第一次来这个城市？”出租车司机问道。他一直在从后视镜里看着亨利，但他的乘客望着窗外飞驰而过的市景，沉浸在自己的思绪中。无休止的黄色出租车的洪流，井然有序的豪华大巴，还有人行道上密密麻麻的步行者。

“第一次。”亨利只说了这么一句。马蒂和萨曼莎希望他先打个电话，提前打个电话。但他不敢拿起电话，他太紧张了，和现在一样。

“这就到了，韦弗利街1200街区。”司机叫道，他的胳膊伸出打开的车窗，指着一个小小的公寓楼。

“这是格林尼治村？”

“你正看着它，朋友。”

亨利多付了三十美元，请司机帮他把包多载一英里，送到万豪酒店，交给服务生。一个奇怪的念头，在这个大城市里相信陌生人，亨利这么对自己说。但这次旅行的本质不就是这样的吗？盲目的相信。另外，他也没有什么可失去的。与找到和修好一颗受伤的心比起来，一些行李和换洗衣服算得了什么？

那座公寓楼看上去旧而小，但买下那里的一套公寓所花的钱，足以买下亨利过去四十年在西雅图住的那座房子。

看着马蒂给他的地址，亨利走了进去，发现自己来到了第八层，中国人的吉利数字。站在过道里，他盯着凯·初音的门。她已经守寡三年。亨利不知道她的丈夫发生了什么。马蒂是否知道呢，他什么也没有说。

凯，其实就是……惠子。

亨利看着手中的唱片。他从封套里将它抽出一半，那黑胶看上去新得不可思议。这么多年来，她一定将它保存得无懈可击。

放好唱片，亨利整理了一下儿子给他拿出来的旧式两件套西服的轮廓，检查了一下头发和皮鞋的亮度。

他摸了摸在飞机上刮过的脸。

然后敲门。

两下，然后听到里面有拖着脚走路的声音。门上的猫眼处出现了一个影子，然后他听到了转锁的声音。

门开了，亨利感觉到阳光透过屋里的窗户暖暖地照过来，照亮了昏暗的过道。他面前站着的是一个五十多岁的女人，她的头发比他印象中短，混杂着一绺绺的灰白色。她很苗条，用整洁的手指和修剪过的指甲扶着门。在那线条可爱的脸上，栗棕色的眼睛永远那么清澈水灵。

多年前，是同样的一双眼睛望进了他的心里，充满希望的眼睛。

她稍稍顿了一下，没有完全认出他来，然后她用手捂上了嘴——然后惊诧地捧着自己的脸。惠子叹息着，笑容中是坦白："我……几乎放弃你了……"她把门完全打开，让亨利走了进来。

她小小公寓里挂着各种水彩画和油画。樱花和梅树，孤寂的草原和带刺的铁丝网。亨利知道这些画都是惠子画的。它们有同样的风格，仍是她还是个小女孩的时候表达自己、记忆事物的方式，现在不过换作了成人的版本。

"我给你拿些东西喝，好吗？冰茶？"

"好啊，谢谢你。"亨利说。他惊讶于他会这样说话，听起来那样自然，好像一种自然的延伸——从四十年前留下的地方开始，好像他们没有分开这一世的时间。

她进厨房的时间里，亨利被她的壁炉台上的照片吸引了，是她和她的丈夫、她的家人。他摸着一张装在镜框里的她父亲的照片，他穿着军装，著名的442团的一员。他和一群日裔美军站在雪地里，微笑着，骄傲地拿着一面缴获的德国国旗——上面写着："全力以赴！"亨利在附近发现了一个小小的银色相框。他把它拿起来，擦掉玻璃上薄薄的灰尘。那是一张黑白素描，是他和惠子在米尼多卡营。他安静地、心满意足地咧嘴笑着。惠子伸着舌头。

米尼多卡营已经消失了，早就消失了。但她还保留着这张画。

一扇窗边，一台旧式立体声音响吸引了他。它旁边放着一小堆西雅图爵士乐唱片——帕尔默·约翰逊、万达·布朗，还有利昂·沃恩。亨利小心地拿出他带来的那张唱片，轻轻把它放到转盘上。他拨动老式的控制器，小心地把唱针放到外侧的凹槽上，看着标签开始旋转起来。在他的心里，音乐已经开始播放——谢尔登的唱片。他和惠子的歌，碰碰撞撞、刮刮擦擦地开始了。

它太旧了，声音很空，不完美。

但够了。

他转过身，惠子站在那里。惠子已经变成了一个成熟的女人——一个母亲，一个寡妇，一个画家。她递给了他一杯冰绿茶，尝起来有姜和蜂蜜的味道。

他们站在那里，微笑地对视着，好像许多年前他们站在围栏两侧所做的那样。

"Oai deki te……"她停住了。

"Ureshii desu。"亨利轻声说。

作者后记

这虽然是一部小说，但许多的事件，尤其是关于日裔美国人受到拘禁的部分，确实如书中所描述的那样发生过。作为作者，我尽了全力去再现这一历史画面，而未对其中牵涉的人心是非做出评价。我不是要创作一出道德剧，让我的声音成为舞台上最响的声音，我只想清清楚楚地让事实说话，而对与错，悉由读者判断。既然我努力忠于那些事实，所以，书中有任何历史或地理上的错误，责任都由我自己承担。

因为许多人问到了，所以我要说，是的，巴拿马旅馆是一个绝对真实的地方。是的，三十七个日本家庭的财物确实存留在那里，大部分都存放在满是尘灰的、昏暗的地下室里。如果你刚好要去参观，一定要在那里的茶室停一停，那里展陈着其中的许多工艺品。我特别要推荐那里的荔枝饮品——绝对不会令你失望的。

巴德爵士乐唱片店也在那里，就在那条街上，在西雅图先锋广场的中心。它很容易错过，但很难忘记。我有一次闯进去拍一些宣传照，店主只是问："你这是要做好的事情还是坏的事情？"

我说："好的。"当然。

"这样我就放心了。"他温和地说。

然而，如果你要在其中一个地方停下来寻找一张失传已久的奥斯卡·霍尔登唱片，你可能不会那么走运。当然，奥斯卡确实是伟大的西北岸爵士乐之父，但据我所知，他并没有出过黑胶唱片。

不过，谁知道呢……

致　谢

常言道，写作是孤独的事情。幸运的是，我有我的妻子丽夏，还有我们的孩子——黑利、卡丽莎、泰勒、马迪、凯西和卢卡斯陪伴着我。自由地哼唱电视剧《脱线家族》主题歌——我们总这么做。谢谢你们允许我写这些叫作书的奇怪东西，即便我们有一个非常好的电视可以看。

除了家里画满蜡笔画的墙壁之外，我还要感谢下面这些人为这本书所做出的贡献：

感谢我能够忝列其中的斯阔谷作家协会——玩世作风的最后堡垒——的职员和会友们。特别要感谢路易斯·B. 琼斯、安德鲁·汤克维奇和莱斯利·丹尼尔斯。当然，更要对校友王云石（音）大声地说一句“多谢”，感谢你仔细检查书中的中文部分。

感谢奥森·斯科特·卡德及训练营的伙伴们：斯科特·安德鲁斯、阿利耶特·德·博达尔、肯尼迪·勃兰特、帕特·埃斯登、丹妮尔·弗里德曼、真理子·觉维希、亚当·霍尔韦达、加里·梅尔希尔特、布赖恩·麦克莱伦、亚历克斯·米汉、乔斯·莫伊察、保拉·“吵吵”·劳登布什和吉姆·沃克曼。谢谢你们不屈不挠的爱。

感谢读者安妮·弗雷泽、吉姆·汤姆林森、金·佩蒂，以及俄勒冈的桂冠诗人（也是过去的被拘禁者）稻田劳森，感谢他们为早期的书稿付出的宝贵时间和慷慨赞誉。

感谢初创办《皮科拉塔评论》时的马克·佩特斯和莉莎·戴安娜·卡斯特纳，感谢你们接受了当初的那个小故事，后来它才有机会变成了这本书。

感谢历史学家、活动家道格·秦，感谢他非凡的、鼓舞人心的眼光。

感谢简·约翰逊，巴拿马旅馆的主人，允许我到地下室进行了三个小时的游历，了解到她对于保存日本城的灵魂所付出的不懈努力。如果不是她的话，巴拿马旅馆可能早就被夷为一片平地，被人们遗忘了。

感谢西雅图陆荣昌亚洲博物馆的工作人员和志愿者们，他们记住了其他人可能选择遗忘的东西。

感谢格雷丝·霍尔登许可我传递她父亲的精神。

感谢我出色的经纪人克里斯汀·内尔逊，感谢她永远的乐观精神。（还有萨拉·梅吉博，因为如果没有罗宾，哪里会有蝙蝠侠？如果没有果冻，哪里会有花生酱？如果没有性爱，哪里会有亲吻？）

最后要感谢的是崇高的简·冯·梅伦、利比·麦圭尔、布赖恩·麦克伦登、金·霍维、阿莉森·珀尔、波斯卡·伯克和巴兰坦图书公司的伟大团队——感谢你们张开双臂欢迎亨利和惠子。

马上扫二维码，关注“**熊猫君**”

和千万读者一起成长吧！

图书在版编目（CIP）数据

时光小旅馆 /（美）杰米·福特著；郭莉译．— 上海：上海文艺出版社，2019.11
（读客外国小说文库）
ISBN 978-7-5321-7248-1

Ⅰ．①时… Ⅱ．①杰… ②郭… Ⅲ．①长篇小说－美国－现代 Ⅳ．① I712.45

中国版本图书馆 CIP 数据核字（2019）第 126809 号

责任编辑：毛静彦
特邀编辑：高　洁　　王　品
封面设计：苏　哲

时光小旅馆
［美］杰米·福特　著
郭　莉　译
上海文艺出版社出版、发行
地址：上海市闵行区号景路159弄A座2楼
电子信箱：cslcm@publicl.sta.net.cn
新華書店经销　河北中科印刷科技发展有限公司印刷
开本 889毫米 × 1270毫米　1/32　11.75印张　字数 246千字
2019年11月第1版　2024年9月第13次印刷
ISBN 978-7-5321-7248-1/I.5773
定价：49.00元

THE SEATTLE TIMES
BOARDING PASS
FROM:
SEATTLE
TO:
NEW YORK
A12